L'héritage d'Estée

SORAYA LANE

L'héritage d'Estée

ROMAN

Traduit de l'anglais (Nouvelle-Zélande)
par Hélène Tordo

J'AI LU

TITRE ORIGINAL
The Italian Daughter

ÉDITEUR ORIGINAL
Publié pour la première fois en Grande-Bretagne par Bookouture,
une marque de Storyfire Ltd.

Pour mon éditrice, Laura Deacon, que je remercie d'avoir cru en cette série dès mes premières évocations de l'intrigue. Je lui serai éternellement reconnaissante de m'avoir donné ma chance.

Prologue

Lac de Côme, 1946

ESTÉE

Quand Félix plongea la main dans sa veste, Estée sentit une boule se former dans sa gorge.

— Estée, j'ai acheté cette bague le lendemain du jour où je t'ai vue sur la scène de la Scala, il y a toutes ces années, déclara le jeune homme en lui tendant un écrin en velours rouge. Tu es la seule femme que j'aie jamais aimée.

Estée mourait d'envie d'admirer la pierre, de se repaître de la lumière du diamant qu'il avait choisi pour elle, mais elle n'en repoussa pas moins la main qu'il lui tendait en repliant ses doigts sur la boîte. *Il est encore fiancé à une autre femme.*

— Non, murmura-t-elle, ce n'est pas le moment. Je veux que tu me demandes ma main quand tu seras réellement libre de le faire.

Sans la quitter des yeux, il remit l'écrin dans sa poche.

— Est-ce que je peux te poser une question ?

— Bien sûr.

— Si je t'avais fait ma demande avant, aurais-tu accepté ?

Les larmes qu'elle avait été incapable de verser jusqu'alors emplirent soudain ses yeux.

— Oui, Félix, mille fois oui. Tu es la personne dont j'ai toujours rêvé.

1

Londres, de nos jours

Lily ouvrit la porte de l'appartement et entra en traînant sa valise et son sac de voyage dans son sillage.

— Hello ! appela-t-elle en repoussant la porte du bout du pied tout en lâchant son barda à terre.

Comme elle n'obtenait pas de réponse, elle avança encore de quelques pas et regarda autour d'elle, surprise que rien n'ait réellement changé au cours de ses quatre années d'absence. Elle était de retour à la maison et tout était resté dans le même état : les murs blancs, les coussins moelleux du canapé ou le miroir doré au-dessus de la cheminée, dont le manteau était enseveli sous d'innombrables photographies encadrées.

Elle prit un moment pour observer les clichés, qui pour la plupart affichaient son propre sourire. Elle tendit la main vers un portrait de son père et esquissa son visage du pouce, avant de se pencher sur celui de sa mère. Elle comprit alors combien celle-ci lui avait manqué.

Lentement, elle gagna la cuisine, consciente que sa mère n'était pas là sans avoir besoin de la chercher. Elle avisa une note sur le comptoir et s'en empara avec fébrilité.

Je suis impatiente de te voir, ma chérie, mais j'ai décidé de passer les prochaines semaines en Italie pour profiter du beau temps. On se retrouve là-bas ? Bisous, Maman

Lily reposa le message en pouffant. *Moi qui attendais nos retrouvailles avec impatience... Voilà qu'elle a filé en Italie !* Mais pas question de le lui reprocher pour autant : sa mère avait bien le droit de vivre sa vie puisque sa fille était partie s'installer à l'étranger, et Lily était ravie de la savoir heureuse.

Elle aperçut une pile d'enveloppes encore scellées qui traînaient à côté du grille-pain. Elle s'en saisit en pensant qu'on les avait mises de côté pour elle, mais certaines étaient adressées à sa mère. Toutefois, la dernière de la pile attira son attention.

À l'attention de la Succession de Patricia Rhodes

Lily fit tourner l'enveloppe entre ses doigts en se demandant pourquoi sa mère n'avait pas ouvert un pli adressé aux héritiers de sa grand-mère. Elle remarqua le cachet officiel du notaire et glissa un ongle sous le rabat, bien décidée à découvrir de quoi il s'agissait malgré la fatigue du décalage horaire et du vol de vingt-deux heures qui s'abattait brusquement sur elle. Rien d'étonnant à ce qu'elle soit épuisée puisqu'il n'était pas loin de minuit dans le pays dont elle venait.

À qui de droit, en réf. à la succession de Patricia Rhodes. Votre présence est requise à l'étude Williamson, Clark & Duncan, Paddington, Londres, le vendredi 26 août à neuf heures, afin de vous remettre un legs prévu par la succession.
Nous vous serions reconnaissants de bien vouloir confirmer votre présence dans les meilleurs délais.
Avec mes sentiments respectueux,
John Williamson

Lily se frotta les yeux avant de relire le message. Sa grand-mère était morte plus de dix ans auparavant, alors qu'elle n'était encore qu'une adolescente, et la vision de son nom déclencha en elle un frémissement étrange. Elle avait adoré cette grand-mère, l'une des femmes les plus affectueuses et bienveillantes qu'elle ait jamais connues, et elle s'aperçut avec une pointe de culpabilité que cela faisait bien longtemps qu'elle n'avait pas pensé à elle. Alors que le souvenir de son père ne quittait guère son esprit. Elle sourit en se remémorant les visites de son aïeule, lorsqu'elles s'installaient toutes les deux au soleil pour prendre le thé et que la première écoutait patiemment la seconde lui confier ses tracas d'adolescente.

Elle activa son téléphone pour envoyer un rapide e-mail au notaire, en quête d'informations supplémentaires.

Ils doivent faire erreur. S'il y avait encore des choses à régler à propos de la succession, je serais certainement au courant, non ?

2

Lily ouvrit les yeux, étonnée de se trouver sous un haut plafond blanc. Il lui fallut quelques minutes pour se rappeler où elle était.

Enfin, elle se redressa sur les coudes et pivota sur le côté pour se lever tout en passant les doigts dans ses cheveux pour tenter de les démêler. La chambre était encore plongée dans l'obscurité et la seule lueur provenait du couloir qu'elle avait dû oublier d'éteindre. Elle jeta un coup d'œil au réveil de la table de chevet et s'aperçut qu'elle était au lit depuis des siècles ! Il était près de quatre heures du matin, ce qui signifiait qu'elle avait dormi presque toute la journée et une bonne partie de la nuit. Cela dit, elle ne se sentait pas beaucoup mieux pour autant et son esprit lui paraissait pratiquement plus embrumé que lorsqu'elle s'était allongée.

Elle s'avança vers la salle de bains et se passa un peu d'eau sur le visage avant d'étudier son reflet dans le miroir accroché au-dessus du lavabo. Sans maquillage, elle distingua les légères taches de rousseur qui parsemaient son nez et ses joues, comme une ode au féroce soleil de Nouvelle-Zélande où elle avait vécu et travaillé pendant toutes ces années. Du bout des doigts, elle caressa sa peau en souriant devant sa nouvelle teinte dorée de lumière. Avec ses longues boucles sauvages, elle évoquait désormais davantage la plage et la mer que la grisaille de la ville. Ce n'était pas pour lui déplaire, dans la mesure où cela contribuait à lui donner un air plus décontracté ; il lui avait fallu des années pour y parvenir, aussi n'était-elle pas disposée à abandonner cette nouvelle apparence sous prétexte qu'elle était de retour à Londres.

Elle rassembla ses longs cheveux foncés en un chignon serré tout en se dirigeant à petits pas jusqu'à la cuisine pour récupérer son téléphone sur le comptoir où elle l'avait laissé la veille. Elle vérifia ses e-mails et ouvrit celui d'un ancien collègue, avec en pièce jointe une photo du vignoble où elle avait fait les vendanges quatre années de suite. Les vignes voilées par la gelée blanche de l'aube firent affluer en elle une foule de souvenirs : le premier café du matin à l'ouverture du restaurant, la vue sur les rangées de vignes qui s'étendaient jusqu'à l'horizon. Elle laissa échapper un soupir. Elle n'aurait peut-être pas dû quitter la Nouvelle-Zélande pour ce job d'été en Italie, mais elle s'était toujours promis d'élargir son expérience dans d'autres régions du monde, pour sortir de sa zone de confort, avant de s'établir quelque part.

Elle retourna sur la boîte de réception pour faire défiler les messages jusqu'à ce qu'elle tombe sur la réponse des notaires.

Chère Mme Mackenzie,
Nous vous remercions de votre réponse. Nous sommes pleinement conscients de l'aspect quelque peu mystérieux de notre communication, mais

nous considérons qu'il serait préférable d'aborder la question afférente en votre présence ou celle d'un membre de votre famille. Nous vous serions reconnaissants de bien vouloir confirmer votre venue au rendez-vous proposé vendredi prochain. Dans le cas contraire, nous sommes disposés à vous proposer une autre entrevue à votre convenance.

Avec nos sincères salutations,
John Williamson
Réf. Succession de Hope Berenson

Hope Berenson ? Lily fronça les sourcils mais elle eut beau fouiller sa mémoire, le nom ne lui évoquait absolument rien. Elle aurait aimé que sa mère soit là pour lui demander si elle l'avait déjà entendu ! C'était peut-être une femme qui avait appartenu au passé de sa grand-mère ; quelqu'un qui lui aurait fait un legs sans savoir qu'elle avait quitté ce monde depuis longtemps. En espérant qu'il ne s'agissait pas d'un vieux bibelot inutile qu'elle devrait ramener à la maison après le rendez-vous !

Lily reposa son téléphone. Tout ce dont elle avait besoin pour le moment, c'était d'une bonne dose de caféine pour reprendre ses esprits.

*

Un peu plus tard dans la journée, son portable se mit à sonner.

— Ma chérie, je suis si contente de t'entendre !

Lily répondit par un éclat de rire en rapprochant l'appareil de son oreille afin de mieux entendre la voix éraillée de sa mère.

— Je n'arrive pas à croire que tu sois partie en Italie juste au moment où je rentrais à la maison, lui reprocha gentiment Lily. Je m'attendais tout de même à une réception digne de ce nom pour mon retour !

Elle s'efforçait de masquer sa déception d'avoir trouvé un appartement vide - si sa mère était contente, elle l'était aussi. Elle n'avait pas encore fait la connaissance de son nouveau compagnon, mais ils avaient l'air d'avoir adopté un mode vie merveilleux.

— Ma chérie, tu détestes être le centre de l'attention. Je n'allais certainement pas t'organiser une fête surprise de bienvenue.

Elle avait raison. Lily avait horreur de ce genre de choses qui plaisaient pourtant tellement à sa mère. Elle s'était toujours demandé si l'exubérance de sa mère avait exercé par réaction une influence sur sa propre nature, plus réservée, presque introvertie.

— Quand as-tu prévu d'arriver ? Est-ce que nous te verrons au lac de Côme ?

— Je prévois de partir dans une quinzaine de jours. Je suis tellement contente de te revoir, même si ce n'est que pour une nuit ou deux.

— C'est merveilleux ! Bon, il faut que je te laisse, ma chérie. On m'attend pour une excursion sur un yacht extraordinaire. Tu es sûre de ne pas pouvoir modifier ton vol pour venir nous voir plus tôt et passer plus de temps avec nous ?

Lily secoua la tête, même si sa mère ne pouvait pas la voir. Elle était impatiente de découvrir l'Italie : c'était un pays qu'elle avait toujours eu envie de visiter, mais elle ne tenait pas à se retrouver dans la foule des touristes. Elle mourait d'envie de s'imprégner de la culture locale et d'arpenter les vignobles, les poumons gorgés d'air frais, et de rencontrer les vendangeurs et les propriétaires des domaines. Elle voulait découvrir les petites *trattorie* et côtoyer les gens ordinaires sur les marchés locaux, au lieu d'aller grossir les rangs de fans qui envahissaient les abords du lac de Côme dans l'espoir d'apercevoir George Clooney. Et comble de l'ironie, c'était sans doute la personne que sa mère avait en face d'elle.

— J'ai plusieurs affaires à régler à Londres avant de repartir et je ne vais pas pouvoir modifier mes plans, mais j'ai hâte de te voir, crois-moi, assura Lily. Au fait, avant de raccrocher, aurais-tu entendu parler d'une certaine Hope Berenson ?

— Non, pourquoi ?

— C'est juste qu'il y a une lettre qui est arrivée ici, d'un notaire, adressée à la succession de grand-mère.

— Tu sais bien comment je suis avec le courrier, ma chérie. J'ai dû oublier de l'ouvrir.

— Pas de problème. Je vais voir de quoi il s'agit et je te raconterai tout.

— *Ciao, bella !* chantonna sa mère avant de couper la communication.

Lily continua à fixer son écran pendant une bonne minute. Elle imagina sa mère vêtue de l'un de ses nombreux caftans colorés, qui grimpait dans un élégant yacht dans un cliquetis de bijoux. Elle était vraiment heureuse pour elle. Elle avait toujours été une mère merveilleuse, qui avait fait de sa fille sa priorité, et elle s'était montrée très forte après la mort de son mari, le père de Lily, concentrant tous ses efforts sur leur minuscule famille jusqu'à ce que Lily parte à l'université. Malgré tout, si Lily était ravie que sa mère ait enfin rencontré quelqu'un, elle ne pouvait s'empêcher de se sentir nerveuse à l'idée de rencontrer le premier homme qui avait fait battre le cœur de sa mère depuis la mort de son père.

— Amuse-toi bien, murmura-t-elle dans le vide.

Elle décida qu'il était temps de prendre une douche. Dans sa salle de bains, elle ouvrit le robinet et, tandis qu'elle attendait que la vapeur d'eau chaude emplisse la pièce, le nom de Hope Berenson continuait de hanter ses pensées. Enfin, elle se glissa sous la douche, ferma les yeux et laissa l'eau ruisseler sur son visage et sur son corps.

Le rendez-vous avec le notaire était dans deux jours, deux jours d'attente. Et elle devait admettre que la curiosité commençait à la tarauder.

3

Lily patientait dans la salle d'attente de l'étude Williamson, Clark & Duncan, en faisait mine de lire le magazine posé sur ses genoux. Elle leva les yeux en entendant une jeune femme entrer et tendit l'oreille pour écouter ce que celle-ci disait à voix basse à la réceptionniste.

Avant que la femme se retourne, Lily s'était déjà replongée dans sa prétendue lecture pour ne pas être surprise à épier. C'était vraiment bizarre : il n'y avait qu'un seul homme dans la pièce ; les autres femmes avaient l'air d'avoir son âge et toutes feuilletaient des revues sans dire un mot.

Au moment où elle se redressait sur sa chaise en regardant sa montre, une voix attira son attention.

— Je vous prie de bien vouloir m'excuser, mesdames et monsieur, mais ce rendez-vous a été prévu pour l'ensemble de votre groupe. Lily, Georgia, Claudia, Ella, Blake et Rose, je vous prie de bien vouloir me suivre.

Lily échangea un regard avec certaines des femmes présentes, en se demandant ce qui pouvait bien les réunir.

— Avez-vous une idée de ce dont il est question ? murmura Lily à la jolie blonde qui la suivait.

Celle-ci secoua la tête.

— Pas la moindre. En fait, je commence à me demander pourquoi je suis venue.

— Je suppose que c'est la curiosité, intervint une autre femme.

Lily lui sourit.

— Nous allons peut-être apprendre que nous héritons de quelques millions, ou alors on va nous kidnapper. Dans tous les cas, je suis persuadée qu'il s'agit d'une blague.

Lily éclata d'un rire franc. Elle était à peu près certaine qu'elles ne risquaient pas de connaître un destin funeste dans cette étude de notaires de Paddington avec pignon sur rue, mais cela ne l'empêchait pas de partager ce scepticisme.

Le groupe fut introduit dans une grande salle de conférence et tout le monde fut invité à s'asseoir autour de la table présidée par un homme dans un élégant costume gris. À sa gauche se tenait une femme d'environ trente-cinq ans. Impeccablement vêtue d'une blouse en soie et d'un pantalon noir à taille haute, elle avait les cheveux relevés en arrière en une queue-de-cheval serrée. Cependant, derrière son allure irréprochable, ses yeux trahissaient une certaine nervosité.

Lily prit place et l'assistante qui les avait fait entrer leur distribua des feuilles. Elle leur proposa également du café et des viennoiseries posées au centre de la table, mais tout le monde déclina.

— J'aimerais vous souhaiter la bienvenue à tous et vous remercier d'avoir répondu à notre invitation, dit l'homme en se levant.

Il souriait. Ses cheveux étaient d'un gris plus clair que son costume et, lorsqu'il parlait, il paraissait plus jeune.

— Vous remarquerez que vous êtes six aujourd'hui, et bien que je sois conscient qu'il est peu commun d'être convié sans plus d'information à une réunion de groupe, vous comprendrez bientôt pourquoi il était logique de vous rencontrer ensemble.

Lily le fixait avec attention, mais le mystère semblait s'épaissir. Elle s'éclaircit la voix, tentée de se lever et de partir, mais la curiosité l'emporta.

— Je m'appelle John Williamson, et voici ma cliente, Mia Jones. C'est elle qui a suggéré de vous réunir pour évoquer les souhaits de sa tante, Hope Berenson. Notre étude représentait déjà Mme Berenson depuis de nombreuses années.

Lily tendit la main vers le document posé devant elle et en lissa machinalement les bords sans cesser d'écouter.

— Mia, voulez-vous prendre la parole pour fournir les explications nécessaires ?

Mia hocha la tête et se leva. Elle montrait toujours des signes de nervosité. Lily se renfonça dans sa chaise et se prépara à écouter.

— J'aimerais moi aussi vous remercier de votre présence ici aujourd'hui, et je vous prie d'excuser ma fébrilité. Voyez-vous, je n'ai pas l'habitude de prendre la parole devant un public si nombreux.

Elle esquissa un petit sourire inquiet avant d'ajouter :

— Je dois vous avouer que je me ronge les sangs depuis des heures.

Lily sourit en retour et tout le monde dans la pièce parut pousser un soupir de soulagement, comme si la confidence les avait tous détendus.

— Comme vous l'a indiqué M. Williamson, ma tante s'appelait Hope Berenson et, pendant de nombreuses années, elle a dirigé ici à Londres une maison, Hope House, pour les mères célibataires et leurs bébés. Elle était réputée pour sa discrétion ainsi que pour sa générosité, et ce malgré la conjoncture.

Elle eut un petit rire nerveux et promena son regard sur l'assistance.

— Je suis sûre que vous vous demandez pourquoi diable je vous raconte tout ça, mais, faites-moi confiance, vous allez très vite comprendre.

Lily se pencha en avant. Quel pouvait bien être le lien entre sa grand-mère et cette Hope House ? Pour autant qu'elle le sache, sa grand-mère n'avait eu qu'un seul enfant – son propre père. Avait-elle quelque part dans le monde un *oncle* ou une *tante* qui serait né quand sa grand-mère était bien plus jeune ? Peut-être le lien était-il même encore antérieur ?

— La maison est demeurée à l'abandon pendant de nombreuses années, mais elle doit bientôt être démolie pour faire place à un lotissement. C'est pourquoi j'ai décidé d'y retourner pour jeter un dernier coup d'œil avant le démarrage du chantier, au cas où.

Lily jeta un regard vers les autres femmes de la table : toutes fixaient Mia, souvent les sourcils froncés ou relevés, comme si elles réfléchissaient également à la connexion qu'elles pouvaient avoir avec cette « maison de l'espoir ».

— Quel est donc le rapport entre cette vieille baraque et nous ? demanda la jeune femme aux cheveux châtains assise en face de Lily.

— Désolée ! J'aurais dû commencer par là, s'exclama Mia d'un air encore plus embarrassé.

Elle s'éloigna de sa chaise et traversa la pièce.

— Ma tante s'était aménagé un grand bureau à Hope House et elle y conservait toutes ses archives. Je me suis souvenue que ma mère adorait le tapis de cette pièce, alors je me suis dit que je pouvais peut-être le récupérer pour l'installer ailleurs au lieu de le jeter. Lorsque je l'ai roulé pour l'emporter, j'ai aperçu quelque chose entre deux lames de parquet. Et, étant ce que je suis, eh bien, je n'avais plus qu'une seule idée en tête : revenir avec un outil pour dégager les lattes et voir ce qui se cachait dessous.

Soudain totalement happée par l'histoire de Mia, Lily se surprit à frissonner d'excitation. La narratrice brandit un coffret qui se trouvait posé sur une table au fond de la salle.

— Sous la première latte, il y avait deux petites boîtes et, en dégageant la seconde, j'ai vu qu'il y en avait bien d'autres, toutes alignées et pourvues d'une étiquette manuscrite. Je me suis dit que j'avais sans doute mis la main sur un trésor ! Mais en voyant que chaque étiquette portait un nom, je compris que ce n'était pas à moi d'ouvrir ces boîtes, même si je mourais d'envie de savoir ce qu'elles contenaient.

Elle sourit et chercha le regard de chacune des personnes présentes avant de continuer.

— Avec l'aide de maître Williamson, j'ai retrouvé la trace de la plupart des destinataires de ces boîtes.

J'avoue que, pour une fois, je suis contente que ma curiosité maladive ait pu servir à vous réunir ici aujourd'hui. Voici les boîtes que j'ai apportées.

Mia les déposa soigneusement une par une sur la table et Lily tendit le cou pour tenter de lire les étiquettes. C'est alors qu'elle repéra le nom de Patricia Rhodes. Il n'y avait aucun doute, c'était bien celui de sa grand-mère ! Elle jeta un regard incrédule à Mia tandis que le notaire reprenait la parole.

Comment le nom de ma grand-mère a-t-il atterri là ?

— Quand Mia a retrouvé ces boîtes, elle me les a apportées et nous avons consulté les vieux dossiers qui se trouvaient autrefois dans le bureau de sa tante. Cette dame était très méticuleuse, et bien que nous sachions le caractère confidentiel de ces documents, ils nous ont semblé suffisamment anciens pour que nous nous sentions autorisés à y rechercher le nom des propriétaires légitimes des coffrets. Je m'en suis même fait un devoir.

— Vous n'en avez ouvert aucune ? demanda Lily à l'intention de Mia.

— Non, répondit celle-ci d'une voix plus basse et plus douce. C'est la raison pour laquelle je vous ai demandé de venir car c'est à vous d'en décider.

Ses yeux s'emplirent de larmes et Lily la vit les essuyer promptement.

— Pour que ma tante les ait cachées durant toutes ces années, elles devaient avoir une grande importance à ses yeux. Ce que je ne comprends pas, c'est pourquoi elle n'a pas cherché à les remettre à leurs propriétaires de son vivant. J'ai senti que la tâche m'incombait, et il vous revient à présent de choisir de les ouvrir ou de les laisser scellées à tout jamais.

Lily réprima l'envie de se lever pour étreindre Mia mais, à y regarder de plus près, la jeune femme semblait s'être ressaisie, soudain moins vulnérable.

— Ce que nous ignorons, poursuivit le notaire en s'appuyant sur la table pour se relever lentement, c'est s'il existe d'autres boîtes qui ont été remises à leurs destinataires au fil des années. Mme Berenson a pu choisir de ne pas rendre ces sept-ci pour des raisons particulières, ou bien elles n'ont jamais été réclamées.

— Ou elle a pu, pour des raisons qui lui appartenaient, décider qu'il valait mieux continuer à les cacher, termina Mia à sa place. Dans ce cas, j'ai peut-être exhumé quelque chose qui aurait dû rester secret.

Le notaire s'éclaircit la voix.

— Certes, mais quelle qu'en soit la raison, mon devoir est de les remettre à leurs propriétaires attitrés ou, le cas échéant, à leurs héritiers.

— Et vous n'avez vraiment pas la moindre idée de ce qu'elles contiennent ? demanda une femme assise de l'autre côté de la table.

— Absolument pas, répondit Mia.

— Eh bien, tout ceci m'a l'air passionnant, mais je dois retourner travailler, commenta une beauté brune assise à l'écart des autres. Donnez-moi la boîte étiquetée « Cara Montano » et je vous abandonnerai.

Son manque d'intérêt manifeste surprit Lily ; elle-même mourait d'impatience d'ouvrir la boîte de sa grand-mère.

— Je vous remercie d'être venue, ajouta le notaire. Si vous avez des questions, n'hésitez pas à revenir vers moi.

La femme hocha la tête mais à son air, Lily comprit qu'elle n'avait pas la moindre intention de rester en contact. Personne d'autre ne bougea lorsque, après avoir attesté de son identité et signé une décharge, la brune jeta négligemment la boîte dans son sac à main et quitta la pièce d'un pas pressé. Lily avait juste eu le temps de voir qu'elle s'appelait Georgia.

Le notaire reprit la parole.

— Je vous demanderai de me faire passer un justificatif d'identité puis de signer le reçu correspondant et je vous remettrai votre boîte. J'imagine que vous êtes tous attendus quelque part.

Lily lut le document posé devant elle et sourit à Mia qui faisait passer un stylo.

— Merci, dit-elle en signant. C'est un véritable mystère, n'est-ce pas ?

Le visage de Mia s'illumina et Lily la trouva vraiment jolie, avec cette expression détendue. Tout au long de son allocution, elle semblait avoir revêtu un masque de confiance feinte.

— J'ai bien conscience du caractère incongru de la situation, mais en voyant le soin que ma tante avait apporté à l'étiquetage de ces boîtes, je me suis sentie investie d'une mission. Je n'aurais pas pu continuer à me regarder dans un miroir si je les avais abandonnées dans cette maison vouée à être démolie.

Lily acquiesça.

— C'est tellement dommage qu'elles soient restées cachées pendant toutes ces années !

Mia prit la feuille des mains de Lily pour la remettre au notaire avant de revenir avec la petite boîte. Il s'agissait en réalité d'un coffret en bois, entouré d'un brin de ficelle qui retenait la fameuse étiquette portant le nom des destinataires. Comme tous les autres, celui de la grand-mère de Lily était calligraphié avec raffinement. De toute évidence, c'était la même main qui les avait rédigés.

Résistant à la tentation de dénouer la ficelle sur-le-champ, elle se contenta de caresser du doigt la surface lisse, tout en laissant son imagination divaguer sur la nature du contenu.

— Je n'ai rien à ajouter, sauf si vous avez des questions..., intervint le notaire.

Lily secoua la tête, puis leva les yeux vers Mia. Quelque chose en elle intriguait Lily, une impression de solitude peut-être, aussi l'aborda-t-elle tandis que la réunion s'achevait.

— J'ai très envie d'ouvrir la mienne tout de suite, dit Lily. Je n'ai jamais aimé les surprises.

— Assurez-vous auparavant d'être prête à remuer le passé. Une fois son contenu dévoilé, bon nombre de choses pourraient être bouleversées, des secrets révélés. Ce que vous pensiez savoir de votre grand-mère pourrait s'avérer erroné. Certains mystères sont censés demeurer cachés. C'est le genre de chamboulement que je redoute le plus depuis que j'ai décidé de vous retrouver.

— Je comprends, acquiesça Lily. Pour être honnête, j'ai du mal à croire que ma grand-mère puisse être mêlée à cette histoire.

— Croyez-moi, répondit Mia, je sais ce que vous ressentez. Jusqu'à récemment, j'ignorais moi aussi tout de cette histoire, mais ma tante tenait un journal intime que j'ai retrouvé caché au milieu des boîtes. Je suis plongée dedans depuis quelques semaines. Des dizaines de femmes sont passées par cette maison, certaines qui souhaitaient se débarrasser de leur bébé, d'autres qui avaient le cœur brisé de devoir l'abandonner.

— Mais si autant de femmes y ont accouché, demanda Lily, ne devrait-il pas y avoir davantage de boîtes ?

— C'est possible, mais peut-être que certaines boîtes ont déjà été récupérées. Vos grands-parents sont peut-être les seuls à n'être jamais venus chercher des réponses à leurs questions.

— Oh, est-ce que quelqu'un a oublié la sienne ? s'écria Lily en désignant une boîte pendant qu'elle rangeait soigneusement la sienne dans son sac à main.

— Non, cette septième boîte n'a pas été attribuée, expliqua Mia. En réalité, je ne sais pas pourquoi je l'ai apportée puisque je n'ai pas trouvé la personne à contacter, mais il m'aurait paru étrange de la laisser de côté.

Lily lut le nom inconnu en se demandant à qui la boîte pouvait bien appartenir. Le fait que les autres descendants soient venus récupérer la leur était déjà incroyable, mais, comme elle, les autres avaient dû succomber à la curiosité.

— En tout cas, merci encore de vous être occupée de tout cela, dit-elle.

— J'espère que votre boîte ne renferme pas de mauvaises surprises, ajouta Mia en la saluant de la main.

Lily lui rendit son geste et lança un sourire à une autre femme qui partait en même temps qu'elle. Quelques heures plus tôt, elle s'était sentie envahie de nostalgie pour un pays qui n'était pas vraiment le sien, et les gens qu'elle avait croisés au cours de ces quatre dernières années lui manquaient tant qu'elle avait caressé l'idée de sauter dans le premier avion pour la Nouvelle-Zélande. Mais en cet instant, elle avait l'impression d'être exactement à sa place à Londres. Et si elle n'était pas rentrée dans *son* pays, elle n'aurait jamais reçu cette étrange petite boîte qui portait le nom de sa grand-mère.

Elle ne croyait pas au destin et n'y avait jamais cru, mais elle allait peut-être devoir réviser son jugement.

4

Italie, 1937

Estée n'oublierait jamais la première fois qu'elle le vit. Elle se tenait sur la scène, le cœur battant à tout rompre, comme prêt à bondir hors de sa poitrine. Face à elle, le public applaudissait et souriait, et elle le salua d'une ample révérence avant de se remettre sur ses pointes et de quitter lentement la scène. Elle gardait le dos droit, les bras tendus, les dents serrées et le sourire impeccable malgré la douleur qui tiraillait son corps.

— Bravo, murmura sa mère lorsqu'elle apparut, les bras grands ouverts pour envelopper Estée dans une étreinte aussi théâtrale que les baisers qu'elle déposa sur ses joues sous les yeux de la foule amassée. Ils t'ont adorée.

Elle savait ce que cela signifiait. Sa mère voulait que tous assistent à cet échange, du moins tous ceux qui importaient, et ce jour-là il s'agissait de montrer aux familles influentes du Piémont l'ampleur du talent de cette jeune fille qui était des leurs. Un peu plus tôt, Estée avait surpris quelqu'un en train de glisser une poignée de billets à sa mère, aussi n'ignorait-elle pas que sa famille se faisait rétribuer pour ses performances. Et si sa mère l'accueillait ainsi à la fin du ballet, c'était que le spectacle était loin d'être terminé. Elle s'efforça de ne pas se raidir, comme si elle était habituée à ce genre de démonstrations d'affection.

Estée adorait danser. Sa mère répétait à l'envi l'histoire de la petite fille qui dansait avant de savoir marcher, même si Estée se doutait que l'anecdote avait été largement embellie. En vérité, elle dansait depuis sa plus tendre enfance, et lorsqu'elle avait commencé à prendre des leçons, il n'avait pas fallu longtemps pour que son talent soit repéré.

Tandis que sa mère entreprenait de saluer les familles qui s'apprêtaient à partir, Estée se tenait à ses côtés, le port toujours irréprochable, et saluait à son tour de la main dans un geste de grâce pure. Le sourire immuable et la tête légèrement baissée dans une attitude de modestie, elle veillait à ne commettre aucun impair qui lui aurait valu un sermon par la suite.

C'était à elle qu'il incombait d'améliorer le sort de sa famille. Tout le poids de la destinée familiale reposait sur ses épaules et, parfois, cela lui tordait l'estomac, dans une douleur aussi vive que celle qu'elle éprouvait la nuit, lorsque son corps criait famine. Elle s'entraînait toute la journée et, malgré cela, n'avait droit qu'à des miettes de ce que ses frères et sœurs recevaient.

Tu dois rester mince, Estée, comme un oiseau ! Personne n'a envie de voir danser une petite boulotte, n'est-ce pas ?

Elle baissa les yeux sur ses jambes, consciente que sa mère faisait un scandale au moindre gramme qu'elle prenait. Elle n'avait que douze ans mais ses mollets grossissaient à vue d'œil, ne serait-ce que parce qu'elle s'entraînait sans relâche. D'ailleurs, son professeur de danse lui avait dit qu'elle pouvait en être fière, mais elle se demandait parfois si sa mère ne confondait pas les muscles et la graisse, et plus elle s'exerçait, pendant des heures chaque jour, plus ses muscles se développaient.

Et j'ai encore moins le droit de manger !

Un garçon, qui se tenait un peu à l'écart de ses parents et de ses frères et sœurs, s'approcha d'elle. Lorsqu'elle croisa son regard, Estée oublia totalement ses crampes d'estomac. Il avait le regard brillant et son sourire était à nul autre pareil ; alors que tout le monde semblait se forcer à sourire par simple politesse, le sourire du garçon illuminait son visage avec une sincérité réelle. Son masque se fissurant par mimétisme, Estée lui répondit spontanément.

Comme sa famille bavardait avec les personnes autour d'eux et que sa mère semblait en grande conversation avec une autre femme, elle s'approcha du garçon, curieuse de savoir qui il était. Elle ne fréquentait plus l'école et sa famille était installée depuis peu dans la région. Ils avaient récemment déménagé pour le travail de son père, aussi ne connaissait-elle pas les enfants des environs. D'ailleurs, sa mère ne l'aurait jamais laissée se mêler à eux. Tout ce qui risquait de la distraire de la danse lui était formellement interdit.

Lorsque le garçon lui fit signe de le suivre, Estée ne put résister à la tentation, les yeux rivés sur la tête brune qui disparaissait dans la foule. Où allait-il ? Et pourquoi voulait-il qu'elle vienne aussi ?

En jetant un nouveau coup d'œil à sa mère, elle constata que celle-ci était toujours absorbée par sa conversation. Elle en conclut que l'absence de sa « petite ballerine » passerait inaperçue, et elle se fraya discrètement un chemin à travers la foule, en adressant un sourire à tous ceux qu'elle croisait. Elle se sentait de plus en plus hardie à mesure qu'elle progressait, et elle parvint à s'éclipser sans se retourner. Au moment où elle franchit la porte, elle fut parcourue d'un frisson, l'air frais de l'automne au contact de ses épaules nues, mais elle s'élança dehors pour rejoindre le garçon.

Le voilà.

Elle prit le temps de jeter un dernier coup d'œil par-dessus son épaule avant de s'avancer vers lui, de crainte que sa mère ne surgisse. *Elle a sans doute remarqué mon absence à présent. Elle va venir me chercher.* Mais il n'y avait personne. Elle déglutit, hésita, pensa brièvement aux conséquences. Si on la voyait seule avec un garçon, elle imaginait déjà les rumeurs ! Parfois, elle se sentait encore comme une toute petite fille, mais elle savait que ce n'était pas l'impression qu'elle donnait ; son apparence évoquait sans doute possible la jeune fille sur le point de devenir femme, une femme capable de faire tourner la tête des hommes, ce qui signifiait aussi qu'elle ne pouvait pas se permettre d'être vue seule avec l'un d'eux, même s'il avait son âge. Cependant, à cet instant, elle oublia toute précaution et avança vers lui.

— Bonsoir, lança-t-il.

Il était assis dans l'herbe et s'amusait à jeter des cailloux dans un petit bassin.

— Bonsoir, répondit-elle en s'agenouillant à quelque distance de lui.

Elle ne tenait pas à s'approcher trop près et tentait désespérément de conserver une certaine pudeur malgré la finesse de son tutu.

Ils demeurèrent ainsi pendant une minute, sans parler, et elle le regarda arracher machinalement sur quelques brins d'herbe avant de tirer quelque chose de sa poche : une cigarette qu'il glissa entre ses lèvres. Il l'alluma à l'aide d'une allumette avant de tirer une bouffée. Il toussa, ce qui les fit rire tous les deux, et tendit la cigarette à Estée. L'espace d'un instant, il avait eu un air d'adulte, mais le toussotement rappela à Estée que ce n'était qu'un jeune garçon qui jouait à la grande personne, tout comme elle n'était qu'une petite fille qui jouait à être une femme. Elle comprit qu'il cherchait à l'impressionner et se demanda s'il avait volé la cigarette à son père.

Estée hésita, les poings serrés, en proie à une lutte intérieure entre sa raison et son envie. *Mais prends-la donc !*

La voix de sa mère résonnait dans sa tête et elle savait qu'elle ne devait pas accepter cette cigarette, mais il y avait quelque chose chez ce garçon, et elle était si lasse de faire tout ce qu'on lui imposait ! Il souriait toujours, mais il paraissait avoir retrouvé une certaine candeur. Estée avait souvent vu les hommes faire des messes basses en se poussant du coude, elle s'était souvent sentie gênée par leurs louanges et leurs sous-entendus, et elle avait l'habitude de voir les garçons faire les coqs pour l'impressionner. Mais pas lui. Il faisait preuve d'une curiosité et d'une retenue qui l'attiraient.

Estée tendit la main et il se rapprocha en se tortillant pour lui passer délicatement la cigarette. Leurs doigts se frôlèrent un bref instant tandis qu'elle faisait de son mieux pour tenir le petit tube blanc comme elle avait vu le garçon le faire. Elle avait aussi admiré les stars de cinéma qui érigeaient leur façon de fumer en un monument d'élégance, ainsi que les femmes de la bonne société et leurs amis, lors des spectacles et des réceptions, dont les luxueux porte-cigarettes exacerbaient les charmes, et elle tenta à son tour d'avoir l'air adulte. Hélas, elle avala sa première bouffée maladroite de travers et fut prise d'une crise de toux – un peu loin de l'attitude séduisante qu'elle avait en tête !

Le garçon sourit mais ce n'était pas pour se moquer de sa maladresse. Au contraire, il vint s'asseoir tout contre elle. Il retira son veston, le posa sur ses épaules et lui tapota le dos. Elle se blottit dans le vêtement, heureuse que la brise froide cesse de mordre sa peau nue, mais elle se sentit gênée de voir combien il lui avait été facile de se pencher vers elle pour la toucher.

— Je ne comprends vraiment pas pourquoi tout le monde adore fumer ! s'écria-t-elle en lui rendant la cigarette. C'est répugnant.

Il haussa les épaules et tira une nouvelle bouffée avant de recracher la fumée.

— Il ne faut prendre que de petites bouffées au début. Peu à peu, on s'habitue.

Mais il ne parvint pas à la convaincre qu'il aimait cela ni qu'il s'y adonnait souvent car lorsqu'elle afficha une grimace, il laissa tomber le mégot et l'écrasa sous sa semelle. Quelle qu'en soit la raison, même s'il faisait simplement preuve de politesse, la cigarette avait disparu.

— Je m'appelle Félix, dit-il en tendant la main.

— Estée, répondit-elle en acceptant sa poignée de main.

Ils éclatèrent alors d'un rire embarrassé et se lâchèrent pour regarder le bassin. S'ils avaient été plus âgés, ils se seraient embrassés sur la joue, mais ils étaient dans un entre-deux, et ni l'un ni l'autre ne semblait très expert dans l'art de jouer aux adultes.

— Aimes-tu danser ? demanda-t-il en lui jetant un regard en coin avec un sourire timide.

— J'adore ça, répondit-elle en sachant que c'était à la fois profondément vrai et terriblement mensonger.

Autrefois, elle adorait danser, mais à présent, elle n'en était plus si sûre.

— Dans ce cas, pourquoi avais-tu l'air si triste ?

Elle afficha un air surpris.

— Quand donc ? Je n'étais pas triste !

— Je crois que tu es très douée pour faire semblant d'être heureuse. Mais tes yeux avaient l'air tristes alors que tu souriais.

Elle nota en son for intérieur qu'il lui faudrait modifier sa manière de se tenir en public, son apparence, jusqu'au moindre battement de cils. Elle devait paraître heureuse tout le temps, pas seulement quand elle dansait, mais aussi lorsqu'elle était en présence d'autrui. Elle enfonça les ongles dans ses paumes pour refouler la colère qui montait en elle. Si un jeune garçon était capable de lire en elle, comment pouvait-elle espérer tromper qui que ce soit d'autre ?

Si je ne suis pas parfaite, je n'y arriverai jamais. Je n'ai pas le temps de fumer des cigarettes et de bavarder avec des garçons. Qu'est-ce que je fabrique ici d'ailleurs ?

— Pourquoi fais-tu cela ? demanda-t-il en indiquant ses mains dans lesquelles elle enfonçait si fort ses ongles qu'il lui fallait une volonté de fer pour ne pas gémir de douleur. Pourquoi te mutiles-tu ?

— Je ne fais rien du tout ! s'exclama-t-elle en cachant sa main.

Elle se sentait humiliée d'avoir été prise sur le fait. Elle se dégagea aussitôt du veston, mais Félix rattrapa celui-ci avant même qu'il touche terre. Elle aurait dû rester à l'intérieur – mais qu'avait-elle en tête ?

— Je ne devrais pas être ici, ajouta-t-elle en triturant du bout des doigts l'ourlet de son tutu.

Elle ne l'avait cependant pas quitté des yeux.

— N'as-tu pas le droit de t'amuser un peu ? insista-t-il.

Au lieu d'enfiler son veston, il le lui tendit, comme s'il pensait qu'elle pourrait le reprendre.

— Non.

Cette fois, malgré tous ses efforts, elle fut incapable de masquer la tristesse qui voilait ses yeux.

— Non, je n'ai pas le droit de m'amuser, jamais. Je n'ai le droit que de danser.

— Dis-moi où tu habites, dit-il. Parfois, la nuit, je me faufile dehors et je descends jusqu'au fleuve. Tu pourrais me rejoindre si tu veux.

Elle secoua la tête. Elle n'allait certainement pas lui donner son adresse. Elle était suffisamment avertie pour ne pas vagabonder en pleine nuit avec qui que ce soit, surtout avec un garçon, même s'il n'avait que treize ou peut-être quatorze ans. Ce ne serait pas correct. Si quelqu'un l'apercevait, sa réputation serait ruinée à jamais. Il devait en être conscient.

— Je dois rentrer, dit-elle en dépit de son envie de rester.

Elle aurait pu dresser la liste de toutes les raisons qui lui intimaient de s'éloigner, mais une petite voix en elle continuait de vouloir la convaincre de s'attarder encore un peu auprès de lui.

Félix se leva et reposa doucement son veston sur ses épaules dénudées.

— Si tu changes d'avis, tu peux toujours venir me trouver, dit-il. Tu n'as rien à craindre, c'est promis. Il m'arrive de me balader en pleine nuit tout seul mais aussi parfois avec des amis.

Elle plongea son regard dans le sien, si amical, intense et innocent, et elle sut qu'il ne mentait pas. Il n'y avait aucune malice dans ces yeux, et elle se sentit attirée par lui comme elle ne l'avait jamais été par quiconque. Toute sa vie ne tournait qu'autour de la danse, au point qu'elle souffrait la plupart du temps d'une immense solitude. Quand elle ne dansait pas, elle était à l'école, et n'avait pas eu le temps de se faire des amis ou de fréquenter les garçons. Autrefois, elle dansait par passion, mais cette époque était révolue. À présent, même le droit d'aller à l'école lui avait été retiré.

Félix se rapprocha encore et quelque chose entre eux changea. Elle le vit baisser les yeux sur ses lèvres, et son regard si doux sembla l'interroger, comme pour lui demander si elle avait compris ses intentions. Lorsqu'il baissa à nouveau les yeux, elle le tira par la chemise, dans un geste presque brutal, et attira son visage à elle pour poser ses lèvres sur les siennes, comme elle s'imaginait le faire adulte. Leurs dents s'entrechoquèrent et leurs bouches se touchèrent avec maladresse, mais, pendant une seconde, une seconde de félicité pure, leurs lèvres bougèrent en parfaite harmonie. Et, pour la première fois, ce ne fut pas la danse qui la fit frissonner d'impatience.

— Estée ! appela une voix au loin.

— Il faut que je parte, murmura-t-elle en lâchant Félix.

Elle sourit à la vue de ses joues rougies.

— Tu n'auras qu'à lancer un caillou, dit-il en bégayant tandis qu'elle reculait. Si tu souhaites me revoir un jour, lance un caillou à ma fenêtre. Nous habitons la grande maison avec le toit en tuiles de terre cuite au bout de la ville. Ma chambre est à l'étage, celle qui se trouve juste à côté du pêcher.

Elle connaissait cette maison car elle passait devant chaque fois qu'elle se rendait à son cours de danse. C'était la plus grande maison de tout le quartier. Impossible à manquer. Mais quand bien même elle rêvait de l'embrasser à nouveau, elle n'était pas prête à faire de quelconque promesse.

Sans cesser de sourire, elle se détourna, serra le vêtement autour de ses épaules et partit en courant rejoindre sa mère. Elle aurait dû lui rendre ce veston, mais en le gardant, elle disposait d'une excuse pour le revoir.

— Estée ! lança-t-il avant qu'elle disparaisse.

Elle se retourna et croisa son regard.

— J'espère que je te verrai à nouveau danser.

Elle fit une petite moue et agita brièvement la main avant de filer sans demander son reste avec pour seule préoccupation de ne pas se tordre la cheville.

Dans son esprit agité, une chose était sûre : elle irait un jour lancer un caillou sur cette fenêtre – elle devait simplement réfléchir à la manière de sortir de sa chambre sans que personne ne se doute de rien.

— Estée !

— J'arrive, *mamma* ! répondit-elle.

C'est tout essoufflée qu'elle retrouva sa mère.

— Que se passe-t-il ? demanda aussitôt celle-ci.

Les yeux baissés dans l'espoir que sa mère ne déchiffrerait pas son expression, Estée craignait que celle-ci devine à ses joues rosies ou à ses lèvres empourprées qu'on l'avait embrassée.

Sa mère lui saisit brutalement le menton et lui fit tourner la tête en plissant les yeux.

— Tu es si rouge ! Serais-tu souffrante ? Tu es toute chaude, ajouta-t-elle en posant la main sur le front de sa fille. Où étais-tu passée ? J'ai cru que tu avais disparu.

C'est alors qu'Estée se souvint du veston. Elle sentit son estomac se tordre. Quelle idée de l'avoir gardé ! Elle aurait dû l'ôter et le cacher. Sa mère ne serait pas dupe.

— À qui appartient ceci ? questionna sa mère en faisant claquer son ongle sur l'épaule du vêtement.

Estée le serra contre elle d'un geste possessif.

— Je suis allée prendre l'air et je ne me sentais pas très bien. Il y avait un gentil garçon qui me l'a prêté. Il a compris que j'avais froid.

Sa mère laissa échapper un sifflement caractéristique.

— Quel garçon ?

— Il s'appelle Félix, répondit Estée qui ne savait pas mentir à sa mère.

— Félix Barbieri ?

Estée haussa les épaules, étonnée que sa mère sache de qui il s'agissait.

La claque sur sa main la prit par surprise. Sa mère ne supportait pas la moindre marque d'insolence. Estée sentit la brûlure du geste sur sa peau, mais elle garda la tête haute, refusant de lui donner le plaisir de voir qu'elle en était affectée.

— Tu t'es trouvée seule avec lui ?

Estée baissa alors les yeux et hocha imperceptiblement la tête. Elle savait qu'il était inutile de défier sa mère. Si elle avait gardé la tête haute, celle-ci n'aurait pas hésité à la frapper en pleine face.

— As-tu la moindre idée de ce que les gens diraient de nous s'ils te surprenaient avec un garçon sans la présence d'un chaperon ? siffla-t-elle. Tu sais ce que les garçons attendent d'une fille comme toi, Estée. Tu m'entends ? Que crois-tu qu'il t'adviendrait si on commençait à raconter partout que la petite ballerine traîne avec des garçons ? Ils penseraient que tu es sur la mauvaise pente, voilà tout !

Estée déglutit et se mit à trembler de tous ses membres.

— Comprends-tu ce que je suis en train de te dire ?

— Oui, maman.

Sa mère lui arracha le veston et elle sentit aussitôt la morsure du froid. Elle ne voyait pas du tout ce que les garçons *attendaient* d'elle, mais si c'était un baiser, elle était la seule à blâmer, pas Félix.

— Lorsque tout le monde sera parti, je veux que tu retournes t'entraîner. Je tiens à ce que tu sois parfaitement en rythme. Tu aurais pu mieux faire, continua-t-elle en soupirant. Tu peux *toujours* mieux faire, Estée.

Estée avait été parfaite. Elle connaissait son numéro par cœur, elle aurait pu l'exécuter les yeux fermés. Mais rien n'était jamais suffisant pour sa mère.

— Oui, maman, acquiesça-t-elle.

Ce n'était vraiment pas le moment de discuter de sa performance avec elle. Mieux valait obtempérer.

Mais dès que sa mère eut tourné les talons, Estée se hâta de récupérer le veston de Félix pour le rouler en boule. Elle en huma l'odeur : fumée de cigarette et une pointe d'autre chose, comme un parfum de son savon, frais et citronné. *Le même parfum que celui que j'ai senti lorsque je l'ai attiré à moi.*

Elle rangea le veston dans son sac et referma soigneusement la glissière avant de retourner sur scène pour reprendre tout son solo. Mais, à présent, il n'y avait plus personne pour la regarder.

Je veux l'embrasser encore une fois et rien ne m'en empêchera.

5

De nos jours

Sur la route du retour, il se mit à pleuvoir à grosses gouttes et Lily dut courir sur les quelques derniers mètres qui la séparaient de chez elle. C'est en haletant qu'elle parvint à la porte de son appartement, ravie de se retrouver enfin seule. La petite boîte en bois semblait brûler un trou dans son sac et supplier qu'on l'ouvre. Lily jeta sa besace sur la table et entreprit de la fouiller frénétiquement.

Avant de l'ouvrir, elle garda la boîte un moment entre les mains en spéculant sur son contenu. Mia avait indiqué qu'elle pouvait renfermer des indices concernant le passé, mais pour Lily, le passé ne recelait aucun mystère et elle ne pouvait s'empêcher de penser à ce que Mia avait dit quant au risque d'aller y fouiller. *Vais-je regretter d'avoir ouvert cette boîte en y faisant des découvertes sur ma généalogie ? Un secret qui aurait perduré pendant tant d'années ?*

Elle caressa la petite carte qui portait le nom de sa grand-mère et tira sur la ficelle qui maintenait la boîte fermée. Mais le nœud était trop serré et elle dut partir en quête d'une paire de ciseaux car ses ongles ne purent en venir à bout. Elle finit par couper la ficelle tout en se demandant depuis combien de temps celle-ci fermait la boîte. Elle imagina un instant cette mystérieuse femme du nom de Hope en train de placer son secret dans le coffret avant de le sceller.

Cette femme, Hope, en ignorait peut-être le contenu ! Elle a pu se contenter d'inscrire le nom sur l'étiquette et de cacher la boîte en lieu sûr.

En soulevant le couvercle, Lily s'attendait à tomber sur une lettre soigneusement pliée en quatre ou sur un acte de naissance, mais pas sur une page déchirée portant du texte imprimé. Apparemment, c'était un morceau de quelque chose, peut-être un document officiel ? Tout ce qu'elle put déchiffrer, ce furent les mots *Teatro alla Scala* dans un coin. Le reste était dans une langue qu'elle ne connaissait pas. Elle saisit son téléphone pour consulter Google. Mais bien sûr ! Il s'agissait de l'opéra de Milan, l'un des plus prestigieux d'Italie.

Tout en se promettant de finir de traduire le texte grâce à Internet, elle posa la feuille sur la table pour continuer à fouiller la boîte. Elle contenait un autre document, plus souple, semblable à du papier à lettres, et l'écriture qui y figurait était manuscrite, l'encre délavée par le temps. Lily déchiffra les mots sans les comprendre, encore une langue étrangère, mais elle devina qu'il s'agissait d'une recette de cuisine. Elle mit également cette feuille de côté, frustrée de constater que ce qui avait tant attisé sa curiosité se résumait à un tas de vieux papiers qu'elle n'était même pas fichue de savoir lire !

Déçue, elle souleva la boîte vide et la retourna dans tous les sens dans l'espoir d'y déceler un compartiment secret qui dissimulerait d'autres indices, mais il n'y avait rien.

« On dirait bien de l'italien, non ? » marmonna-t-elle en lissant soigneusement les deux morceaux de papier découverts plus tôt.

Cela signifiait-il que sa grand-mère était originaire d'Italie ? Cela aurait pu expliquer la couleur noir d'encre de ses propres cheveux et les traits séduisants de son père. Avait-elle dans son arbre généalogique des ancêtres italiens dont elle ignorait l'existence ? Elle se plongea dans ses souvenirs à la recherche de ce que sa grand-mère aurait pu faire ou dire dans ce sens. Cela aurait-il vraiment pu lui échapper ? Sa grand-mère aurait-elle pu garder le secret sur ses origines, embarrassée d'une manière ou d'une autre par son passé ?

Tout en rangeant les documents dans la boîte et en replaçant celle-ci dans son sac, Lily se prit soudain à rire. *Et dire que tu ne cessais de t'étonner du tempérament explosif de ta mère autant que celui de ta fille, Papa !*

Son téléphone afficha une notification. Elle consulta ses e-mails et écarquilla les yeux en voyant le nom de Roberto Martinelli, le viticulteur de la région de Côme où elle était attendue dans à peine plus d'une semaine. Quelle coïncidence !

Lily,

Ciao, bella ! J'espère que tu vas bien. Le raisin est mûr plus tôt que prévu cette année et je vais avoir besoin de toi au plus vite. Si c'est possible pour toi, j'aimerais que tu changes de vol pour prendre celui de lundi. Je te rembourserai la différence, bien entendu. Désolé de te prévenir à la dernière minute.

R.M.

Lily sourit. Elle n'aurait peut-être pas besoin d'avoir recours à Google Traduction après tout. Si elle arrivait en Italie dès lundi, elle n'aurait qu'à demander à ses nouveaux collègues de travail de lui traduire les textes.

Elle rédigea rapidement une réponse pour Roberto avant de se précipiter dans sa chambre où un énorme tas de linge sale jonchait le sol. Elle disposait de moins de quarante-huit heures pour préparer ses bagages et, si tout se passait comme prévu, elle serait absente pendant plusieurs mois. Il lui fallait donc soigneusement réfléchir à ce qu'elle devait emporter.

Mais ce n'étaient pas les vêtements qui la préoccupaient ! Ses pensées la ramenaient sans cesse à la Scala et à Milan, et son esprit était assailli d'innombrables questions.

6

En sortant de l'aéroport sous le soleil éclatant, Lily inspira profondément l'air chaud et humide. *Enfin en Italie !* Comparé au long voyage qui l'avait ramenée de Nouvelle-Zélande, le vol Londres-Malpensa lui avait paru très bref, mais elle devait encore rallier Côme en train depuis Milan. Elle regarda autour d'elle et regretta de ne pas avoir le temps de faire un peu de tourisme. Milan était une ville qu'elle avait toujours rêvé de visiter.

Elle demeura un moment devant le terminal pour vérifier sur l'application de son téléphone la gare où elle devait se rendre pour prendre le train pour Côme. Elle en profita pour consulter sa messagerie. Il faisait une telle chaleur qu'elle se félicitait d'avoir mis une robe ample et légère, mais elle transpirait tant qu'elle releva ses cheveux pour se rafraîchir un peu la nuque. Elle aurait dû penser à se les attacher.

Comme son téléphone bipait, elle laissa tomber ses cheveux et cliqua sur ses messages. Il y en avait un de sa mère. Un peu surprise, elle l'ouvrit. Elles avaient prévu de déjeuner ensemble et Lily devait loger chez elle cette nuit-là avant de partir pour le vignoble le lendemain matin. Après un coup d'œil à l'heure, elle s'aperçut qu'il allait être pratiquement impossible de tenir ses engagements.

Elle vit un taxi passer non loin d'elle et maugréa. En voiture, il ne lui faudrait sans doute pas plus de quarante-cinq minutes pour atteindre le lac mais la course allait probablement lui coûter un bras. Elle glissa son téléphone dans son sac et s'assura que la boîte s'y trouvait toujours. Celle-ci ne quittait pas ses pensées depuis qu'elle l'avait ouverte, mais elle n'avait pas eu le temps d'approfondir ses recherches au-delà des quelques informations que Google lui avait fournies sur la Scala.

Je pourrais annuler le déjeuner pour aller y faire un tour, juste pour voir. Non, elle secoua la tête en se rabrouant intérieurement pour avoir eu une telle idée ; elle n'avait pas vu sa mère depuis des siècles. D'ailleurs, en quoi une visite de l'opéra pourrait-elle l'aider ? Tout ce dont elle disposait, c'était d'un vieux programme, et elle ne pouvait guère se présenter et demander de l'aide au premier employé venu – d'autant plus qu'elle ignorait même en quoi elle avait besoin d'aide et qu'elle ne parlait pas un mot d'italien !

Elle passa son sac à dos sur son épaule et avança dans la direction opposée à la gare. Soudain, la perspective d'un trajet rapide dans une voiture avec chauffeur lui parut être la meilleure idée du monde, exactement ce dont elle avait besoin, même si cela devait lui coûter une petite fortune.

Elle héla un premier taxi qui ne s'arrêta pas, mais un autre apparut très vite. Elle se pencha à la vitre avant pour demander au chauffeur :

— Lac *Como* ?

— *Si, si,* répondit l'homme avec un large sourire et un rapide coup d'œil qui lui mit pourtant le rouge aux joues.

Partout ailleurs dans le monde, ce genre de comportement – elle avait l'impression qu'il la déshabillait des yeux – se serait soldé par une gifle, mais ici, pour une raison inexpliquée, cela vous donnait la sensation d'être fantastique.

En deux secondes, il était près d'elle et s'emparait de ses sacs pendant qu'elle s'installait sur la banquette arrière. Elle regarda les gens qui traversaient et le manège des voitures qui allaient et venaient pour déposer ou emmener les voyageurs de l'aéroport. Lorsque le chauffeur reprit place à l'avant, Lily remarqua qu'il la fixait dans le rétroviseur et elle lui rendit son sourire.

— Vous parlez anglais ? demanda-t-elle.

— Un peu, répondit-il dans sa langue.

— Mieux que moi l'italien, assurément.

Elle tourna les yeux vers la vitre en se demandant où se trouvait l'opéra par rapport à l'aéroport.

— Depuis combien de temps vivez-vous à Milan ?

— Depuis toujours, répondit le chauffeur dont les yeux allaient et venaient entre la chaussée et le rétroviseur.

— Vous connaissez bien le théâtre de la Scala ?

À peine avait-elle posé sa question qu'elle comprit à quel point elle était stupide. De toute évidence, il devait conduire des touristes à ce lieu emblématique tous les jours !

— C'est très beau. Voulez-vous aller là-bas d'abord ?

— Non, non, dit-elle aussitôt en secouant la tête. Je ne veux pas y aller. C'est juste que… J'aurais voulu en savoir un peu plus à son sujet.

Elle n'était même pas sûre de la façon dont elle voulait formuler sa question.

— Je pense que ma grand-mère, ou peut-être mon arrière-grand-mère, avait un lien avec ce lieu. Je ne sais pas trop pourquoi ni quand... Peut-être après la guerre...

Il lui répondit par un sourire et elle se dit qu'elle avait dû le perdre en cours de route. Son anglais n'était peut-être pas assez bon. En outre, tout était si confus dans son esprit !

Mais, soudain, il s'écria :

— Elle y a peut-être travaillé. Comme danseuse ou chanteuse ?

Lily lui adressa un regard surpris.

— C'est possible.

— Votre grand-mère était-elle italienne ? Vous êtes très belle. Vous avez du sang italien, non ?

Elle éclata de rire.

— Je ne crois pas ! Merci en tout cas, c'est très flatteur.

Italienne ! Quelle idée ! Elle continua à rire intérieurement. Elle n'était certainement pas italienne, même si cela lui avait traversé l'esprit à plusieurs reprises ces derniers jours. *Mais si j'étais italienne, je le saurais, non ?*

*

Lorsque la voiture ralentit, Lily se redressa pour mieux observer le paysage à travers la vitre. Côme telle qu'elle la voyait à présent défiler devant ses yeux était bien différente de ce qu'elle s'était imaginé. La ville était en effervescence, loin de la charmante bourgade à laquelle elle s'attendait.

— Il y a beaucoup de monde, constata-t-elle.

— *Si*, acquiesça le chauffeur d'un ton chagrin. Nous avons besoin de l'argent des touristes, mais nous les détestons aussi pour ça.

Elle comprenait exactement ce qu'il voulait dire parce que c'était ce qu'elle pouvait elle-même constater. La ville était envahie par la foule alors même qu'on n'était plus en pleine saison !

— Ils ont commencé par acheter des maisons dans le coin et cela ne s'est plus jamais arrêté.

Lily imaginait ce que les habitants du cru devaient ressentir face à cet afflux d'argent qui venait inonder leur petit coin de paradis. Comme pour confirmer cette impression, elle aperçut des hors-bords qui filaient sur la rivière et, quand elle ouvrit la portière, elle fut assaillie par le rugissement assourdissant des moteurs.

— *Santa Maria !* jura le chauffeur du taxi.

Elle lui répondit par un grognement compatissant. Elle paya la course et sortit de la voiture pendant que l'homme allait chercher ses bagages dans le coffre. Ici, l'air lui paraissait légèrement plus humide. La température était cependant idéale et elle se laissa un instant envelopper par la chaleur et la délicieuse morsure du soleil sur ses épaules. Elle allait goûter aux meilleurs plats de sa vie, boire des vins extraordinaires et côtoyer des gens d'une grande beauté. La Nouvelle-Zélande l'avait enchantée, mais l'Italie promettait d'être encore un cran au-dessus.

— *Grazie*, dit-elle au chauffeur qui lui envoya un baiser du bout des doigts.

Elle fit le geste de l'attraper au vol et de le déposer sur sa joue et l'homme éclata de rire.

Visiblement, l'Italie déteignait déjà sur elle. Qui aurait cru qu'un pays pouvait influencer si vite son caractère habituellement réservé ?

Quelques minutes plus tard, elle se tenait devant la Villa d'Este, l'hôtel où séjournait sa mère. Celle-ci avait insisté pour que Lily vienne l'y rejoindre en précisant qu'elle lui offrait la chambre – le prix d'une nuit était vertigineux, mais l'hôtel était aussi beau qu'elle l'avait imaginé. Dans l'avion, elle avait lu les commentaires qui affirmaient qu'il s'agissait d'un hôtel indépendant, dirigé depuis des générations par la même famille, avec tout le charme et la distinction des vieilles fortunes, aussi ne fut-elle guère surprise de découvrir l'intérieur avec son décor de lustres anciens suspendus à de vertigineux plafonds. C'était en tout point magique.

— Ma chérie !

Avant que le groom ait eu le temps de saisir ses bagages, Lily fut enveloppée dans une étreinte colorée. Sa mère portait le genre de tunique chamarrée qu'elle affectionnait et son parfum était aussi exubérant que sa présence.

— Je suis si contente de te voir, moi aussi, dit Lily en souriant.

Sa mère recula d'un pas pour mieux la regarder avant de l'enlacer à nouveau.

— Regarde-toi ! Tu as l'air en pleine forme.

Lily fronça les sourcils.

— Vraiment ? Je crois que tu exagères un peu.

— Je ne parle pas de tes vêtements, mais de toi ! poursuivit sa mère en secouant la tête. Tu as un teint époustouflant et tes cheveux…

Elle caressa la chevelure de Lily avant d'ajouter :

— Promets-moi de ne pas les couper, d'accord ? C'est incroyable ce qu'ils ont poussé ! *Tu* as tout simplement l'air incroyable !

Lily se passa instinctivement la main dans les cheveux. Elle avait l'impression d'être redevenue la fillette qui se délectait des compliments maternels, mais son attention se tourna rapidement vers l'homme auquel sa mère faisait signe. Jusqu'à cet instant, il était resté sur son siège, un journal plié sur les genoux, à contempler les retrouvailles entre mère et fille. Lily reconnut Alan sans peine pour l'avoir aperçu lors des appels vidéo qu'elle avait passés avec sa mère depuis l'autre bout de la planète. Il ne manquait jamais de la saluer.

— Alan, viens donc dire bonjour à Lily ! s'écria sa mère.

— Je suis tellement heureux de te rencontrer en chair et en os, Lily, déclara Alan en s'approchant.

— Moi aussi, je suis ravie de faire ta connaissance.

Elle éprouva instantanément une bouffée d'affection pour lui quand elle vit comment il entourait de son bras les épaules de sa mère. Ils paraissaient si heureux ! Même si elle aurait préféré passer un peu de temps en tête à tête avec sa mère, elle était sincèrement ravie que celle-ci ait trouvé un compagnon avec qui profiter de la vie.

— Allons poser ces sacs dans ta chambre, d'accord ? proposa sa mère. Ensuite, nous irons déjeuner et savourer ce temps merveilleux. J'adore avoir l'impression d'être une vraie Italienne !

Lily réprima un rire. *Une Italienne ?* Les Italiennes auraient préféré mourir plutôt que d'être vues dans la tenue bariolée que portait sa mère, mais elle ne voulut pas jouer les rabat-joie.

— Où déjeunez-vous d'habitude ? demanda-t-elle à la place.

Sa mère lui prit le bras pendant qu'Alan indiquait au groom le numéro de la chambre de Lily pour qu'il y emporte les bagages.

— Eh bien, dit sa mère en se penchant vers Lily. Il y a ce petit restaurant dont Leonardo DiCaprio est apparemment un grand fan, et je me suis dit que là-bas, nous pourrions tomber sur quelques stars d'Hollywood.

Lily laissa échapper un rire. Sa mère chuchotait comme si elle lui révélait des secrets d'État, avec un air de conspiratrice digne d'un Oscar.

— Je suis sûre que ce sera fabuleux.

— Bon, et maintenant, raconte-moi tout. Y a-t-il un homme dans ta vie ? Combien de cœurs brisés as-tu laissés en Nouvelle-Zélande ?

— Non, soupira Lily. Pas d'homme, maman. Je te l'aurais dit sinon, tu le sais bien.

— Je sais que tu as du mal à t'engager depuis la disparition de ton père, mais je refuse que tu te réveilles un jour en regrettant de ne pas avoir cueilli l'amour quand il passait à ta portée, c'est tout.

Elle n'allait pas raconter à sa mère qu'elle avait croisé des tas d'hommes charmants au cours des quatre dernières années, mais qu'elle avait fini par préférer la compagnie de ses amis plutôt que d'accumuler les amants. La plupart du temps, c'était entièrement sa faute : en dépit du désir qu'elle éprouvait parfois le soir de se blottir dans des bras réconfortants, elle était elle-même sa pire ennemie, qui tenait à distance les éventuels prétendants. Toute sa vie, elle avait donné la priorité à son travail – une manière d'honorer la mémoire de son père – et elle ne concevait pas de tomber amoureuse et d'abandonner ses rêves à cause d'une relation. De fait, dès que les choses semblaient devenir sérieuses ou que ses sentiments menaçaient de prendre un tour plus intense, elle se réfugiait derrière sa meilleure excuse, le « je crois qu'il vaut mieux que nous restions amis » qui avait maintes fois fait ses preuves.

— Promets-moi une chose, Lily, rien qu'une.

Elle se retourna avec inquiétude vers sa mère qui s'était arrêtée, une expression grave sur le visage.

— Bien sûr, de quoi s'agit-il ?

— Promets-moi que, pendant ton séjour en Italie, tu trouveras au moins quelqu'un pour t'éclater au lit, d'accord ? Tu finiras par regretter de ne pas tirer parti de ce superbe corps quand tu en avais l'occasion. Fais-moi confiance.

— Maman !

— Oh, ne fais pas ta sainte-nitouche ! Tu sais que j'ai raison. Si tu n'as pas envie de te caser, tu peux au moins prendre ton pied.

Bouche bée et les joues en feu, Lily demeura clouée sur place tandis que sa mère s'éloignait dans un nuage de soie et de parfum.

Pourquoi ne suis-je pas allée directement au vignoble ?

À travers une somptueuse baie vitrée, Lily s'attarda à regarder un panorama non moins somptueux qu'elle s'imagina couvert de rangs de vigne, plutôt que de pelouse.

— Viens, ma chérie. Nous allons être en retard pour déjeuner !

Elle s'arracha à ses pensées et s'avança vers un majestueux escalier qui n'aurait pas dépareillé dans un palais.

Il fallut que Lily patiente encore quelques heures avant de pouvoir se retrouver enfin seule avec sa mère. Elles étaient assises côte à côte sur la terrasse du restaurant, après un déjeuner excellent quoique tardif. Le soleil commençait déjà à descendre dans le ciel et les activités sur la rivière s'étaient un peu calmées au profit des allées et venues des clients du restaurant. Lily était plus détendue, d'autant que le vin qu'elles avaient bu lui avait un peu tourné la tête. Elle se sentait si bien, à bavarder avec sa mère en sirotant des *negroni*, qu'elle doutait d'être capable de faire le moindre mouvement.

C'est alors qu'elle se souvint qu'elle n'avait pas encore évoqué la boîte en bois.

— Maman, est-ce que papa t'a jamais parlé de la possibilité que grand-mère ait été adoptée ?

— De quoi parles-tu ? Jamais de la vie ! Est-ce que cela a un rapport avec la lettre envoyée à sa succession ? Non, continua sa mère en secouant la tête. Si ta grand-mère avait été adoptée, ton père me l'aurait dit.

— C'est juste que... Eh bien, le notaire qui m'a contactée a aussi retrouvé son acte de naissance et un certificat d'adoption. Son étude s'est autrefois chargée de toute la paperasse et des adoptions concernant un endroit du nom de Hope House. Apparemment, c'était un foyer qui hébergeait des mères célibataires jusqu'à ce qu'elles mettent leur enfant au monde et qui se chargeait ensuite de les faire adopter par des familles de Londres.

Sa mère but une gorgée de son cocktail avant de se renfoncer dans son siège.

— Incroyable. Tu penses vraiment que ta grand-mère aurait pu naître dans cette maison ?

— Oui, absolument. Et ce n'est pas tout, répondit Lily en se baissant pour sortir le coffret en bois de son sac. Il semblerait qu'on ait encouragé certaines mères à laisser quelque chose, une sorte de souvenir, un témoignage à l'attention des enfants qui se manifesteraient à la recherche de réponses sur leurs origines. Et voici ce qui aurait été laissé à grand-mère par sa mère biologique.

Lily n'avait jamais vu sa propre mère à court de mots, mais la nouvelle la laissa bouche bée.

— Es-tu certaine de ces informations ? Est-ce que ça ne pourrait pas être une sorte de...

— De blague ? compléta Lily en souriant. Eh bien, c'est justement ce que j'ai d'abord pensé, mais non. En fait, c'est la nièce de cette Hope, la femme qui dirigeait le foyer, qui est venue nous expliquer tout ça. C'est elle qui a découvert les boîtes. Tout ce qu'elle souhaitait, c'était les remettre à leurs propriétaires, ou du moins à leurs descendants.

— Ma foi, difficile de faire plus surprenant !

Cette fois, sa mère avala une plus grosse gorgée de son cocktail.

— Alors, que contenait cette fameuse boîte ?

— C'est bien le problème, soupira Lily en sortant les deux feuilles, pour moi, cela n'a aucun sens. Il y avait un morceau d'un programme de la Scala et ce qui ressemble à une recette manuscrite.

Elle observa sa mère qui examinait les documents sous tous les angles, les sourcils froncés tandis qu'elle passait de l'un à l'autre.

— C'est fascinant, absolument fascinant, commenta-t-elle avec un soupir. Si seulement ton père était encore de ce monde pour voir cela !

Bien que les doigts la démangent de reprendre les papiers pour les ranger dans la boîte, Lily se surprit à proposer :

— Veux-tu les garder ?

— Non, répondit vivement sa mère en secouant la tête. Ils sont à toi. D'ailleurs, tu pourrais profiter de ton séjour ici pour poser quelques questions, sait-on jamais. Je serais curieuse d'en savoir davantage, mais j'estime que c'est à toi de rassembler les pièces du puzzle. Et je suis sûre que ta grand-mère serait d'accord avec moi.

Elles échangèrent un regard complice.

— Et ton père..., ajouta sa mère. Je suis certaine qu'il aurait adoré que tu enquêtes sur cette histoire.

— C'est quand même une drôle de coïncidence, non ? dit Lily en clignant des yeux pour chasser les larmes qui menaçaient chaque fois qu'elles évoquaient son père.

Sa mère releva les sourcils d'un air interrogateur.

— Je veux dire que c'est étrange que je sois ici, à moins d'une heure de route de ce fameux théâtre dont nous avons trouvé un extrait de programme. Cela représente une chance sur combien ?

Sa mère lui caressa la main et glissa les doigts entre les siens.

— Une raison de plus de suivre la piste laissée par ces indices, dit-elle. Il doit y avoir une explication. Cela ne peut être un hasard.

Lily étreignit la main de sa mère.

— Tu crois vraiment à une sorte de destin ? insista-t-elle.

Sa mère se pencha vers elle et plongea ses yeux dans les siens.

— Oui, Lily, j'y crois. Et, ajouta-t-elle en souriant, je sais que ton père serait extrêmement fier de la femme que tu es devenue. *Moi*, je suis vraiment fière de toi.

Lily lui rendit son sourire mais laissa jaillir les larmes de soulagement. Main dans la main, elles se laissèrent aller dans leur siège pour contempler la vue.

7

Italie, 1937

Estée n'avait jamais désobéi à sa mère. Le jeu n'en avait jamais valu la chandelle. *Jusqu'à ce jour.*

Elle se tenait dans l'ombre du grand arbre, consciente qu'au moindre pas, le clair de lune révélerait sa présence. Elle avait enfilé une cape noire équipée d'une grande capuche qu'elle rabattit sur son visage pour le dissimuler du mieux possible lorsqu'elle eut enfin le courage de s'avancer.

Entre ses mains, moites malgré la fraîcheur de l'air, elle triturait de petits cailloux qu'elle avait ramassés plus tôt.

Elle savait que si son courage l'abandonnait ce soir, elle ne reviendrait pas ; tout comme elle ne pourrait jamais revenir si sa mère découvrait qu'elle était sortie sans autorisation. Elle n'aurait alors plus jamais l'occasion de revoir Félix.

Elle s'avança donc bravement jusqu'à l'épais massif de lavandes en espérant avoir bien compris les instructions de celui-ci et lança un caillou aussi haut que possible. Dans un tintamarre qui résonna aux oreilles d'Estée comme un coup de tonnerre dans le silence de la nuit, la pierre frappa la partie basse du toit, avant de dégringoler jusqu'au sol. La jeune fille baissa les yeux vers sa main et vit qu'elle contenait encore trois cailloux.

Je dois viser plus haut.

Le deuxième caillou faillit atteindre la fenêtre, mais il rebondit lui aussi sur le toit. La jeune fille s'avança d'un pas et jeta le caillou suivant de toutes ses forces. Elle retint son souffle lorsqu'il vint percuter la fenêtre. Rien. Il n'y eut pas un bruit, pas un mouvement, absolument rien.

Elle refit un essai tout en se demandant si Félix pouvait ne pas avoir entendu. Là encore, le caillou heurta la vitre. Estée demeura immobile un moment dans l'espoir de distinguer quelque chose, n'importe quel signe qui aurait témoigné de la présence de Félix, mais rien ne se produisit.

Elle se détourna, soudain un peu honteuse de se trouver là, dans sa grande cape, au beau milieu de la pelouse impeccable de la propriété des Barbieri. Peut-être plaisantait-il lorsqu'il l'avait invitée à signaler sa présence à l'aide de cailloux ?

Mais alors qu'elle s'apprêtait à regagner le couvert des arbres, un bruit la fit se retourner d'un bond. Quelqu'un chuchotait son nom.

— Estée ? Estée, c'est toi ?

Elle repoussa sa capuche au moment où Félix apparaissait à la fenêtre. Il avait ouvert la croisée en grand afin de pouvoir se pencher. Soudain, tout sentiment de gêne s'envola mais Estée fut parcourue d'un frisson en prenant conscience des risques qu'elle courait si quelqu'un la voyait. Sans parler de ce qui se passerait si sa mère l'apprenait ! Mais la vision de Félix depuis le deuxième étage de la maison, les cheveux ébouriffés au saut du lit et le sourire éclatant, lui fit oublier tout le reste. À la première occasion, elle n'hésiterait pas à recommencer.

Sans un mot, il disparut de l'embrasure de la fenêtre. Estée recula de quelques pas, encore un peu nerveuse à l'idée qu'on puisse la surprendre. Elle avait désormais plus chaud sous sa cape, mais la crainte d'être prise pour une intruse ne la lâchait pas lorsqu'elle vit Félix réapparaître. Il enjamba la fenêtre, rampa sur le toit et – Estée retint son souffle – s'accrocha au bord pour atteindre non sans mal une branche de l'arbre le plus proche. Pendant quelques secondes, il parut s'y balancer dangereusement mais il parvint à attraper une branche plus épaisse et à se laisser glisser jusqu'au sol. En le regardant, Estée eut l'impression que son cœur s'était arrêté de battre, mais, dès qu'il se mit à courir vers elle, les battements reprirent de plus belle.

— Quelle évasion spectaculaire, commenta-t-elle.

— J'ai pas mal d'entraînement, à vrai dire, répondit-il en passant les doigts dans ses cheveux pour les lisser. Si mes parents découvraient mon secret, je crois que ma punition serait douloureuse !

— Tu veux dire qu'ils te puniraient *physiquement* ?

— Bien sûr que non !

— Je plaisantais ! s'empressa-t-elle d'ajouter en souriant.

Elle se retint d'expliquer ce qui l'attendrait *elle* si elle se faisait prendre.

— Et tes parents ? demanda-t-il. Ne se contenteraient-ils pas de te sermonner ? Ils n'iraient quand même pas jusqu'à te battre !

Elle hocha simplement la tête en espérant qu'il ne remarque ni les palpitations de ses narines ni son halètement ni les battements effrénés de son cœur à la simple évocation de sa mère. Ses sœurs semblaient toujours parvenir à esquiver sa colère, mais Estée n'avait pas cette chance. C'était celle qui travaillait le plus dur, qui s'entraînait comme si sa vie en dépendait, mais c'était toujours sur elle que s'abattaient les foudres maternelles.

— Où allons-nous ? demanda-t-elle pour changer de sujet.

— Et si je te montrais mon coin préféré ? Quand je suis avec mes amis, nous allons au lac, mais j'ai l'impression que tu n'auras pas envie d'aller si loin. Je veux dire sans chaperon... Je me trompe ?

Elle acquiesça. Elle n'avait aucune idée de ce qu'elle avait envie de faire, elle ressentait uniquement le besoin d'être avec lui et serait prête à tout pour le revoir.

— Je pense que tu vas adorer, dit-il.

Ils marchèrent en silence pendant un moment, et elle se demanda si comme elle, il ne savait pas quoi dire. Elle lui lança un regard en coin, heureuse que la lueur de la lune leur permette de se voir. Elle aurait souhaité qu'il lui parle de ses amis, qu'il lui explique pourquoi il avait eu envie de la rencontrer l'autre jour après son spectacle, comme elle aurait voulu lui poser des questions sur sa famille, mais elle préféra tenir sa langue en espérant qu'il se décide à entamer la conversation.

Toutefois, lorsque la main de Félix frôla la sienne par accident, elle tendit légèrement les doigts, juste assez pour le toucher. Félix accrocha alors son auriculaire au sien et ils continuèrent en silence, comme s'ils ne savaient que dire, leurs doigts enlacés en une étreinte des plus innocentes.

À cet instant, ils n'auraient pu être que des enfants, de simples amis qui se promenaient main dans la main, mais Estée savait que c'était bien plus que cela. Félix n'était pas comme les autres ; et lorsqu'il leva les yeux vers elle, elle comprit qu'il éprouvait la même chose. Son souffle se précipita, son cœur sembla marquer un temps d'arrêt et son pas accéléra imperceptiblement – elle n'avait jamais éprouvé cela auparavant, et elle ne comprenait pas bien ce que cela signifiait.

— C'est juste là, dit-il en rompant l'instant de sérénité qu'ils partageaient.

Il la conduisit le long d'une petite colline qui menait vers un grand bâtiment. Elle aperçut une cour pavée immaculée, agrémentée de pots de fleurs, mais il lui fallut un moment pour comprendre où ils se trouvaient. Jusqu'à ce qu'un museau sombre apparaisse au-dessus d'une demi-porte. Ils étaient dans une écurie.

Estée marqua un temps d'arrêt quand une autre tête fit son apparition, à la robe gris clair cette fois, et Félix lui lâcha la main pour se diriger vers les chevaux. Il caressa le premier cheval, puis l'autre, et l'animal vint frotter son museau contre la paume du garçon comme s'il retrouvait un très vieil ami perdu de vue.

— N'aie pas peur, viens, dit-il.

Estée s'approcha un peu, mais un renâclement du cheval la fit sursauter. Dans le silence absolu qui régnait alentour, le bruit paraissait tellement fort ! Comme s'il avait senti sa nervosité, Félix tendit la main vers celle de la jeune fille. Cela aurait dû lui paraître saugrenu ou, comme disait sa mère, *inconvenant* de tenir la main d'un garçon qu'elle ne connaissait pas, mais, paradoxalement, la présence de Félix n'avait rien d'étrange. Au contraire, cela lui paraissait la chose la plus naturelle du monde. Peut-être avait-elle été tellement privée de compagnie d'enfants de son âge qu'elle aurait éprouvé la même chose avec n'importe qui d'autre.

Ne te mens pas à toi-même. Tu n'as jamais ressenti le besoin de la compagnie de personne auparavant.

— C'est toi qui les rends nerveux, expliqua Félix. Si tu t'affoles, ils le sentent et leur cœur s'emballe à leur tour.

Surprise, elle fit un nouveau pas hésitant en se concentrant sur sa respiration pour calmer ses battements cardiaques. Cette fois, ce fut elle qui s'empara de la main de Félix et elle sentit les doigts du garçon se fermer sur les siens tandis qu'elle continuait bravement d'avancer. Dès qu'elle fut à portée des chevaux, il guida sa main et la posa sur la joue de l'animal, en appuyant doucement sa paume sur les poils soyeux. Elle se rendit alors compte que son cœur avait cessé de battre la chamade.

De toute sa vie, rien ni personne ne lui avait jamais fait éprouver un tel calme, un tel sentiment de paix, et elle sut qu'elle avait bien fait de venir retrouver Félix en secret.

— Il est si beau, murmura-t-elle.

— *Elle* est belle, corrigea-t-il.

Cela fit rire Estée.

— En fait, je n'avais jamais approché de cheval, admit-elle. J'avais tellement peur d'eux.

— Ce sont les animaux les plus paisibles de la planète, affirma-t-il. C'est tout le temps ici que je viens me réfugier quand j'ai envie d'être seul.

Elle le comprenait parfaitement ; si elle avait eu un endroit pareil, elle aussi s'y serait cachée pour rester à l'abri du monde.

— Félix, pourquoi as-tu voulu faire ma connaissance l'autre jour ? demanda-t-elle.

Il haussa les épaules, lui lâcha la main et baissa le regard tout en frottant ses bottines contre les pavés. Lorsqu'il releva enfin les yeux, elle comprit tout ce qu'il ne pouvait pas dire et regretta presque d'avoir posé la question. *Presque.*

Car il n'était pas désagréable de savoir qu'elle plaisait à quelqu'un.

— As-tu parfois l'impression que l'on décide de toute ton existence à ta place ? demanda-t-il.

— Oh, que oui ! s'écria-t-elle.

Les larmes avaient spontanément jailli de ses yeux et elle s'empressa de battre des paupières dans l'espoir que Félix n'ait rien vu.

Mais il s'était éloigné et elle le suivit quand il se faufila dans une stalle vide où deux caisses en bois avaient été retournées. Il prit place sur l'une d'elles et Estée suivit son exemple en s'asseyant juste en face, surprise par l'odeur puissante qu'elle devina être un mélange de fumier de cheval et de paille fraîche dont les brins lui chatouillaient les chevilles.

— Je pense que toi et moi, nous nous ressemblons beaucoup, dit-il. Mes parents ont déjà tout prévu pour moi, y compris dans le choix de ma future épouse. Je suis censé reprendre l'affaire de mon père, épouser une jeune fille bien comme il faut, d'une famille bien comme il faut, et toi…

— Mon destin est de devenir la meilleure ballerine italienne de tous les temps, murmura-t-elle. Je dois vivre pour la danse, respirer pour la danse, que je le veuille ou non.

— Mais je croyais que tu adorais danser ! N'as-tu pas justement envie de devenir la meilleure danseuse italienne de tous les temps ?

— Je voudrais, commença-t-elle en s'éclaircissant la voix, les poings serrés. Je voudrais...

Félix lui tendit les mains comme pour l'empêcher de se blesser, comme le soir de leur rencontre. Elle inspira profondément et le laissa dénouer ses doigts pour l'empêcher de se planter les ongles dans la paume de la main. C'était la première fois que quelqu'un remarquait ce réflexe, en tout cas la première personne à montrer une certaine compassion envers la douleur qu'elle s'infligeait.

— Je veux danser, mais je veux aussi m'amuser, avoir des amis et...

Elle inspira à nouveau avant de continuer, parce que c'était la première fois qu'elle prononçait ces mots à haute voix.

— Parfois, je voudrais juste être une fille comme les autres.

Ils restèrent silencieux pendant un moment mais, soudain, Félix émit un petit rire.

— Tu es au courant que tu es déjà une fille, n'est-ce pas ? C'est toujours ça de pris !

Elle se mit à rire à son tour, parce que, dans la bouche de Félix, ses propres paroles lui paraissaient un peu absurdes. Mais elle lut dans son sourire que, malgré son ton taquin, il la comprenait.

— Qui dois-tu épouser ? interrogea-t-elle brusquement.

Cela n'aurait pas dû la surprendre. Les mariages arrangés n'avaient rien de rare, surtout dans la haute société, mais elle ne se faisait pas à l'idée.

— Elle s'appelle Émilie. Nous jouions ensemble quand nous étions petits, mais je ne la vois plus très souvent.

— Je suis sûre qu'elle est charmante, déclara Estée en dépit de la bouffée de jalousie qui la submergeait.

— Notre fortune n'est pas très ancienne, expliqua Félix en baissant la voix, comme s'il redoutait d'être entendu. Je pense que c'est pour cela que mes parents sont soucieux que je fasse un bon mariage, pour que nous puissions être associés à la bonne société. Ils veulent mettre toutes les chances de leur côté pour parvenir à s'intégrer au milieu auquel appartiennent les gens qu'ils admirent.

— C'est exactement pour cette raison que ma mère me pousse à me surpasser, constata Estée. Ils veulent que, pour nous, les choses soient différentes… Que nos vies soient meilleures.

Il n'y avait là guère matière à discuter, et ils en étaient conscients tous les deux. Leur avenir, leur destin avaient été décidés par leurs familles, et ils n'y pouvaient pas grand-chose.

Le ventre d'Estée gargouilla comme si l'orage grondait en elle, et elle vit le coin des lèvres de Félix esquisser un sourire.

— Tu as faim ! Je n'y crois pas !

— J'ai toujours faim.

Elle n'avait aucune raison de lui mentir, après tout.

— Pourquoi ça ?

Elle retint son souffle un moment, parce qu'une fois la vérité révélée, il n'y aurait aucun moyen de l'effacer, mais il se contenta d'attendre. Comme elle aimait cette patience !

— Parce que je dois rester mince, expliqua-t-elle. Ma mère compte chaque bouchée que j'avale.

— Tu connais l'activité de ma famille ? demanda Félix.

— Vous êtes à la tête de plusieurs boulangeries, acquiesça-t-elle.

— La prochaine fois, je t'apporterai quelque chose à manger.

Il sourit et elle lui rendit automatiquement son sourire.

— Nous fabriquons les meilleurs *saccottini al cioccolato* du monde ! Je suis sûr que tu n'en as jamais goûté de meilleurs.

Elle rougit et détourna les yeux, gênée soudain qu'il devine à quel point elle était affamée, et parce qu'elle ne pouvait qu'imaginer combien ces *saccotini* étaient bons puisqu'elle n'en avait jamais mangé un seul.

— Estée, tu as déjà goûté ces pains fourrés au chocolat, n'est-ce pas ?

Comme elle ne répondait rien, il se pencha un peu plus vers elle.

— Connais-tu les *cornetti* ? Ce sont des croissants fourrés.

Elle secoua lentement la tête.

— Je n'ai pas le droit de manger ce genre de choses. Mes sœurs… Je suis sûre qu'elles en ont déjà mangé, mais…

— Peux-tu revenir demain soir ? la coupa-t-il. Ou après-demain ?

— Je ne sais pas. Si maman me surprend…

Il opina, comme pour lui montrer qu'il mesurait les risques qu'elle prenait. Le simple fait de mentionner sa mère la rendait nerveuse, et elle était consciente que chaque minute supplémentaire qu'elle passait avec Félix augmentait le risque que sa mère découvre ses cachotteries. Cela faisait déjà trop longtemps qu'elle était dehors, elle avait déjà pris beaucoup trop de risques.

— Je dois rentrer, dit-elle en se relevant et en s'éloignant à tâtons.

Elle regretta soudain d'être venue. Cela n'avait eu pour résultat que de lui révéler ce dont elle était constamment privée, une vie qu'elle ne pourrait jamais mener.

La jument qu'elle avait caressée un peu plus tôt était encore postée devant la porte de sa stalle et Estée tendit bravement sa main, paume ouverte, pour accueillir son museau. Elle ferma les yeux et avança encore d'un pas jusqu'à ce que son visage vienne frôler la tête de l'animal.

Debout à côté d'elle, Félix demeura silencieux jusqu'à ce qu'elle s'écarte. Puis ils retournèrent sur leurs pas jusqu'à l'arbre qui trônait devant la maison du garçon. Pendant un moment, ils restèrent côte à côte dans un silence gêné, jusqu'à ce qu'elle se tourne vers lui sans bien savoir ce qu'elle devait dire à un garçon avec lequel elle venait de passer une heure. Pour elle, c'était comme si elle connaissait Félix depuis toujours.

— Estée, murmura-t-il.

Elle leva vers lui des yeux emplis d'espoir. Il prit sa main dans la sienne pendant une minute avant de la lâcher lentement. À cet instant, la seule pensée qui occupait son esprit était qu'il n'allait pas l'embrasser parce que cela n'en valait pas la peine, parce qu'il était promis à une autre, même s'il n'avait que quatorze ans.

Estée s'éloigna, déçue, amère, frissonnant de froid malgré sa cape, et s'empressa de regagner sa maison. Pendant tout le trajet, elle ne cessa de s'inquiéter de la manière dont elle allait pouvoir rentrer sans faire de bruit. Elle ne se sentait pas assez brave pour passer par la fenêtre. Non, elle risquait de tomber et, alors, elle ne pourrait plus jamais danser.

Elle saisit la poignée et la fit pivoter le plus doucement possible, puis poussa la porte et se glissa discrètement à l'intérieur. Elle s'attendait presque à voir sa mère assise à la table de la salle à manger, les yeux plissés, une cuillère en bois à portée de main pour frapper sa fille sur les parties du corps où les bleus resteraient cachés. Mais elle fut accueillie par l'obscurité et un silence total.

Elle fila vers sa chambre sur la pointe des pieds, légère et gracieuse comme si elle effectuait juste quelques pas de danse, se déshabilla rapidement et se coucha. Elle remonta les couvertures sous son menton en s'efforçant de calmer les battements de son cœur. Il fallait qu'elle s'endorme tout de suite pour ne pas être épuisée le lendemain matin.

Pourtant, dès l'après-midi même, elle reçut la preuve que les mensonges, comme la fatigue, en valaient la peine. Sur son lit, comme par miracle, reposait un sac en papier brun. Et lorsqu'elle l'ouvrit, après avoir vérifié qu'elle était bien seule, ce qu'elle découvrit lui emplit le cœur d'allégresse.

C'était un de ces petits pains dont Félix lui avait parlé, et le parfum puissant du chocolat et de la pâte feuilletée suscita en elle une bouffée d'amour. Pas tant pour le *saccotino* lui-même que pour Félix. Comment s'était-il débrouillé pour se faufiler dans sa chambre sans être vu et y déposer ce présent ?

Si seulement elle avait pu en manger tous les jours !

Assise sur son lit, Estée savoura la moindre miette et se lécha les doigts jusqu'à ce qu'il ne reste plus que le souvenir du goût sucré. Elle ferma les yeux, repue comme elle ne l'avait pas été depuis des années, et tourna ses pensées vers Félix. Était-il monté jusqu'au toit pour redescendre par une fenêtre ou avait-il effrontément franchi la porte d'entrée ? Cela la fit sourire.

Elle se rappela la mèche de cheveux qu'il repoussait rapidement de son front, ses yeux pétillants, les coins de sa bouche qui se relevaient lorsqu'il lui souriait. Dans un soupir, elle replia soigneusement le sac en papier qui avait contenu le petit pain et le cacha sous son lit avant de se lever pour aller ouvrir la fenêtre et chasser l'odeur de la pâtisserie interdite qu'elle venait de déguster.

— Estée ! hurla sa mère alors qu'elle était encore à la fenêtre.

Elle ferma les yeux et prit une profonde inspiration tandis qu'un nouveau hurlement résonnait depuis l'escalier.

— Estée !

— J'arrive, maman.

Elle prit le temps de croiser les bras autour d'elle pour se réconforter en imaginant une autre famille, d'autres perspectives, une autre vie. Elle n'ignorait pas que ce genre de rêves inaccessibles risquaient de rendre son quotidien bien plus difficile encore. Félix était son ami, mais il était inutile de rêver de quoi que ce soit de plus. Un jour, elle deviendrait une célèbre danseuse de ballet et lui serait marié à Émilie, avec toute une couvée d'enfants dans une gigantesque demeure.

Leurs existences prendraient des chemins différents, et elle devait déjà s'estimer heureuse de l'avoir comme camarade. C'est avec le sourire qu'elle s'élança dans l'escalier, les doigts frôlant l'étroite rampe.

Mon ami qui m'offre en secret des présents dignes des dieux.

8

De nos jours

Lily sortit de l'hôtel en jetant un regard déçu par-dessus son épaule, comme si elle avait espéré voir sa mère debout au pied de l'escalier ornementé, agitant la main en signe d'adieu. Hélas, le hall était vide mais Lily retrouva le sourire en imaginant sa mère en train de s'apprêter pour la journée, là-haut dans sa chambre.

— Lily ?

Elle pivota d'un bond et se retrouva face à un homme aux yeux brun chocolat et à la peau dorée, qui l'interpellait.

— *Si*, répondit-elle, vous devez être…

— Antonio, coupa-t-il en lui tendant la main.

Elle tendit la sienne en retour mais, au lieu de la lui serrer, il la tira vers lui et l'embrassa sur les deux joues.

— Bienvenue en Italie !

Ses yeux étaient aussi chaleureux que son sourire, et Lily se surprit à rougir sous son regard. Apparemment, elle succombait un peu trop facilement au charme des Italiens !

— Puis-je prendre tes bagages ?

Elle hocha la tête en récupérant le plus petit de ses deux sacs pendant qu'il se chargeait de la grosse valise. Ils franchirent quelques marches et, désignant un 4 x 4 qui avait connu des jours meilleurs, il ajouta :

— Voilà ma voiture.

Elle l'adora sur-le-champ. Le véhicule tranchait avec les automobiles luxueuses qu'elle avait croisées depuis son arrivée, et, avec ce bel Italien en jean délavé qui avait roulé ses manches de chemise jusqu'aux coudes, elle sentait qu'elle allait dans la bonne direction.

Elle posa son sac sur la banquette arrière pendant qu'il soulevait la valise et elle s'installa sur le siège passager au moment où il ouvrait la portière avant du véhicule.

— Combien de temps dure le trajet ? demanda-t-elle.

Il tourna la clé dans le démarreur et marmonna des imprécations dans sa barbe lorsque le moteur ne démarra pas du premier coup, mais la seconde tentative fut la bonne.

— Un peu moins d'une heure, répondit-il enfin. Juste assez longtemps pour faire connaissance.

Il accompagna sa réponse d'un clin d'œil qui provoqua en retour le rire de Lily. Si seulement sa mère avait pu apercevoir Antonio, elle aurait approuvé de tout son cœur !

— Alors, dis-moi, commença-t-elle tandis qu'ils s'éloignaient de l'hôtel pour s'engager sur la route. Quel est ton rôle au domaine ?

— Demande-moi plutôt ce que je ne fais pas ! s'exclama-t-il en lui jetant un rapide coup d'œil.

Lorsque son regard fut entièrement concentré sur la chaussée, elle prit le temps d'observer la ligne virile de sa mâchoire et ses cheveux noirs ramenés en arrière.

— Cela fait longtemps que tu y travailles ?

— Je suis le fils de Roberto et Francesca Martinelli, expliqua-t-il, une main posée sur le volant. J'ai commencé à travailler au domaine quand je n'étais encore qu'un gamin, et j'ai un peu tout appris, de la réparation des machines à la récolte du raisin. C'est une affaire de famille, c'est comme ça que ça fonctionne chez nous. Même si, techniquement, je suis viticulteur.

Elle se racla la gorge, un peu gênée de ne pas avoir deviné qu'il était le fils de Roberto.

— Désolée, je n'ai pas réfléchi. Je n'aurais pas cru que…

— Qu'ils m'enverraient te chercher ?

Décidément, son sourire était contagieux !

— Je m'attendais à ce que ce soit un employé subalterne, admit-elle.

— Ah, *bella*, mais c'est exactement ce que je suis !

Ils éclatèrent de rire en même temps. La glace était brisée, même si le bel homme assis à côté d'elle impressionnait encore beaucoup Lily.

— On m'a dit que tu avais travaillé à l'étranger, dit-il.

Elle acquiesça et pivota légèrement sur son siège pour mieux voir son profil.

— J'ai passé du temps en Californie, puis je suis allée en Nouvelle-Zélande pour mieux comprendre leurs processus de fabrication des vins pétillants.

— Et maintenant, tu veux percer tous les secrets de notre production de franciacorta ?

— Exactement. J'ai entendu dire... Non, je *sais* que ta famille vinifie les meilleurs vins pétillants de la région.

— C'est ce que prétend mon père en tout cas.

— En réalité, c'est ce qu'affirment les meilleurs œnologues du monde, répondit-elle. Mais je ne dirai rien à ton père si tu préfères.

— *Penso già che tu mi piaccia.*

— Qu'est-ce que cela signifie ?

— Je pense que tu me plais déjà, traduisit-il en riant. Et mon petit doigt me dit que mon père va t'adorer.

Ils roulèrent un moment dans un silence amical et Lily en profita pour observer le paysage qui ne cessait de changer. Voyager était sans doute ce qu'elle préférait dans son métier ; elle adorait avoir la sensation d'une nouvelle terre entre ses mains, faire de nouvelles rencontres, observer la manière dont les gens travaillaient. Et sa préférence allait aux vignobles familiaux, parce qu'ils obéissaient à des traditions transmises depuis des générations. Il n'y avait pas meilleur endroit pour progresser, et elle n'aurait voulu être ailleurs pour rien au monde, même si cela lui rappelait souvent son père, et ce qu'elle avait perdu.

À la mort de celui-ci, elle s'était retrouvée seule à poursuivre le chemin qu'ils s'étaient tracé, les projets dont ils avaient toujours parlé, tous les rêves qu'il aurait voulu réaliser mais qui s'étaient écroulés lorsqu'une crise cardiaque l'avait emporté. Elle voulait travailler la vigne et le vin depuis l'âge où elle filait le train de son père entre les ceps, lorsqu'il prenait le temps d'expliquer à la petite fille comment savoir que les grappes étaient mûres, comment les cueillir à la main. Adolescente, elle l'observait pendant qu'il faisait tourner le vin dans son verre, l'écoutait énoncer les notes de tête, de cœur et de fond avant de recracher sa gorgée, et elle l'imitait en faisant de son mieux pour ne pas froncer le nez face aux arômes puissants, tant elle espérait être capable elle aussi de détecter les relents de chêne ou d'agrume qu'il décrivait.

Et puis, un jour, il disparut, sans aucun signe annonciateur de ce dénouement fatal. Elle avait pleuré sa mort pendant des jours et des jours. Pour finir, elle avait décidé de ne plus jamais remettre les pieds dans un rang de vigne. Mais la passion était trop profondément ancrée en elle et elle avait cédé et accepté de suivre son cœur pour retrouver ce qu'elle aimait par-dessus tout. Lorsqu'elle goûtait un vin, elle entendait encore la voix grave et posée de son père, un peu comme s'ils partageaient une nouvelle dégustation et qu'il lui signalait les notes dominantes ou convenait avec elle qu'il s'agissait ou non d'une bonne année.

— Est-ce que tu as toujours voulu travailler dans la vigne ? demanda-t-elle à Antonio en chassant le souvenir de son père de ses pensées pour se concentrer sur l'homme assis à ses côtés.

— C'est notre mode de vie, répondit Antonio en haussant les épaules. La question ne s'est jamais posée de savoir si j'allais travailler ou pas avec ma famille. Heureusement pour moi, je n'ai jamais rêvé mieux. Mon frère pense la même chose, et notre sœur aussi.

Elle ne lui avoua pas qu'elle avait fait des recherches approfondies sur sa famille, et qu'elle aurait dû savoir qui il était. Elle se creusa la cervelle pour se souvenir de ce qu'elle avait appris. D'accord, Marco, Vittoria et... *Ant* ! Voilà pourquoi elle ne l'avait pas immédiatement reconnu.

— Tu préfères te faire appeler Antonio plutôt que Ant ? demanda-t-elle.

Surpris, il rétorqua en riant :

— Je vois que la demoiselle a mené sa petite enquête ! Ceux qui me connaissent depuis ma naissance m'appellent Ant, mais, à vrai dire, j'ai horreur de ça. À l'école, j'étais le plus petit et j'avais des jambes comme des allumettes. À côté de moi, mon frère était un géant. C'est pour ça qu'ils se moquaient de moi en m'appelant « Ant », la fourmi... Tout ça parce qu'on avait des cours d'anglais en maternelle !

Elle scruta rapidement son corps. Il n'avait plus rien d'une fourmi ! Elle évalua sa taille à un mètre quatre-vingt-cinq, peut-être plus, il arborait une belle carrure et, sous son jean, on devinait sans peine ses jambes musclées.

— Je ne crois pas que ce surnom puisse t'inquiéter aujourd'hui, admit-elle en rougissant lorsqu'elle vit qu'il avait surpris son regard.

— Je n'ai vraiment commencé ma croissance qu'à seize ans. Maintenant, je suis le plus grand de la famille, mais le surnom – il haussa les épaules – ne m'a jamais quitté.

Comme il ralentissait, Lily tourna la tête vers la fenêtre. Le paysage avait encore changé et à perte de vue un tapis de vignes s'étirait à flanc de collines sous la voûte bleu azur du ciel.

— Bienvenue chez nous, annonça Antonio en s'engageant dans une allée flanquée de grands arbres dont les branches se balançaient paresseusement dans la brise. Tu vas voir, c'est un véritable paradis, ajouta-t-il.

Tandis qu'ils progressaient à faible allure dans l'allée, Lily eut le temps d'apercevoir une femme à cheval, de longs cheveux bruns lui balayant le dos, qui agitait la main pour les saluer.

— C'est ma mère, précisa Antonio.

Cela n'avait rien d'étonnant, mais l'idée que cette magnifique cavalière soit mère de trois enfants adultes paraissait improbable aux yeux de Lily. Elle avait supposé que la photo de leur site Internet datait déjà un peu. Mais à l'évidence, tout le monde était superbe dans cette famille, les hommes comme les femmes.

— Je crois que je vais beaucoup me plaire ici, murmura-t-elle.

Antonio effleura furtivement sa main.

— Je pense aussi.

Lily eut l'impression qu'il ne parlait pas seulement du vignoble et, bien qu'elle ait toujours scrupuleusement évité de mêler travail et plaisir, les paroles d'adieu de sa mère résonnaient encore à ses oreilles.

Amuse-toi, Lily. Tu n'auras trente ans qu'une fois ! Détache-moi ces magnifiques cheveux et autorise-toi à tomber amoureuse. Ou, en tout cas, autorise-toi à atterrir dans le lit d'un bel homme.

L'allée se poursuivait à flanc de coteau, vers une grande bâtisse aux toits de tuiles en terre cuite et aux murs chaulés percés de hautes fenêtres. Apparemment, Antonio l'avait conduite directement à la résidence familiale, perchée sur une éminence qui dominait des hectares de vignes et offrait une vue qui s'étendait bien au-delà de leur propriété.

En fait, ses parents avaient insisté pour accueillir la jeune fille à la bonne franquette avant qu'elle se mette au travail.

— *Ciao*, Lily !

La voix forte et amicale, qui provenait d'une table située sous une pergola recouverte de vigne vierge, évoquait une version plus âgée de celle d'Antonio ; et l'homme auquel elle appartenait était une version plus mature et plus imposante du fils, les cheveux argentés en plus.

— Monsieur Martinelli, je suis si heureuse de faire votre connaissance.

— Tout le plaisir est, comment dites-vous les Anglais ? Pour moi ! s'écria-t-il en se levant pour venir à sa rencontre.

Il tendit les bras vers elle et l'embrassa sur les deux joues.

— Joins-toi à nous, s'il te plaît, et appelle-moi Roberto. As-tu déjà pris ton petit déjeuner ?

— Non, je n'ai pas eu le temps de grignoter quoi que ce soit avant l'arrivée de votre fils.

— J'espère qu'il s'est conduit en gentleman, *si ?*

Son accent était beaucoup plus marqué que celui d'Antonio, mais Lily fut immédiatement conquise par son attitude chaleureuse. Quand il l'avait recommandée pour le poste, son patron de Nouvelle-Zélande lui avait assuré qu'elle adorerait la famille Martinelli et à l'évidence, il avait vu juste.

— *Si*, répondit-elle en jetant un regard vers Antonio qui lui répondit par un clin d'œil. Il s'est très bien conduit.

— Du café ? proposa Roberto en levant une cafetière. Et nous avons des petits pains tout juste sortis du four.

Antonio prit place à table et s'empara d'un petit pain qu'il tartina rapidement de beurre et de confiture. L'estomac de Lily en gargouilla d'envie, mais alors qu'elle allait s'asseoir et accepter de bon cœur ce repas, ils furent rejoints par la cavalière croisée plus tôt. Francesca, la mère d'Antonio, était encore plus belle de près, et seules quelques discrètes rides au coin de ses yeux trahissaient son âge.

— *Ciao*, Lily ! Comme je suis contente que tu sois arrivée ! dit-elle en s'approchant pour embrasser la jeune femme.

Elle était d'une élégance suprême : jodhpurs, hautes bottes noires et chemise moulante sans manches.

— Merci, c'est merveilleux de vous rencontrer enfin, répondit Lily. Cet endroit est magnifique et je suis très honorée de votre invitation.

— Honorée ? Quelle idée ! Tant que tu séjournes chez nous, tu fais partie de la famille. Nous ne prenons en stage qu'un seul maître de chai par saison, parfois aucun, alors tu as une place très spéciale chez nous.

Elle dépassa Lily pour aller prendre la tasse que son mari lui tendait déjà.

— Lily ? appela Antonio en lui montrant une tasse vide sur la table.

— Oui, merci, je rêve d'un café.

Elle s'assit enfin à la table et s'attaqua au petit déjeuner avec le reste de la famille. Antonio et son père se lancèrent aussitôt dans une discussion passionnée en italien, mais ils parlaient bien trop vite pour que Lily ait l'espoir de comprendre le moindre mot.

— Excuse-les, intervint Francesca en se penchant vers elle. Il faut qu'ils soient en désaccord au moins une fois chaque matin, c'est épuisant ! C'est d'ailleurs pour cela, poursuivit-elle en riant, que je sors tôt à cheval. Ainsi, quand je rentre à la maison, je peux prendre mon café en paix. *Toute seule !*

Elles échangèrent un sourire complice. Tout en mordant dans le pain encore chaud comme l'avait promis Roberto, Lily promena les yeux autour d'elle.

— C'est encore pire quand les deux garçons sont présents. Et devant toi, soupira Francesca, ils vont se comporter comme des coqs de combat.

Lily observa Antonio qui leva les bras au ciel puis passa les doigts dans ses cheveux, dans un mouvement qui trahissait toute l'effervescence de la conversation avec son père.

— Puis-je vous demander de quoi ils parlent ?

— C'est la même chanson tous les matins, soupira Francesca. Antonio a des tas d'idées nouvelles et mon mari préfère continuer à procéder comme son père l'a fait avant lui. Les vieilles générations n'aiment pas le changement.

— Je pense que c'est ce qui m'a attirée dans cette région, en fait, commenta Lily. L'histoire et les règles ancestrales qui régissent votre production de franciacorta me fascinent. Ailleurs dans le monde, tant de choses ont changé en matière de vinification ou de viticulture, mais ici, vous avez su préserver les traditions, une pureté, une authenticité véritable.

Antonio fit entendre un grognement désapprobateur et Lily s'aperçut alors que sa mère n'était pas sa seule auditrice.

— Je crains que tu ne sois pas la bouffée d'air frais que j'attendais, grommela-t-il.

— Et moi, j'ai l'impression que Lily est exactement celle dont nous avions besoin, répliqua Roberto. Pour nous rappeler pourquoi nous devons respecter la tradition.

— Je suis navrée, je n'avais pas l'intention de m'immiscer dans une querelle familiale.

— Tu n'as rien fait de tel. Bon, termine ton petit déjeuner… Si tu veux, tu peux emporter ton café, coupa Francesca. Je veux te faire visiter une partie de la propriété avant que tu descendes dans les vignes. Nous savons tous que c'est une période très importante de l'année et que tu voudras inspecter les grappes. Nous les avons surveillées de près, n'aie crainte. Et comme tu le sais, il faut que des conditions soient très précisément réunies.

— Vous vendangez toujours à la main ? demanda Lily.

Les hommes s'arrêtèrent de parler et ce fut Antonio qui répondit.

— C'est un aspect de la tradition qui ne doit jamais changer, déclara-t-il en se renfonçant dans son siège, sa tasse de café à la main. Chaque grappe est cueillie à la main : c'est la seule manière de récolter le raisin. Aucune machine. C'est non négociable. Et nous transportons soigneusement chaque panier quand il est plein. Pour ça, nous suivons aveuglément la méthode traditionnelle.

— J'ai comme dans l'idée que vous suivriez la méthode traditionnelle même si ce n'était pas nécessaire.

— Une journée en Italie et elle a déjà percé tous nos secrets ! la taquina Antonio.

— Avec chaque vendange, chaque grappe, nous rendons hommage au passé et, de fait, nous honorons nos ancêtres, ajouta Roberto. Rien ne compte plus pour moi que la douceur avec laquelle nous manipulons les grappes, ainsi que le bonheur de voir tous les membres de ma famille œuvrer côte à côte dans un même but.

— Assez parlé boutique, viens, dit Francesca en congédiant les hommes. Sais-tu monter ?

La dernière bouchée de pain se bloqua dans la gorge de Lily qui s'empressa d'avaler une goutte de café pour la faire passer.

— Oui, mais cela fait bien longtemps que je n'ai pas pratiqué !

Si longtemps en fait qu'elle commença à avoir des nœuds à l'estomac, mais elle fit de son mieux pour ne pas montrer sa peur.

— Parfait, alors nous irons à cheval et je pourrai te montrer tous les coins et recoins du domaine avant que tu te mettes à l'ouvrage. Ant ?

— Oui, *mamma*, je selle un cheval pour Lily.

Lily se détendit un peu et termina son café en regardant Antonio qui après avoir déposé un baiser sur la joue de sa mère, disparut par une porte ouverte de la maison.

C'était le genre d'architecture traditionnelle et élégante qui était généralement réservée aux pages des revues de décoration, une architecture baignée d'histoire qui n'en paraissait pas moins d'une grande modernité. Elle dégageait une impression de fraîcheur sans doute bien agréable au plus fort de l'été, et Lily aimait la manière dont elle s'ouvrait sur la grande terrasse où ils avaient déjeuné.

— C'est un bon garçon, mon Antonio, dit Francesca. Il ne tient pas en place, mais il a un cœur de lion.

Lily sourit en pensant à la manière dont il avait promptement obéi à sa mère non sans l'avoir embrassée au préalable, une attitude qui différait totalement de celle des jeunes Anglais. Elle comprit aussi que dans la famille, c'était Francesca qui tenait la barre.

— Cela doit être agréable de l'avoir si près de vous. Habite-t-il ici, lui aussi ?

Lily ne voulait pas paraître curieuse, mais elle avait envie d'assembler les pièces du puzzle.

— Sa maison n'est qu'à quelques minutes en voiture, sur le domaine, mais il se joint toujours à nous pour les repas. C'était un arrangement parfait pour lui avant, quand il était...

Lily se pencha comme pour inviter Francesca à poursuivre, mais celle-ci éluda.

— Bref, il aime être proche de nous lui aussi. Pour son frère, c'est très différent. Il préfère avoir son appartement à Milan et s'occuper des aspects administratifs et commerciaux de notre petite entreprise.

Lily hocha la tête mais sa curiosité était loin d'être satisfaite. Elle se demanda combien de temps elle allait devoir patienter avant d'en apprendre davantage sur Antonio. Elle savait comment les choses se passaient avec les autres vendangeurs ; les rumeurs et les ragots foisonnaient, d'autant qu'ils travaillaient côte à côte toute la journée et passaient aussi leurs soirées ensemble. Il y avait toujours des bavards qui n'attendaient pas la fin de la première semaine pour se vanter d'en savoir plus que les autres.

— Viens, nous allons te trouver des bottes avant d'aller à l'écurie. Il y a tant de choses à voir.

Lily suivit Francesca sans se faire prier. Le soleil lui caressait les épaules, la brise jouait sur ses joues… Elle pensa encore une fois qu'elle n'aurait voulu être ailleurs pour rien au monde.

« L'Italie répare les âmes » : elle avait lu ce slogan dans l'avion et l'avait retenu, car elle était en tout point d'accord.

9

— Tu as vraiment choisi la meilleure période de l'année pour venir ! dit Francesca tandis qu'elles trottaient le long des rangs de vignes parfaitement alignés.

Tout ce que Lily voyait la fascinait tant qu'elle avait pratiquement oublié qu'elle était juchée sur un cheval.

— D'après mon mari, nous devrions être à même d'entamer les vendanges dans deux à trois semaines.

— C'est absolument magnifique, dit Lily en regrettant de ne pas pouvoir flâner à pied entre les rangs pour examiner le raisin, mais elle savait qu'elle aurait tout le temps pour cela plus tard.

— Je décèle de la passion dans tes yeux, dit Francesca en riant. Comme si tu regardais un amant.

Lily grimaça.

— En fait, cela fait des années que ma seule histoire d'amour est avec le raisin, alors vous n'avez pas tout à fait tort.

Elles continuèrent sans rien ajouter pendant un long moment, jusqu'à ce que Francesca arrête sa monture pour admirer l'horizon.

— Le père de mon mari était fou de raisin un peu comme la plupart des hommes sont fous de voitures de sport et de belles femmes, dit-elle. Il avait tout ce qu'il désirait à portée de main, mais ce n'était jamais assez. Ce qu'il voulait, c'était quelque chose en plus, un vignoble qui produirait un vin pétillant capable de rivaliser avec le meilleur champagne français.

— On dirait bien qu'il a réussi, commenta Lily en admirant les vignes qui s'étendaient à perte de vue.

— Hélas, une querelle a récemment déchiré sa famille. C'est la raison pour laquelle mon mari se met en colère lorsqu'Antonio envisage de procéder à des changements. Il n'a pas parlé à son propre frère depuis des années.

— J'avoue que j'ai lu beaucoup de choses sur la famille de votre mari, notamment au sujet de son père. J'ai appris qu'il a été à l'origine du mouvement des viticulteurs de la région qui résistent pour continuer à privilégier la méthode traditionnelle.

— C'est vrai. Il a contribué à rendre notre franciacorta aussi célèbre que le prosecco.

Lily se demandait quel était l'objet de la querelle. Elle avait noté que le frère de Roberto avait autrefois travaillé pour le vignoble familial, mais elle n'osa pas demander de détails.

Francesca fit repartir son cheval et Lily suivit son exemple, surprise de se retrouver aussi à l'aise sur une selle. Elle avait appris à monter dans son enfance, lorsqu'elle passait ses vacances à la campagne chez sa tante, mais, lors de sa dernière expérience, elle avait été jetée à bas en voulant sauter par-dessus une haie d'épineux et, depuis, elle n'avait plus jamais approché un cheval.

— Lily, parle-moi un peu de la qualité du vin pétillant de Nouvelle-Zélande.

— Le vignoble où j'ai passé le plus de temps était tenu par une famille dont les enfants se chargeaient de toute la production de A à Z. Ils avaient des idées d'avant-garde, mais aussi une passion pour les procédés traditionnels, ce qui correspond pour moi à une combinaison idéale pour un vignoble, expliqua Lily. J'adorais le fait qu'ils continuent à vendanger à la main, une sorte d'ode à leur père qui avait élaboré ce vin pétillant en hommage à sa défunte épouse. Et aussi longtemps qu'il en a été capable, celui-ci a lui-même continué à récolter les grappes. Comme vous, il tenait à ce que toute la famille s'investisse dans le domaine.

— Ah, ce doit être une belle histoire, et je suis impatiente de l'entendre, mais voilà mon fils qui vient te chercher !

Juché sur un hongre bai, Antonio se glissa entre les deux femmes, dans un mouvement aussi naturel que s'il était né sur une selle. Lily devina qu'il avait dû apprendre à monter dès son plus jeune âge, sans parler de ses premiers pas sans doute effectués entre les ceps au milieu de la verdure. La vision la fit sourire.

— Désolé de vous interrompre, mais je pense qu'il est temps de se mettre au travail.

Lily acquiesça et remercia Francesca :

— C'était merveilleux de découvrir le domaine en votre compagnie.

— Je te dis à très bientôt. J'ai comme le sentiment que nous allons toutes deux apprécier notre compagnie mutuelle.

Sur ce, elle s'élança au trot avant de passer à un galop gracieux pour disparaître dans la direction opposée. Lily tira un peu sur ses rênes, soudain tendue à l'idée que son cheval puisse emboîter le pas à la maîtresse de maison, mais l'animal paraissait plus désireux de se prélasser au soleil que de se lancer dans un galop effréné.

— Tu as l'air stressée, remarqua Antonio. Aucun risque qu'elle te fasse tomber. Ma mère t'a choisi la jument la plus douce de l'écurie.

Faisant mine de ne pas l'avoir entendu, Lily s'efforça de détendre ses épaules pour paraître plus à l'aise. Elle savait qu'il avait raison, mais elle n'aimait guère qu'on lui fasse ses erreurs.

— Par quoi commençons-nous ? demanda-t-elle.

Il donna un petit coup de talon pour mettre son cheval en route et elle l'imita.

— Je vais d'abord te présenter à tout le monde, puis nous ferons un tour d'inspection des grappes. Mon père tient à ce que nous surveillions les vignes chaque jour pour noter avec précision le stade de maturation, ce qui me convient tout à fait.

— C'est normal.

— Ensuite, je te montrerai toutes les étapes de notre production avant de te conduire à ton logement.

— Parfait, mais n'hésite pas à me mettre au travail sur-le-champ. Je ne rechigne pas à la tâche et je ne compte pas mes heures.

— Tu oublies que tu es en Italie ! dit-il avec un léger rire de gorge. Nous prenons aussi le temps de déjeuner et de faire la sieste. Le *riposo* est un rituel incontournable.

— Je vois.

Les Italiens obéissaient aux traditions de la plupart des pays méditerranéens et faisaient la sieste pendant les heures les plus chaudes de la journée. En Nouvelle-Zélande, à midi, on s'arrêtait à peine pour grignoter rapidement un sandwich.

— Et comment faites-vous pendant les vendanges ? ajouta-t-elle.

— C'est différent, nous ne nous arrêtons pas une minute avant d'avoir cueilli la dernière grappe.

Un frisson de plaisir lui parcourut le dos. C'était exactement ce qu'elle voulait entendre. Elle avait toujours été une droguée du travail, ce qui l'avait justement incitée à voyager à travers l'Europe pour pouvoir enchaîner les vendanges.

Elle pensa à sa mère en se demandant ce que celle-ci était en train de faire, et un sourire naquit sur ses lèvres tandis qu'elle l'imaginait avec Alan en train de flâner le long du lac après avoir dégusté un long déjeuner. Si seulement elle pouvait s'organiser pour que sa mère vienne faire un tour dans le domaine des Martinelli avant de rentrer à Londres !

Peut-être que je devrais, elle adorerait cet endroit magique.

— Salut tout le monde, je vous présente Lily, annonça Antonio une heure plus tard. C'est la nouvelle assistante de notre maître de chai !

Les employés levèrent les yeux et, comme Antonio frappait dans ses mains, ils le rejoignirent avec des regards curieux. Lily leur rendit leur salut d'un signe de main et d'un sourire en espérant que certains parlaient un peu anglais.

— *Ciao !* lança-t-elle. Je suis impatiente de faire votre connaissance à tous et à toutes.

Antonio lui toucha le bras pour l'entraîner plus loin et elle s'aperçut qu'ils se dirigeaient vers la cantine du domaine. Ils pénétrèrent dans une pièce qui, sous un plafond voûté, faisait plutôt penser à un tunnel. Un comptoir courrait sur tout un côté et des tables basses meublaient le reste de l'espace. Simple mais élégant, l'endroit était agrémenté d'ornements en pierre et, à l'extrémité de la salle, des portes vitrées ouvraient sur le vignoble.

Sans prendre le temps de ralentir, ils traversèrent la salle jusqu'à la cuisine où une activité intense régnait, entre les casseroles qui sifflaient et les corps qui s'agitaient dans des nuages de vapeur ondulante. Visiblement, Antonio avait décidé de lui faire faire la visite éclair.

— Vittoria, appela-t-il en agitant la main à travers la fumée. Viens faire la connaissance de Lily !

La cheffe posa sa poêle sur un comptoir et s'avança vers eux. Elle avait les yeux de la même nuance sombre que ceux d'Antonio et son sourire était encore plus large.

— Ah, voilà celle sur laquelle mon frère compte pour faire changer d'avis papa !

Elles se serrèrent la main mais Lily regardait Antonio avec étonnement.

— C'est la raison pour laquelle je suis là ?

Il haussa les épaules.

— Disons que j'espérais que tu m'aiderais à le convaincre de procéder à quelques innovations. Je m'étais dit que, comme tu as travaillé dans d'autres pays, tu devais avoir des tas d'idées nouvelles qui pourraient nous être utiles.

Lily éclata de rire mais secoua la tête.

— Aucune chance. Je suis venue parce que je veux découvrir les méthodes traditionnelles et travailler avec l'un des meilleurs dans ce domaine.

Vittoria leva les bras au ciel comme pour dire : « Qu'est-ce qu'on peut y faire ? », avant de retourner à ses fourneaux.

— J'ai un déjeuner à préparer ! À bientôt, Lily.

Et tout en reculant, elle ajouta dans un éclat de rire :

— Attention, tu ne veux pas savoir ce qui est arrivé au dernier assistant du maître de chai, crois-moi !

— Qu'est-il arrivé au dernier assistant ? demanda Lily, soudain envahie d'inquiétude.

Antonio tourna les talons et entreprit de quitter la cuisine en marmonnant dans sa barbe. Lily ne savait pas si elle devait se sentir agacée ou flattée de ce que sa sœur avait dit. Elle tenta de se convaincre que le commentaire de Vittoria était plutôt positif, mais elle était si obnubilée par la raison qui les avait incités à l'embaucher qu'elle oublia complètement sa dernière remarque.

— Antonio, pourquoi croyais-tu que... commença Lily.

— Écoute, le type qui m'a parlé de toi en Nouvelle-Zélande m'a affirmé que tu étais le meilleur espoir qu'il ait rencontré en matière de vinification, répondit Antonio en se tournant vers elle. Alors, ajouta-t-il dans un soupir, j'ai pensé que si tu venais travailler avec nous, tu pourrais peut-être...

— Convaincre ton père de modifier ses méthodes ?

C'en était presque comique.

— La renommée de ton père repose sur son approche, insista-t-elle. Il est... Bref, je pense qu'il n'est pas nécessaire que je t'explique en quoi elle consiste ! C'est pour ses méthodes que je suis venue ici ; d'ailleurs, je ne pensais pas avoir la moindre chance de décrocher le poste vu le nombre d'aspirants qui postulent pour travailler avec lui.

— C'est vrai, je te l'accorde, mais je crains que nos concurrents soient en train de nous dépasser. Mon père est tourné vers le passé, mais, moi, je tiens à m'assurer que nous ayons un avenir, et de préférence sur le long terme.

Lily comprenait tout à fait ce point de vue, qu'elle trouvait parfaitement cohérent, mais elle ne parvenait pas à imaginer qu'elle ait quoi que ce soit à apprendre à Roberto Martinelli. C'était elle qui était venue chercher un professeur, elle qui voulait apprendre !

— C'est grâce à toi que j'ai obtenu le poste, n'est-ce pas ? J'ai cru que c'était ton père. Quand on m'a dit que M. Martinelli acceptait de me recevoir quelques semaines sur son domaine, j'ai pensé que...

— Nous invitons un maître de chai d'une autre région à travailler avec nous tous les deux ou trois ans, mais, oui, c'est grâce à moi, admit Antonio. J'ai fait en sorte qu'il prenne connaissance de ton existence et de ta renommée, parce qu'il vaut toujours mieux que mon père croie que les idées viennent de lui. Je l'ai juste orienté dans la bonne direction.

Lily aurait dû se sentir flattée mais, pour une raison qui lui échappait, elle se sentait dupée. Mais peut-être était-ce simplement son ego qui était froissé.

— Eh bien, merci beaucoup, répondit-elle simplement. C'est un honneur d'être ici, quel que soit le Martinelli qui m'ait choisie.

Ils continuèrent à marcher, cette fois entre des rangées d'énormes cuves en acier inoxydable, qui paraissaient bien modernes dans l'atmosphère surannée du reste du domaine, et soudain, Lily pensa au coffret dont elle avait hérité et aux indices qu'il renfermait. Une nouvelle fois, elle en vint à se demander comment elle avait bien pu se retrouver dans le pays avec lequel sa grand-mère semblait avoir des liens si mystérieux.

— Viens, je veux te montrer nos chais, annonça Antonio en avançant. Nous avons une réunion dans une demi-heure, ça me laisse le temps de te montrer le clou de la visite.

Lily baissa la tête pour passer sous une arche et, à nouveau, elle se retrouva plongée dans le passé, comme si les cuves en acier appartenaient à une époque futuriste. Ils étaient arrivés dans les caves, plus sombres mais, une fois que ses yeux se furent habitués à l'obscurité, elle découvrit les rangées de millésimes des années précédentes.

— Seigneur ! murmura-t-elle en levant la main pour caresser les précieuses bouteilles.

— Trois ans, murmura Antonio. C'est le temps de maturation que nous accordons à notre franciacorta.

— Tant que ça ! Je croyais que deux années suffisaient.

Les plafonniers éclairaient à peine l'espace qu'ils traversaient, mais elle se rendit compte qu'elle voyait suffisamment pour deviner l'expression d'Antonio.

— Les bonnes choses prennent du temps, dit-il en souriant, et notre franciacorta en demande plus que les autres. C'est l'un de nos secrets. Ici, pas de précipitation.

Sous son regard insistant, Lily retint son souffle. Ses yeux fixés sur elle et son corps trop proche du sien la mettaient mal à l'aise, mais si l'on était à la limite du harcèlement, il ne lui serait pas venu à l'idée de s'en plaindre.

Elle s'éclaircit la voix, se rappelant soudain pourquoi elle tenait toujours à garder ses distances, pourquoi elle ne mélangeait jamais le travail et le plaisir. Longtemps auparavant, elle avait eu le cœur brisé, au point qu'elle avait failli sacrifier ses rêves pour suivre ceux d'un autre, et elle s'était promis de ne plus jamais commettre la même erreur. D'ailleurs, c'était l'une des raisons qui l'avaient poussée à quitter Londres pour d'autres régions du monde.

Elle devait simplement veiller à ce que si elle enfreignait cette règle, ce ne serait que pour le plaisir, rien d'autre. Il ne serait pas question d'amour, juste d'une aventure estivale.

Antonio lui adressa un grand sourire en lui faisant signe de le suivre.

Promets-moi que si un bel Italien veut t'attirer dans son lit, tu accepteras.

Lily lui rendit son sourire. Peut-être devrait-elle suivre les conseils de sa mère une fois dans sa vie. Elle se trouvait dans un pays merveilleux, dans le vignoble de ses rêves, avec un compagnon séduisant prêt à lui révéler le moindre secret du métier qu'elle adorait – c'était aussi simple que cela. Mais il y avait toujours cette petite voix dans sa tête, qui lui soufflait de rester concentrée et de ne laisser aucun obstacle se dresser sur le chemin qu'elle avait choisi. Rien ne devait l'éloigner de son objectif.

C'était la raison pour laquelle elle était partie s'installer à l'étranger après avoir obtenu son diplôme à Plumpton, la plus prestigieuse école supérieure agricole du Royaume-Uni. Elle était restée quelque temps en Angleterre avant de se mettre en relation avec certains contacts trouvés dans le carnet d'adresses de son père, puis d'acheter le billet qui l'avait conduite à l'autre bout du monde, d'abord en Californie, puis dans la région de Marlborough, sur l'île la plus méridionale de la Nouvelle-Zélande. C'était là qu'elle avait pris conscience qu'elle avait fait le bon choix en décidant de faire siens les rêves de son père. Peu à peu, elle avait commencé à guérir, au contact de la terre, en inspectant les propriétés, en arpentant les vignobles aux côtés des meilleurs viticulteurs de la région, en cueillant les grappes de raisin à la main, en humant et en examinant les différents vins. Elle avait tout appris du métier jusqu'à obtenir le titre d'assistante de maître de chai. Et elle avait l'impression que son père était toujours près d'elle, à chacune de ces étapes. L'Italie, c'était l'un de ses rêves à lui, le dernier qu'elle devait réaliser. *Le dernier de* nos *rêves*.

Son père racontait souvent que pour la plupart, ses pairs rêvaient de séjourner en Champagne, mais il était quant à lui convaincu que c'était en Italie que se trouvait l'avenir. C'était là qu'il fallait venir étudier les méthodes traditionnelles qui n'avaient presque plus cours en France. Dans ces moments-là, il lui parlait ensuite de quitter son poste dans le vignoble renommé de l'Oxfordshire pour élaborer leur propre vin pétillant en Angleterre.

Il l'encourageait à partir à l'étranger pour découvrir comment on cultivait les vignes sous d'autres climats, notamment dans des pays où le gel menaçait chaque année, voire plusieurs fois par an, comme en Nouvelle-Zélande, en finissant par l'Italie pour apprendre à assembler le meilleur pétillant à partir de chardonnay et de pinot noir. À la lueur de ce qu'elle avait découvert récemment dans le coffret, elle se demanda si l'Italie n'était pas inscrite dans ses veines, au-delà de ce qu'il aurait pu imaginer.

— Tu viens ? appela Antonio qui s'était éloigné.

Elle s'empressa de refouler ses souvenirs et de le rejoindre, un sourire aux lèvres.

— Voici l'endroit où nous conservons nos bouteilles millésimées. Quand la récolte a été bonne, nous aimons célébrer l'événement en en débouchant une.

— Alors, j'espère que cette année sera bonne, parce que j'aimerais beaucoup goûter l'un de ces vins.

Antonio jeta un coup d'œil à sa montre et, constatant qu'il était tard, il frappa dans ses mains.

— Nous devons y aller, dit-il en lui indiquant de revenir sur ses pas. Mon père est très regardant sur la ponctualité.

Moi aussi, pensa-t-elle avec un sourire. *Pas étonnant qu'il m'ait plu si vite.*

Tandis qu'ils pénétraient dans un nouveau bâtiment, Lily s'arrêta devant des portes vitrées qui ouvraient sur un autre espace.

— Vous utilisez encore des tonneaux en chêne ?

Cela l'étonnait car cette pratique n'était plus très courante, sauf dans les très grands châteaux, et encore. Tandis qu'elle s'attardait, elle pouvait quasiment sentir l'odeur boisée du chêne qui ne manquait pas d'embaumer au-delà des portes.

— Une autre ode au passé ! commenta Antonio dans un gloussement.

— Un jour, tu regarderas en arrière et tu remercieras le ciel que ton père soit resté fidèle aux techniques ancestrales. N'oublie pas que ton grand-père a été l'un des premiers de la région à se lancer dans les vins pétillants ! Alors peut-être que ton père est plus progressiste que tu ne le penses !

— Oui, tu as peut-être raison. Mais dans ce cas, il devrait pouvoir voir l'intérêt de passer de la machine à écrire à l'ordinateur, non ?

Lily éclata de rire.

— Tu n'es pas sérieux ?

— *Ma certo, bella*, répondit-il en secouant tristement la tête. Je suis très sérieux.

10

Italie, 1938

Des mois s'étaient écoulés depuis le jour de leur rencontre, et Estée et Félix avaient réussi à se retrouver au moins une fois par semaine. À présent que l'été était là, ils sortaient encore plus souvent en cachette, parfois l'après-midi, lorsqu'elle pouvait prétendre que ses leçons de danse s'étaient prolongées au-delà de l'heure prévue. Leur amitié n'aurait jamais dû être possible, mais c'était presque comme si le sort avait décidé que leurs chemins devaient se croiser le jour du fameux spectacle. Estée se demandait souvent quelle aurait été son existence sans lui : ces derniers mois auraient sans doute été d'un ennui mortel s'il ne lui avait pas demandé de venir le rejoindre dehors à l'issue de sa performance.

Ce jour-là, ils étaient assis au soleil. Félix avait roulé son pantalon jusqu'aux genoux et Estée retroussé sa jupe jusqu'aux cuisses pour pouvoir tremper les pieds dans l'eau. C'était une journée parfaite : un petit souffle d'air frais caressait leur peau chauffée par le soleil au zénith.

— Tu es bien silencieuse aujourd'hui, observa Félix en se relevant sur les coudes pour mieux la regarder. As-tu des soucis ?

Elle savait à quoi il faisait allusion ; même elle qui ne sortait pas de la maison pour aller à l'école savait que le monde était en train de changer. Pas plus que ses sœurs, elle n'avait le droit de parler de politique au dîner – leur père aurait vu rouge si elles avaient fait la moindre allusion à ce qui était en train de se passer – mais elle avait entendu des bruits et des rumeurs au sujet d'une guerre imminente. Mais, ce jour-là, ce n'était pas l'état du monde qui la préoccupait ! Elle avait quelque chose de très précis à dire à Félix mais ne savait pas du tout comment s'y prendre.

Les moments volés en sa compagnie avaient pris une telle importance dans sa vie qu'ils lui apparaissaient comme une véritable planche de salut. C'était sa seule qui n'avait aucun lien avec la danse ou sa famille, et la perspective de voir disparaître cette amitié suffisait à lui briser le cœur.

— J'ai été invitée à participer à l'audition de l'académie de danse de la Scala, lâcha-t-elle brusquement en baissant les yeux pour ne pas croiser ceux de Félix.

— À Milan ? s'écria-t-il. Tu vas partir à *Milan* ?

— Oui, souffla-t-elle très bas.

— Mais, Estée, c'est une merveilleuse nouvelle ! répondit-il tandis qu'un sourire illuminait son visage. Tu dois être enchantée !

Comme elle ne répondait pas, il se redressa et se pencha en avant pour l'éclabousser du bout des doigts.

— Arrête ça !

Il reprit un peu d'eau et, cette fois, éclaboussa sa robe.

— Félix !

— J'arrête si tu reconnais que c'est une bonne nouvelle, dit-il en souriant et en se penchant à nouveau vers l'eau. À ta tête, on dirait que quelqu'un est mort !

— Je devrais te pousser la tête la première, marmonna-t-elle.

— *Estée,* insista-t-il tout en continuant à tapoter la surface de l'eau.

Son expression laissait deviner qu'il n'hésiterait pas à l'asperger complètement cette fois.

— D'accord, c'est une bonne nouvelle.

— Alors, explique-moi pourquoi tu as l'air si triste.

Estée porta son attention sur la rive opposée pour ne pas croiser son regard. Elle se mordit la lèvre, fâchée de son émotivité et de la douleur qu'elle ressentait à l'idée de partir. Avec sa famille comme sur scène, elle avait perfectionné l'art de masquer ses sentiments, sa tristesse, ses larmes, ses frustrations, mais Félix était apparu dans sa vie et avait tout chamboulé. Elle n'aurait jamais laissé sa mère ni ses jeunes sœurs deviner ce qu'elle ressentait mais elle semblait ne rien pouvoir dissimuler à Félix.

— Estée ?

— D'accord, s'écria-t-elle en lui jetant ce mot au visage comme s'il était en faute. C'est parce qu'on ne se verra plus. Notre... Peu importe ce qui nous lie... Ce sera terminé !

Ces paroles le laissèrent sans voix, mais Estée finit par trouver le courage de se tourner vers lui et de chercher son regard.

— C'est pour ça que tu travailles depuis des années, lâcha-t-il.

Elle avait néanmoins vu clair dans son expression : il venait de comprendre la portée de la nouvelle. Elle n'avait donc pas été seule à savourer leurs moments de complicité.

— C'est ce que tu as toujours voulu, non ? Devenir une danseuse célèbre et avoir la chance de te produire à la Scala ?

— Nous savons tous les deux que ce que toi comme moi souhaitons ne compte pas vraiment, dit-elle.

Mais il avait raison : c'était tout ce qu'elle avait toujours voulu, de toutes les fibres de son être. Mais elle ne voulait pas pour autant renoncer à Félix, et devoir choisir entre les deux la déchirait jusqu'au plus profond d'elle-même.

— Sans toi, j'aurai tout le temps faim, ajouta-t-elle en riant à travers les larmes qui se mettaient à couler sur ses joues.

— J'ai toujours su qu'il n'y avait que la nourriture qui t'intéressait. Si je ne t'apportais pas de pâtisseries, je parie que tu n'aurais jamais de temps à me consacrer, dit-il en mimant l'abattement d'un mouvement des épaules.

Il tournait la situation en dérision, mais Estée voyait que des larmes brillaient aussi dans ses yeux.

— Tu vas tellement me manquer, chuchota Estée en ravalant son émotion.

Elle était furieuse qu'il la voie dans cet état. Elle détestait se sentir vulnérable, devant n'importe qui, y compris lui.

Félix se rapprocha d'elle et ils demeurèrent ainsi, l'un contre l'autre, appuyés en arrière sur les coudes. Estée n'osait faire le moindre geste parce que plus que jamais, elle avait besoin de sentir sa présence. Ils n'avaient plus échangé de baiser après cette première fois. Cela ne leur aurait pas paru *convenable,* ou peut-être était-ce parce que ni l'un ni l'autre n'avait osé faire le premier pas. Mais c'était peut-être aussi parce qu'ils savaient tous deux que ce qui existait entre eux était condamné d'avance. Il était promis à une autre, et quand bien même son mariage n'aurait-il pas déjà été arrangé, Estée savait qu'elle n'aurait jamais été à la hauteur des attentes des Barbieri.

— Je ne t'oublierai jamais, Félix, se força-t-elle à dire.

— Ne dis pas ça. On dirait que nous n'allons jamais nous revoir.

Peut-être n'allons-nous jamais nous revoir.

Estée ne répondit pas parce qu'elle était sûre que sa voix la trahirait, mais quand Félix se racla la gorge et se redressa légèrement sur un coude, elle plongea bravement ses yeux dans les siens.

— Estée, murmura-t-il en fixant sa bouche.

Elle lui sourit, devinant ce qu'il allait lui demander avant même qu'il prononce le moindre mot.

— *Oui*, murmura-t-elle à son tour.

Lorsque Félix se pencha davantage, elle demeura totalement immobile pour ne pas gâcher la magie du moment. Et dans les rayons du soleil qui les auréolaient et les senteurs de l'été qui les enveloppaient, ses lèvres se posèrent doucement sur les siennes dans un baiser qui exprimait sans détour un adieu, malgré ses paroles rassurantes lorsqu'il affirmait qu'ils se reverraient. Comment leurs chemins pourraient-ils se recroiser si Estée réussissait son audition ?

Le baiser de Félix se fit plus insistant, sa bouche plus avide, loin de la maladresse de leur première fois. Mais il finit par se reculer et se relever en lui caressant les cheveux comme une soie précieuse, une caresse si tendre qu'Estée eut l'impression que son cœur allait se briser une nouvelle fois.

— Ils vont t'adorer, Estée, murmura-t-il. Tu vas être la plus belle étoile de la Scala. J'en suis absolument certain.

Quant à être la plus belle, elle en doutait, mais soudain, dans les yeux de Félix, elle se vit comme il la voyait. Son regard était empreint d'une telle admiration qu'elle sut qu'il était sincère et, pour la première fois, elle comprit qu'il l'aimait autant qu'elle l'aimait, même si cet amour ne pourrait jamais s'épanouir. Même s'ils n'auraient jamais le courage de se l'avouer.

— J'aimerais que les choses soient différentes. J'aimerais…

— Chut, ne dis rien, coupa-t-elle en secouant la tête alors que de nouvelles larmes jaillissaient. Nous ne pouvons changer ni nos familles ni nos destins. Si nous nous contentions d'être heureux juste pour aujourd'hui ? Pouvons-nous faire comme si ce n'était pas la dernière fois ?

Même si je restais, nous ne pourrions jamais être ensemble. Et si j'échouais à mon audition, ma mère ne me laisserait plus quitter la maison.

Le sourire de Félix répondit au sien lorsqu'elle le bouscula sur l'herbe et ils riaient encore lorsqu'il l'enveloppa dans ses bras. Elle se pencha à nouveau vers sa bouche et poussa un long soupir lorsque ses lèvres s'écartèrent pour accueillir les siennes.

Demain, elle partirait à Milan, pour ne peut-être jamais revenir dans le Piémont, et elle souhaitait plus que tout imprimer le visage de Félix dans son cerveau pour que, longtemps après ce jour, lorsque Félix serait marié, elle se souvienne précisément de ses baisers chauds sous le soleil au bord du lac.

Un souvenir qui devra peut-être m'accompagner pour le reste de ma vie.

*

Le jour suivant s'écoula comme dans du brouillard. Milan n'était pas très loin de chez elle, mais Estée n'avait pas la moindre idée de combien de temps elle allait y rester. Sa tante, la sœur de son père, qui habitait là-bas, avait proposé de l'héberger si elle était sélectionnée. Debout au milieu de sa chambre, elle se demandait si elle allait revenir un jour. Vivrait-elle à nouveau dans la demeure familiale ou bien sa vie l'emmènerait-elle toujours plus loin de son cher Piémont ? Avant de connaître Félix, c'était tout ce dont elle rêvait : partir, le plus loin possible, être enfin capable d'échapper à l'ombre oppressante de sa mère. Mais c'était *avant* Félix, et ces rêves lui paraissaient bien lointains. À présent, tout ce dont elle rêvait, c'était continuer à voler d'autres moments secrets en sa compagnie.

C'était idiot ! Même si elle était sélectionnée, elle finirait toujours par revenir de temps à autre en visite. Toutefois, tandis qu'elle promenait son regard dans la pièce pour s'en imprégner, elle ne pouvait chasser ce sentiment de nostalgie. Ses deux sœurs partageaient une chambre et, bien qu'elles soient mieux traitées par leur mère qu'Estée, celle-ci disposait de sa propre chambre pour lui permettre de se reposer sans être dérangée. Lorsqu'elle ne dansait pas, c'était aussi dans cette chambre qu'elle étudiait la musique. Sa mère tenait à ce qu'elle soit accomplie dans tous les domaines qui avaient un lien avec la danse, et la musique en faisait partie.

Estée traversa la chambre jusqu'à la fenêtre d'où elle aurait aimé pouvoir voir la rivière ou la maison de Félix. Elle savait bien que c'était impossible, mais cela ne l'empêcha pas de fermer les yeux pour imaginer la scène : elle qui se pressait le long du sentier à la nuit tombée, jusqu'à la maison de Félix pour un de leurs rendez-vous secrets. Si elle partait maintenant, elle savait précisément le nombre de pas qu'il lui fallait faire pour arriver au portail et combien de minutes pour atteindre la maison de Félix une fois qu'elle se serait glissée sous la barrière pour gagner la route.

— Estée ?

La voix de sa mère était plus douce que d'habitude, mais Estée sentit quand même tout son corps se raidir en prévision de l'attaque ou de l'ordre qu'elle annonçait. Bizarrement, il n'en fut rien, mais cela suffit à lui faire renoncer à ses rêves d'évasion.

— Tu rêves éveillée ? demanda sa mère.

— Non, *mamma*. Je répétais mon solo dans ma tête.

Elle détestait réussir à mentir aussi facilement, mais, quand il s'agissait de sa mère, elle avait appris à tout mettre en œuvre pour éviter sa colère – la plupart du temps.

— Parfait, répondit sa mère.

Estée la regarda se pencher au-dessus du lit étroit pour examiner les affaires que sa fille avait préparées pour son départ mais pas encore emballées. Elle se surprit à retenir son souffle sans même s'en rendre compte.

— Je n'ai pas besoin de te rappeler que tu disposes d'une chance incroyable, qui pourrait bénéficier à toute notre famille, n'est-ce pas ? demanda sa mère en se tournant vers elle. Ce pourrait être ta seule occasion de faire bonne impression, ta seule occasion de rejoindre cette école. Tu te dois d'être *exemplaire.*

— Je le sais, *mamma*, répondit Estée en veillant à ne pas élever la voix ni à défier sa mère du regard.

Elle savait ce que celle-ci voulait entendre, quelles marques de soumission elle souhaitait voir.

— Je danserai comme si ma vie, comme si notre vie à *tous* en dépendait.

— Parfait.

Sa mère se retourna et agita la main.

— À présent, dépêche-toi. Je veux que tu aies fait tes bagages avant le dîner et que tu te reposes. Demain, nous avons une journée chargée.

Estée savait qu'elle n'allait pas fermer l'œil de la nuit. Comment l'aurait-elle pu ? Elle allait participer à une audition avec les meilleurs jeunes danseurs de toute l'Europe, et si elle n'emportait pas l'adhésion des jurés, elle n'aurait peut-être jamais de seconde chance. Même si elle n'obtenait pas le rang le plus convoité de la troupe, il fallait qu'elle marque les esprits. *Je dois être inoubliable.*

Parce que je veux m'éloigner d'ici, de cette maison, de ma mère. C'est ma seule chance.

Je dois oublier Félix. Une fois que je serai à Milan, je n'aurai plus un seul regard en arrière.

Parfois, elle haïssait ce qu'elle était devenue, la pression que la danse faisait peser sur elle, la vie à laquelle elle devait renoncer pour cet art qui lui avait même volé son enfance. Puis elle se souvenait que c'était sa seule chance de briser ses chaînes et, pour cela, elle était prête à tout. Sa mère croyait qu'elle dansait pour eux, pour la famille, mais, en vérité, elle ne le faisait que pour elle-même.

Estée rangea soigneusement ses affaires dans la valise qu'elle posa sur le sol. Elle s'allongea ensuite sur le lit et se força à fermer les yeux. Elle aurait tant aimé ne plus penser à Félix ! Parce que cela aurait rendu son départ beaucoup plus facile. Parce que quoi qu'elle fasse, elle avait beau se répéter de l'oublier, cela lui était impossible.

11

De nos jours

— Alors, Lily, dis-nous un peu, quelles différences as-tu remarquées entre notre vignoble et celui où tu as travaillé en Nouvelle-Zélande ? demanda Francesca.

Ils étaient assis autour de la table, à l'extérieur, et les guirlandes de lumières scintillaient autour d'eux. Quelqu'un apporta du café et une petite coupe de chocolats pour terminer le dîner.

Sourire aux lèvres, Lily tendit la main vers un chocolat.

— Je ne pensais pas en trouver autant, puisqu'il s'agit aussi d'un domaine familial, mais, en réalité, les différences sont énormes. L'Italie est vraiment unique au monde.

De l'autre côté de la table, Antonio haussa les sourcils.

— Franchement, continua Lily, la terre n'a pas la même odeur ici, vous aussi, vous êtes différents. Par exemple, la manière dont vous vous retrouvez pour les repas, celle dont vous regardez les grappes de raisin. Il y a de la passion. Peut-être que les Néo-Zélandais sont plus réservés, même s'ils m'ont accueillie avec beaucoup de chaleur et qu'ils prennent leurs vins très au sérieux.

— Ici, tu verras, tous les viticulteurs sont toujours très impliqués dans le processus de vinification, notamment dans les vieux domaines familiaux.

— Ça, ça ne me surprend pas. Mais j'ai entendu dire que, le premier jour des vendanges, tout le monde prenait part à la récolte, y compris le maître de chai.

Roberto partit d'un grand rire guttural.

— Ce n'est pas une rumeur, dit-il. C'est moi qui cueille la première grappe le premier jour des vendanges, et tous les jours, je commence par faire un tour des rangs pour m'assurer qu'il ramasse bien les raisins comme je le veux. Ensuite, je retourne à la presse vérifier les premières récoltes. J'inspecte tout personnellement avant le pressage.

Lily buvait ses paroles, surprise d'apprendre qu'il participait à la récolte.

— Mon père est un lion ! Nous l'avons surnommé le roi de la jungle parce que, quand les vendanges approchent, c'est lui qui arpente les rangs de cep en cep pour donner le signal du départ, intervint Antonio.

— Et ils vous obéissent ? demanda Lily d'un air taquin.

— C'est le seul moment où je le laisse me commander, déclara Francesca en lançant un baiser à son mari. Nous faisons ce qu'il demande, parce que les vendanges lui offrent l'occasion de briller. Même si je dois reconnaître qu'il est très autoritaire.

— Ton père, dit Roberto en faisant dévier la conversation. Sa réputation l'a précédé, tu sais, Lily. Pour être un bon maître de chai, il faut de l'instinct, et bien qu'il soit toujours possible d'améliorer ses compétences, on a le don ou on ne l'a pas.

Il affichait un sourire chaleureux tandis qu'il l'observait par-dessus son verre de vin.

— On m'a dit que tu possédais le même instinct.

— Je lui ai emboîté le pas dès mon plus jeune âge, et je pense que tout ce que j'ai appris, je le tiens de lui.

Lily se racla la gorge tandis que les souvenirs remontaient à la surface pour la seconde fois de la journée. Elle n'avait pas imaginé que son père reviendrait de nouveau dans la conversation, mais elle était tout de même ravie que quelqu'un se souvienne de son talent, surtout après tout ce temps.

— Mais j'espère pouvoir me faire un nom par moi-même à présent.

— J'ai cru comprendre qu'il avait fait ses classes en Californie, dit Roberto.

— Oui, mais il m'a toujours dit de ne pas perdre trop de temps là-bas, car lui-même aurait voulu voyager davantage, notamment ici, ainsi qu'en Nouvelle-Zélande. Il me parlait beaucoup des hivers en Italie, parce qu'il trouvait les conditions climatiques particulièrement intéressantes, pour leurs similitudes avec celles de l'Angleterre.

— Ton père est décédé ? demanda Antonio d'une voix soudain plus douce.

— Oui, répondit-elle, quelques jours avant mon dix-neuvième anniversaire.

— Je suis désolé, dit Antonio, les sourcils froncés mais les yeux rivés aux siens.

Elle haussa les épaules comme si cela n'avait pas la moindre importance alors que la douleur demeurait si profonde qu'elle la ressentait parfois encore jusque dans sa chair.

— La peine ne s'éteint jamais, intervint Francesca en posant sa main sur celle de la jeune fille. J'ai toujours les larmes aux yeux quand je pense à ma mère, que Dieu ait pitié de son âme.

Lily n'ôta pas sa main car elle trouvait le poids de celle de la femme réconfortant. Il lui semblait qu'elle n'avait jamais éprouvé de contact physique aussi rassurant, alors qu'elle était avec sa propre mère encore la veille. Mais à part elle, cela faisait vraiment longtemps.

— Est-ce que votre mère travaillait aussi dans le vin ? demanda-t-elle à Francesca.

— Non, et moi, je ne suis qu'épouse de vigneron. Je n'ai pas reçu de formation. Je suis très efficace quand il s'agit de vendanger, et il paraît que j'ai parfois de bonnes idées, mais c'est mon mari qui élabore les vins.

— Et ton fils, grommela Antonio en faisant rire sa mère. N'oublie pas le viticulteur.

— Comment pourrais-je oublier mon très cher fils aîné ? rétorqua Francesca en souriant. En fait, ma mère était couturière et elle a passé la majeure partie de sa vie à confectionner de somptueux costumes pour les danseurs du ballet de Milan, où nous vivions alors. Enfant, je menais une vie bien différente de celle que j'ai ici.

Lily, qui tendait la main vers son café, fut coupée dans son élan par les paroles de la mère d'Antonio.

— Est-ce qu'elle travaillait pour un théâtre ou une école en particulier ? demanda-t-elle en retenant son souffle.

Les mots de Francesca lui avaient bien sûr aussitôt fait penser au coffret dont elle avait hérité. Tout de même, ç'aurait été une coïncidence trop énorme que les Martinelli aient eu un lien avec la Scala.

— Eh bien, elle a travaillé pour de nombreuses compagnies et théâtres, mais ses années les plus mémorables ont sûrement été le corps de ballet de la Scala. Elle y est restée jusqu'à la retraite.

Lily regretta de ne pas avoir l'extrait du programme sous la main pour le montrer à Francesca.

— Je sais que cela va vous paraître improbable, mais j'ai découvert récemment que mon arrière-grand-mère avait peut-être un lien avec la Scala, dit-elle. En fait, j'espérais en apprendre davantage pendant mon séjour en Italie.

— Oh, eh bien, laisse-moi réfléchir. Je vais voir si je peux te trouver un contact. De quelles informations disposes-tu ? En quoi puis-je t'aider ?

Lily secoua tristement la tête.

— J'ai l'impression de chercher une aiguille dans une botte de foin. Pour être franche, je n'ai pas grand-chose sur quoi m'appuyer.

— Ne te décourage pas, je vais en parler à ma mère et elle se souviendra peut-être de quelqu'un. Si tu en as envie, bien sûr.

— Au contraire, j'en serais ravie, merci.

Lily s'empara de sa tasse d'une main tremblante et, lorsqu'elle leva les yeux, elle constata qu'Antonio n'avait pas perdu une miette de cet échange. Mais il ne fit aucun commentaire et elle put terminer son café comme si de rien n'était, alors même que son esprit était en ébullition et que son cœur battait la chamade.

Les indices du coffret étaient comme des petits paquets de connaissance qui pesaient dans son sac et semblaient l'appeler pour qu'elle les sorte de là et les utilise. Toutefois, avec ou sans l'aide de Francesca, il était peu probable qu'elle parvienne à trouver le lien entre son arrière-grand-mère et la Scala. D'un autre côté, plus elle en parlait autour d'elle, plus elle avait de chances d'y parvenir.

Elle termina son café et prit le temps de promener une dernière fois les yeux sur le décor idyllique qui s'offrait à sa vue avant de prendre congé.

— Je tenais à vous remercier tous pour cette journée et cette soirée merveilleuses, mais je pense qu'il est temps que je me retire, dit-elle.

Elle ne savait toujours pas où elle était censée dormir après cette longue journée qui ne leur avait laissé aucun moment de répit.

— J'avoue être épuisée, ajouta-t-elle.

— Antonio, s'exclama aussitôt Francesca, montre sa chambre à Lily, s'il te plaît. On y a déjà fait porter ses bagages.

Antonio prit le temps de replier sa serviette blanche et de la poser sur la table avant de se lever et de faire signe à Lily de le suivre à l'intérieur.

— Où sont logés les employés ? demanda-t-elle.

Elle s'attendait à être hébergée quelque part sur le domaine, comme cela se faisait sur les autres exploitations. Elle avait d'ailleurs aperçu de ravissantes maisonnettes situées à l'écart des vignes.

— Tu loges chez nous, répondit Antonio. En un clin d'œil, ma mère a décidé qu'il te fallait la suite réservée aux invités.

Lily regarda le jeune homme, dans l'attente qu'il avoue sa plaisanterie, mais il était tout à fait sérieux. Il glissa une main dans sa poche et traversa la cour à grandes enjambées jusqu'à un immense corridor situé de l'autre côté de la maison. De toute évidence, l'invitation lui paraissait des plus naturelles.

— Je croyais que j'allais...

— C'est ici, la coupa-t-il en poussant la porte de l'une des plus luxueuses chambres qu'elle ait jamais vues.

Un énorme lit à baldaquin trônait au centre de la pièce et, par les doubles portes-fenêtres qui donnaient sur l'extérieur, elle apercevait des guirlandes lumineuses drapées autour d'une pergola, comme un modèle réduit de la grande terrasse où ils avaient dîné.

Antonio tira les rideaux, mais Lily se dit qu'elle les rouvrirait dès qu'elle serait seule.

— Ici, c'est ta salle de bains personnelle, indiqua-t-il d'un geste. Ma mère tient à ce que tu te sentes vraiment comme chez toi. Alors si tu as besoin de quoi que ce soit, n'hésite pas à nous demander. Fais comme chez toi.

Si seulement ! Je n'ai jamais mis les pieds dans un aussi bel endroit.

— Merci, Antonio, c'est parfait.

Elle s'attendait plus à moins à ce qu'il lui fasse la bise ou qu'il lui lance un clin d'œil avant de partir, mais il se contenta d'un petit sourire puis il s'éclipsa en lui lançant simplement un « bonne nuit ».

— Oh, avant que tu partes, appela-t-elle.

Antonio s'arrêta sur le pas de la porte et chercha son regard.

— Qu'est-il arrivé au dernier assistant du maître de chai ? s'enquit-elle en se souvenant soudain qu'elle ne l'avait pas interrogé sur ce qu'avait sous-entendu sa sœur.

Antonio fronça les sourcils.

— Tu l'as devant toi.

Elle ouvrait la bouche pour commenter lorsque son expression la stoppa net. Il ne plaisantait pas.

— *Buonanotte,* Lily.

Elle sourit. Bonne nuit… Voilà au moins une expression qu'elle avait réussi à retenir en écoutant des podcasts d'apprentissage de l'italien en attendant son vol.

— *Buonanotte,* répondit-elle en comprenant que ce n'était pas ce soir qu'elle aurait le fin mot de l'histoire.

Une fois seule, Lily s'empressa d'ouvrir grand les rideaux comme elle se l'était promis. Elle contempla un moment les petites lampes qui scintillaient sur le treillis comme autant d'étoiles, en se demandant si son père pouvait la voir du ciel.

C'est aussi merveilleux que ce que tu disais, papa. Mon seul regret, c'est que tu ne sois pas là.

Elle essuya une larme puis ôta ses chaussures et ses vêtements pour enfiler son pyjama en soie. Elle grimpa ensuite sur le lit et se glissa entre les draps blancs fraîchement amidonnés. Elle laissa enfin tomber sa tête sur le moelleux oreiller en plume en se disant qu'elle n'allait pas tarder à dormir comme un bébé.

Mais à peine était-elle allongée qu'elle repensa aux indices. Elle se releva donc pour aller les exhumer de son sac et passa de longues minutes à les observer sous toutes les coutures. Peine perdue, elle ne comprenait toujours pas leur signification.

Les documents à la main, elle se renfonça dans l'oreiller. Quel était le but de son arrière-grand-mère en laissant ces vestiges ? Qu'avait-elle voulu révéler ? Étaient-ils à même de lui révéler ses origines familiales ?

Comment se faisait-il qu'une femme dont elle n'avait jamais soupçonné l'existence, un mystère dont elle ignorait tout il y a peu, ait soudainement pris une telle place dans sa vie ? Elle ne pouvait rien changer au passé. Elle ne pouvait même pas avoir la certitude que sa grand-mère savait être une enfant adoptée. Mais elle avait tout de même besoin d'être fixée pour elle-même, comme pour rendre hommage à la femme qui avait tant compté pour elle dans son enfance.

Elle parvint à fermer les yeux sur cette pensée et, sans lâcher les deux feuilles, elle s'abandonna dans le lit moelleux et sombra enfin dans le sommeil.

12

Italie, 1938

Estée tenait la position, le port altier, le dos parfaitement droit. Elle sentait la sueur perler sur sa nuque, et la tétanie qui menaçait ses bras en couronne au-dessus de sa tête. Et malgré son irrépressible envie de prendre de profondes inspirations pour remplir ses poumons, elle se contentait d'aspirer l'air à petites bouffées.

Pratiquement toutes les ballerines du corps de ballet avaient été sélectionnées, et elle n'en faisait toujours pas partie. Elle n'en continua pas moins de sourire. Elle savait exactement ce qu'elle devait faire, comment faire bonne figure, comment paraître sereine alors qu'au fond d'elle-même, tout s'écroulait. Les danseuses ici étaient différentes. Face à elles, elle s'était sentie maladroite, au point de se demander si elle méritait même de participer à cette audition. Avait-elle la moindre chance d'être prise ? Mais Estée n'était pas du genre à baisser les bras. Si elle échouait, elle accepterait son destin ; mais tant que la dernière place ne serait pas pourvue, elle savait qu'elle ne craquerait pas. Voilà au moins une chose dont elle pouvait remercier sa mère.

Elle regarda les quatre membres du jury se pencher les uns vers les autres et échanger des paroles animées puis elle ferma les yeux une fraction de seconde. Aussitôt, le visage de Félix lui apparut, ainsi que leur endroit favori au bord du lac, le soleil sur ses épaules et le bout de ses pieds dans l'eau.

Lorsqu'elle rouvrit les yeux, tout était différent, plus vif, d'une certaine manière. À cet instant, elle vit qu'on l'invitait à renouveler sa performance. Elle conserva dans sa tête l'image du lac, refusant obstinément de s'en défaire, même si elle savait que c'était à présent sa dernière chance de leur montrer ce dont elle était capable. Tout ce dont elle avait besoin, c'était d'une dernière chance.

Tu seras la plus belle étoile de la Scala, Estée.

Les mots de Félix l'emportèrent plus haut, toujours plus haut, et elle dansa comme elle n'avait jamais dansé auparavant. Elle exécuta un assemblé impeccable et retomba sur ses pieds presque sans bruit, terminant par un grand jeté bien plus ample que tous ceux qu'elle avait réalisés sur scène à ce jour.

Lorsqu'elle s'immobilisa, le souffle court, la jurée la plus âgée la scrutait, l'évaluait, puis finit par hocher la tête. Elle ne souriait pas, mais elle ne fronçait pas non plus les sourcils.

— Avancez-vous, je vous prie, dit-elle sur un ton aussi strict que le régime d'Estée.

La jeune fille s'exécuta en veillant à ce que chacun de ses pas soit d'une grâce et d'une précision irréprochables, comme si la performance se poursuivait. Elle savait qu'elle devait continuer à jouer son rôle et elle le jouerait fidèlement jusqu'au terme de la séance.

Les quatre jurés continuèrent à parler. Elle n'entendait pas ce qu'ils disaient, mais elle voyait la manière dont les deux hommes et les deux femmes la détaillaient, comme s'ils étaient en train de jauger son corps. Cela faisait partie intégrante du métier de ballerine, le fait d'être ainsi scrutée, même si elle doutait de pouvoir un jour s'y habituer. Si seulement elle avait pu entendre ce qui se disait…

— Quel âge avez-vous ?

— Treize ans, répondit-elle d'une voix plus assurée que ce qu'elle aurait cru.

En vérité, elle n'aurait pas treize ans avant plusieurs semaines, mais sa mère lui avait conseillé de mentir sur son âge.

Ils reprirent leur évaluation, promenant leur regard sur toute la longueur de son corps, et elle se prit à regretter d'avoir dévoré tous les gâteaux que Félix lui avait apportés. S'était-elle laissée distraire de son but au point de perdre de sa minceur ? S'était-elle laissée aller une fois de trop ? Sa mère avait-elle raison de la forcer à rester aussi fine qu'un oiseau ?

— Votre ossature est plus lourde que celle des autres filles, mais votre visage…

Elle inspira. C'était tout ce qu'elle pouvait faire. En petits halètements frénétiques. Elle était la plus jeune des aspirantes, elle n'était donc pas censée être la plus « lourde ». Il lui fallut toute son énergie, toute sa volonté pour ne pas serrer les poings et enfoncer les ongles dans sa chair.

— Votre visage est ravissant, poursuivit l'autre femme. Approchez, s'il vous plaît.

Estée fit ce qu'on lui demandait en baissant modestement les yeux. Elle savait qu'elle était à deux doigts d'être renvoyée à la maison.

Ou bien mon visage va me sauver. C'est peut-être grâce à lui qu'ils vont changer d'avis.

Le matin même, elle avait séparé ses cheveux d'un noir de jais par une raie bien droite, en veillant qu'aucun ne dépasse de son chignon serré. Elle avait les cils noirs, les lèvres teintées d'un rose pâle qui contrastait merveilleusement avec ses traits sombres, et ses pommettes étaient mises en valeur par le blush que sa mère lui avait soigneusement appliqué. Elle était consciente qu'il y avait quelque chose dans son allure, quelque chose en elle qui la rendait séduisante, mais de là à dire qu'elle avait un ravissant visage ? Cela lui raviva sa confiance et elle s'imagina dix ans plus tard, sur scène, en train de vivre la vie qu'elle pourrait mener si elle réussissait.

Tu es aussi légère qu'une plume. Tu seras la meilleure danseuse que la Scala ait jamais vue.

Refusant délibérément de se laisser intimider par leurs chuchotis, Estée se concentra sur son corps, sur son gracieux port de bras. En tendant l'oreille, elle aurait presque pu entendre ce qu'ils disaient, mais elle n'en avait nul besoin. Mais qu'elle entende ou non n'avait plus d'importance. Elle devait faire en sorte qu'ils tombent sous son charme.

Elle résista à la tentation de regarder derrière elle, vers les autres ballerines qui, pleines d'optimisme, devaient être en train de prier pour qu'elle échoue, retenant leur souffle dans l'espoir qu'on la renvoie sans ménagement. Elle s'éclaircit la voix sans bruit lorsque les jurés levèrent les yeux. Elle aurait tant voulu rompre le silence et leur expliquer pourquoi elle méritait d'être engagée ; mais elle savait qu'il n'était pas question qu'elle prenne la parole, qu'un seul mot suffirait à gâcher ses dernières chances. Ils ne se souciaient pas de ce qu'elle avait à dire, uniquement de la manière dont son corps évoluait sur scène.

— Notre dernière ballerine, annonça l'un des hommes en hochant la tête.

Il avait élevé la voix pour que tout le monde puisse entendre. Estée n'en croyait pas ses oreilles.

Moi ? Vraiment ?

Ce fut comme si elle avait parlé à voix haute, parce que la plus jeune des deux femmes du jury lui adressa un petit sourire comme pour confirmer la nouvelle. C'était la première expression de bienveillance que lui offraient les adultes qui l'avaient examinée.

— Merci, dit-elle avec un petit hochement de tête et un léger sourire, essayant désespérément de ne pas perdre son sang-froid. Je vous remercie pour cette incroyable chance.

J'ai réussi ! J'ai réussi !

Elle était au bord de l'évanouissement, soudain frappée de plein fouet par la fatigue de cette journée interminable passée à danser et par l'émotion qui l'avait envahie pendant l'attente des résultats. Mais elle se força à retourner sur ses pas et à quitter la scène le plus gracieusement possible. Sa mère n'avait pas eu le droit d'assister à l'audition, et Estée était soulagée de pouvoir digérer seule la nouvelle.

Une des filles passa à côté d'elle en lui donnant volontairement un violent coup d'épaule. En reculant sous le choc, Estée vit un rictus sur le visage de l'autre fille. De toute évidence, cela s'était joué entre elles deux pour la dernière place.

Estée ouvrit la bouche mais se ravisa au dernier instant et se borna à frotter son épaule endolorie en silence. Cela n'en valait pas la peine. Elle avait été prise et c'était tout ce qui comptait.

— Ignore-la, lança une voix assurée dans son dos. Une fois qu'elles seront parties, cela ira mieux.

Estée se retourna et se retrouva face à une jolie ballerine blonde. Elle reconnut immédiatement la première jeune fille à avoir été choisie. Elle avait de longs membres déliés et un corps aussi parfait que devait l'être celui d'une danseuse classique. Estée comprit aussitôt qu'elle avait affaire à une personne d'exception et se sentit un peu intimidée.

— Tu as magnifiquement dansé, poursuivit la fille. Je savais que tu serais sélectionnée.

— Je commençais à perdre espoir, admit Estée, surprise par sa propre franchise. Vers la fin, je me disais que je n'avais plus aucune chance.

La fille haussa les épaules.

— Ils avaient peut-être décidé de t'accepter depuis le début, tu sais. N'y pense plus. L'ordre dans lequel nous avons été retenues n'a aucune importance. Tout ce qui importe, c'est que nous avons été choisies. À présent, nous sommes dans le même bateau. Personne ne se souviendra qui était en haut ou en bas du classement.

Estée n'avait pas vu les choses sous cet angle. La jolie blonde avait peut-être raison, se dit-elle : l'important à présent était d'avoir été sélectionnée, même si selon elle, personne n'oublierait la première.

— Je m'appelle Estée, dit-elle.

— Moi c'est Sophia, répondit la jeune fille en lui tendant une petite main douce et tiède. Viens, ils vont nous expliquer quand ça va commencer et ce qu'ils attendent de nous.

Sans lui lâcher la main, Sophia l'entraîna après elle.

Estée n'arrivait plus à cacher son sourire. Les autres filles s'écartèrent pour les laisser passer et Estée suivit Sophia qui, le dos bien droit, le regard déterminé, avançait sans se soucier de qui que ce soit, et Estée eut l'impression que tous ses soucis s'évanouissaient pour céder la place à une sensation d'euphorie. Sa nouvelle amie devait avoir au moins quinze ans, mais cela n'avait guère d'importance. Elle l'avait apparemment prise sous aile et Estée ne s'était jamais sentie aussi sûre d'elle.

Je suis à Milan et, un jour, je danserai à la Scala. Je viens d'être officiellement acceptée dans la plus prestigieuse école de danse d'Italie.

Son cœur regretterait toujours Félix et ce qui aurait pu exister entre eux, mais il était temps pour elle de vivre sa vie. Il était temps de se libérer du carcan que sa mère lui avait imposé et de dire adieu à son enfance. Il était temps de devenir une femme.

Par-dessus son épaule, Sophia lui adressa un sourire éblouissant.

Tout va bien se passer. Les prochaines années vont être les plus époustouflantes de ma vie. Je n'ai plus de temps à perdre à regarder en arrière et à me demander comment les choses auraient pu se passer.

Bien sûr, elle ne pourrait jamais cesser de penser à lui, à sa future femme qui était sans doute très jolie, ou à ce que sa famille aurait pensé d'elle s'ils l'avaient rencontrée. Non, sa vie, c'était le ballet. Le temps n'était plus aux distractions. Elle allait danser comme si sa vie en dépendait, parce que c'était le cas.

— Je nous vois déjà sur la scène de la Scala, murmura Sophia dans son oreille tout en la guidant vers le petit groupe d'heureuses élues. Pas toi ?

Estée serra très fort les paupières et un sourire se dessina sur ses lèvres.

— Oui, moi aussi, chuchota-t-elle à son tour, le souffle coupé par l'image qui s'était formée dans sa tête. Moi aussi, je nous vois.

13

De nos jours

Toutes les conditions étaient réunies. Et tout le monde frétillait d'impatience. L'atmosphère dans le domaine était à présent très différente du jour où Lily était arrivée, et elle pouvait enfin voir de ses propres yeux le lion qui sommeillait en Roberto : son sourire alors qu'il aboyait ses ordres, l'intensité de son regard lorsque tous les matins, il examinait les grappes de raisin – rien à voir avec l'homme débonnaire dont elle avait fait la connaissance.

— Accompagne-moi, lança-t-il à Lily, sept jours après son arrivée.

Elle posa le carnet où elle était en train de prendre des notes, le referma sur son stylo et se leva pour suivre Roberto. Elle régla son pas sur le sien, sans se soucier le moins du monde de ce changement de manière. Elle avait constaté la même métamorphose chez son père tous les ans, tandis qu'il attendait le jour où les grappes atteindraient la perfection ; au lieu de la rendre nerveuse, cette attitude l'emplissait d'excitation. Ce moment, cet instant précis, c'était celui pour lequel tout vigneron vivait, l'instant où tout le monde attendait son feu vert pour lancer les hostilités !

— Si je t'ai demandé de venir avec moi, Lily, c'est parce que je veux savoir ce que tu penses, dit-il. Tu as examiné les grappes à mes côtés tous les jours et tu les as goûtées, mais aujourd'hui...

Il fronça les sourcils, puis regarda le ciel, et elle se demanda à quoi il pouvait bien penser.

— Vous croyez qu'elles sont prêtes ? hasarda-t-elle.

— Je sentais dans mes tripes que, cette année, la vendange se ferait plus tôt, répondit-il. C'est pour ça que je t'ai demandé d'avancer ton arrivée. Il a fait plus chaud que d'habitude, cette saison.

Ils continuèrent à marcher en direction des coteaux et Lily sentit son pouls s'accélérer, mais elle était heureuse de marcher. Lorsque Roberto s'arrêta enfin, elle le regarda s'accroupir et ramasser une petite poignée de terre dans sa main tannée, refermant la paume pendant une minute avant de la laisser couler entre ses doigts.

— Je sais tout ce qu'il y a à savoir sur cette terre, dit-il. Sa consistance, son odeur, son goût...

Il se frotta la main sur son pantalon avant d'avancer de quelques pas pour prendre délicatement deux grains de raisins entre ses mains, en examiner la pulpe, les humer avant, enfin, de les goûter. Lily avait l'impression d'être en train d'arpenter les vignes avec son propre père ; Roberto était un puits de connaissance d'une générosité sans nom.

Elle continua à le suivre, en observant ses gestes qu'elle avait elle-même effectués avant chaque vendange. Elle était en train de goûter une grappe fruitée de chardonnay quand une silhouette attira son attention. C'est à peine si elle avait recroisé Antonio depuis le soir où il lui avait montré sa chambre, et elle ne put se retenir de sourire en le voyant approcher. Il leva la main en guise de salut, mais son visage resta impassible. Il cherchait son père des yeux, et c'est à peine s'il avait remarqué la jeune femme.

Roberto regarda son fils, puis avança encore et saisit une autre grappe, et Lily constata qu'ils n'avaient pas besoin de parler pour se comprendre. Le fils observait son père, conscient que la décision était imminente.

Mais le signe qu'elle attendait de Roberto ne vint pas.

Au lieu de ça, Antonio se tourna vers elle.

— Lily ?

Elle avait la bouche trop sèche pour commenter.

Antonio n'était plus l'homme décontracté au sourire facile qui était venu la chercher à l'hôtel. Sans un mot, elle s'éloigna le long du rang de ceps, s'arrêtant pour examiner une autre grappe de raisin et goûter un grain. Les yeux clos, elle se concentrait sur les enseignements de Roberto et sur les notes qu'elle avait prises.

— Demain, finit-elle par articuler.

Roberto hocha la tête.

— Je suis d'accord.

— Et la météo ? ajouta-t-elle en regardant le ciel.

Avant que Roberto puisse répondre, Antonio leva brusquement les mains en l'air et marmonna quelque chose qui devait être un juron car son père le fusilla du regard. Mais Antonio ne s'en aperçut pas parce qu'il était déjà en train de retourner à grandes enjambées vers les bâtiments.

— Il..., commença-t-elle.

— Il va mettre tout le monde en ordre de bataille pour demain matin, expliqua Roberto. C'est comme ça tous les ans ! N'y fais pas attention. Il croyait que nous allions commencer aujourd'hui. C'est juste qu'il est tellement impatient.

Elle retint sa langue et suivit le vieil homme dans la descente, mais elle ne put s'empêcher de se demander si le fait qu'elle le remplace comme assistante de maître de chai n'agaçait pas Antonio.

— Tu as de l'instinct, Lily, c'est bien, dit Roberto au moment où ils se séparaient. Après le déjeuner, nous prendrons la voiture pour aller inspecter les autres parcelles. Je pense que nous allons avoir une semaine chargée.

— Merci, répondit-elle simplement.

Au fond d'elle-même, elle se demandait s'ils n'auraient pas dû commencer le jour même. Quelque chose dans l'étincelle qui avait traversé les yeux d'Antonio lui laissait penser que c'était du moins son avis, et elle eut l'impression d'avoir empiété sur ses plates-bandes.

On ne t'a pas fait venir ici pour leur dire ce qu'ils veulent entendre. C'était comme si son père était tout près d'elle, penché au-dessus de son épaule pour scruter le domaine. *Suis ton intuition, c'est ce que tu as toujours fait et elle ne t'a jamais fait défaut.*

Il avait raison, en tout cas pour tout ce qui concernait le boulot. Elle ferma les yeux et laissa la brise lui caresser les joues tandis qu'elle réfléchissait. Oui, elle avait pris la bonne décision. Aujourd'hui aurait pu convenir, mais ce serait encore mieux le lendemain.

— Lily !

Elle se retourna pour voir la sœur d'Antonio sortir par la porte de derrière du restaurant, une cigarette nonchalamment coincée entre les lèvres et un verre à la main. Lily la salua d'un geste et s'avança vers elle, heureuse d'avoir de la compagnie pour se distraire des pensées qui tourbillonnaient dans sa tête à mesure qu'elle se repassait le film de la matinée.

— On dirait que tu en as plus besoin que moi, plaisanta Vittoria en lui tendant sa cigarette.

— Merci, dit Lily en riant, je ne fume pas, mais je n'aurais rien contre un verre.

Elles s'assirent sur les marches qui longeaient l'arrière du restaurant.

— Grosse journée ? demanda Lily.

— Il n'y a jamais de temps mort en cuisine. Et toi, comment ça se passe ? On s'approche des vendanges ?

— Demain, acquiesça Lily, même si ton frère n'a pas l'air d'accord.

— C'est ce qu'il t'a dit ?

— Non, pas exactement, mais vu son expression, c'était facile à deviner.

— Oh, je vois de quoi tu parles, répondit Vittoria en riant. Ne prends pas ça trop à cœur. Il est tout le temps comme ça à cette période de l'année, il est comme un lion en cage. Tu verras, dès qu'on aura cueilli la première grappe, il retrouvera son sourire et sa décontraction.

Même si elle détestait le tabac, Lily regarda Vittoria fumer sa cigarette comme une star de cinéma. Elle essaya de ne pas tousser quand la fumée l'enveloppa.

— L'autre soir, il a fait un sous-entendu, comme quoi il était le dernier assistant du maître de chai.

Vittoria sourit et Lily patienta, dans l'espoir d'entendre enfin toute l'histoire.

— C'était couru d'avance, finit par répondre la jeune femme. Papa n'en fait qu'à sa tête. Il a ses méthodes, et Ant aussi. Là où mon frère excelle, c'est dans la culture de la vigne tout le long de l'année, des vendanges à l'entretien des machines.

— Et ton père ?

— Je suppose qu'il n'a pas usurpé sa réputation de meilleur viticulteur de la région, déclara Vittoria avec une fierté qu'elle ne parvenait pas à dissimuler. Mon frère a de l'or entre les mains, il faut seulement qu'il trouve ce qui lui convient le mieux.

— Je vois.

— Tu sais, c'est quelqu'un de bien, mon frère, mais il n'a pas eu une vie facile ces dernières années.

Lily retint son souffle. C'était exactement ce qu'elle voulait savoir, l'histoire à laquelle leur mère avait fait allusion, mais alors que Vittoria écrasait sa cigarette sur le sol et ouvrait la bouche pour continuer, elles entendirent une voix forte et joyeuse, avec un accent très prononcé.

— Et voilà l'autre frère, murmura Vittoria.

— Mais qui vois-je donc là ? lança l'homme qui venait d'apparaître.

Il ouvrit les bras pour enlacer sa sœur et l'embrassa sur les deux joues, puis tendit la main vers Lily, avec un air interrogateur.

— Tu dois être le fameux Marco, dit Lily qui commençait à s'habituer à l'exubérance des présentations à l'italienne.

Elle accueillit spontanément la bise dudit Marco. Aucun doute, c'était bien le frère d'Antonio : il était en tout point aussi beau que lui.

— Voici Lily, dit Vittoria, c'est l'assistante du maître de chai.

— Ah ah ! L'assistante ! s'exclama Marco en échangeant un regard entendu avec sa sœur. Pourquoi personne ne m'a dit qu'elle était aussi jolie ? Je serais venu plus tôt !

Lily se contenta de rire tandis que Vittoria levait les yeux au ciel.

— Je dois retourner en cuisine. C'était sympa de bavarder un peu, Lily. Bon courage pour demain.

— Alors, c'est demain le grand jour ? s'enquit Marco.

— Absolument, et il vaut mieux que je retourne travailler. Ce ne sont pas les préparatifs qui manquent.

— À demain donc, Lily.

Elle agita la main et s'éloigna. Elle n'aurait pas détesté se prélasser encore un moment au soleil en faisant plus ample connaissance avec le cadet des frères Martinelli. Elle avait la nette impression qu'il prenait la vie bien plus légèrement que son aîné.

La semaine n'avait pas été de tout repos et elle avait dû intégrer un grand nombre de notions en un temps record. Elle regrettait de ne pas avoir eu plus de temps, mais si tout se passait bien, elle serait peut-être réinvitée l'année suivante et elle aurait alors des mois pour apprendre à connaître le somptueux domaine.

Son téléphone sonna et elle le tira de la poche arrière de son jean. Un coup d'œil à l'écran lui apprit qu'elle venait de recevoir un texto de sa mère. Celle-ci avait dû enfin réussir à comprendre le fonctionnement de l'appareil parce que c'était le deuxième texto qu'elle envoyait cette semaine.

Je pense fort à toi. J'espère que tu as le temps de t'amuser un peu.

Lily sourit et commença à répondre, la tête baissée sur son téléphone.

Boum.

En levant les yeux, elle se rendit compte qu'elle avait foncé tout droit dans un large torse familier. Elle était si absorbée par son message qu'elle n'avait pas regardé où elle mettait les pieds. Et voilà qu'il était là, la chemise blanche à peine boutonnée sur sa poitrine bronzée.

— Désolé, marmonna-t-il.

— C'est moi ! Je regardais mon téléphone. Et toi, où avais-tu la tête ?

— J'étais occupé à regarder le ciel, grogna-t-il.

— La météo ? s'enquit-elle avec un sourire.

— La météo, confirma-t-il. C'est le maître de chai qui décide du meilleur moment pour récolter le raisin et moi, tout ce qu'il me reste à faire, c'est de me soucier de la pluie et du beau temps, à m'inquiéter de savoir si la météo va nous laisser tranquilles jusqu'à la fin des vendanges. Cela fait des nuits et des nuits que je ne dors pas.

— J'étais déçue de ne plus te croiser, se surprit-elle à dire, pour regretter aussitôt ses paroles.

— Demain, nous serons ensemble toute la journée, commenta-t-il avec un sourire. Je verrai bien si mon père change d'avis, comme il l'a déjà fait alors que j'avais déjà tout organisé et que tout le monde était prêt. Lorsqu'il cueillera sa première grappe à l'aube, je retrouverai le sourire pour tout le reste de l'année.

Elle résista à l'envie de lui répondre qu'en cet instant même, elle profitait déjà de son très beau sourire ; il avait peut-être été en pause pendant quelques jours mais à l'évidence, il était de retour.

— Je viens de faire la connaissance de ton frère.

— Toutes mes condoléances !

À présent, c'était elle qui souriait. Son sens de la repartie et son humour, même en anglais, étaient vraiment plaisants, et elle s'aperçut combien elle avait été impatiente de passer à nouveau du temps avec lui.

— Antonio, je voudrais te poser une question. Tu es sûr que ma présence ne te fâche pas ? Je veux dire, je ne tiens pas à prendre ta place ou...

Il tendit la main et lui tapota l'épaule comme si c'était le geste le plus naturel au monde.

— Lily, n'oublie pas que c'est moi qui ai proposé de te faire venir. Mon rôle est de surveiller les grappes dans les vignes. C'est mon père et toi qui vous occupez de la vinification.

Il lâcha son épaule et commença à s'éloigner.

— Nous ferons une équipe formidable, tu verras.

Elle le regarda s'éloigner pendant un moment avant de se remettre à pianoter sur son téléphone pour répondre à sa mère. Puis elle rangea l'appareil dans sa poche pour se mettre en quête de Roberto. La journée s'annonçait chargée et elle voulait faire un point.

14

— C'est le moment.

Trois mots qui changeaient tout. Depuis son réveil à cinq heures, Lily n'avait pas lâché Roberto d'une semelle. De toute manière, la perspective de la journée l'avait pratiquement empêchée de fermer l'œil de la nuit.

Elle hocha la tête en faisant de son mieux pour contenir son sourire, en vain. Après avoir jeté un coup d'œil au ciel, elle remercia intérieurement le soleil qui présageait d'une météo parfaite pour vendanger. Roberto s'avança, un sécateur bien aiguisé à la main, coupa la première grappe et la posa délicatement dans un panier sous les applaudissements de toute l'assemblée.

— *Andare !* s'écria-t-il en croisant rapidement le regard de Lily.

Il leva les mains en l'air dans un geste qui invitait tout le monde à l'imiter. Son visage exprimait une véritable adoration, remarqua Lily, mais peut-être était-il simplement soulagé qu'ils puissent profiter d'un temps clément. C'était comme un don du ciel pour ce jour si important, le soleil et une petite brise juste assez fraîche pour qu'ils ne souffrent pas de la chaleur, et à peine assez forte pour faire voleter les mèches de cheveux qui lui caressaient le front.

— C'est maintenant ou jamais !

Lily sourit quand Roberto lui tendit le sécateur.

— À toi l'honneur, jeune fille, dit-il.

Sans la moindre hésitation, elle saisit le sécateur et se dirigea droit vers sa première grappe qu'elle déposa dans le panier. Elle se sentait à sa place. Le simple fait de couper les grappes les unes après les autres l'emplissait de joie, et elle fut saisie d'un besoin irrépressible de continuer.

— Prenons le temps de passer entre les rangs pour voir comment les choses se présentent, dit Roberto comme s'il avait lu dans ses pensées. Jusqu'à ce que les premiers paniers soient emportés, nous devons veiller à ce que tout le monde fasse preuve de délicatesse avec nos précieuses grappes avant qu'elles filent au pressoir.

Francesca apparut aux côtés de son mari, un petit panier au bras. Lily fut émue de constater qu'elle était prête à mettre la main à la pâte comme les autres. Dans les très grandes exploitations, et même ici pour certaines parcelles, c'était une machine qui arrachait les fruits des ceps, mais il y avait quelque chose de si intime dans le fait de cueillir le raisin à la main, à travailler tous ensemble…

Lily aurait préféré se consacrer à la cueillette, au moins les deux premières heures. Elle le regretta d'autant plus lorsqu'elle aperçut Vittoria en train de rire avec Antonio tout en travaillant, mais elle savait que ce n'était pas là sa place. Elle devait rester avec le patriarche de la famille, surveiller la récolte et veiller ensuite que chaque étape ultérieure soit exécutée à la perfection.

Près d'une heure s'écoula avant que le premier chargement puisse être emporté vers la cuverie. Lily et Roberto étaient sur place pour le recevoir.

— Mon père se retournerait dans sa tombe s'il voyait nos pressoirs modernes, affirma Roberto tandis qu'Antonio les rejoignait en camion depuis la colline. Ce qu'il préférait dans les vendanges, c'était voir toute sa famille réunie autour de lui pour presser les grains sous les pieds, les exclamations de joie et les fous rires.

Lily n'eut aucune peine à imaginer la scène : les femmes qui retroussaient leurs jupes, les hommes qui avaient roulé leurs pantalons jusqu'aux genoux et qui dansaient dans les grands bacs, foulant le raisin tout en échangeant force plaisanteries, dans une ode aux vendanges. Elle aurait tant voulu remonter dans le temps pour participer à cette fête, ne serait-ce qu'une journée !

— Cela devait être quelque chose !

— *Si, bella*, soupira Roberto, c'était magique. J'ai essayé de garder tout le reste, mais les pressoirs... Il fallait s'en débarrasser. Je n'avais pas le choix.

— Nous y sommes, dit-elle lorsqu'Antonio arrêta le petit camion à plateau.

Il sauta de la cabine et se mit à décharger de grands paniers.

— Tu as l'air satisfait, lui dit-elle lorsqu'il passa devant elle.

— Très satisfait, répondit-il avec un immense sourire. Aujourd'hui, c'est vraiment le jour idéal. Exactement ce qu'il nous fallait. Le jour que nous avons attendu toute l'année.

Il était vêtu d'un short et d'une chemise en lin, les manches roulées jusqu'aux coudes, et Lily se surprit à laisser courir ses yeux sur la peau musclée et tannée de ses avant-bras. Il avait l'air aussi exalté par la tâche qu'elle. Sauf qu'Antonio travaillait sur la propriété de sa propre famille, ce qui inscrivait son expérience dans une histoire ; il faisait partie d'une lignée qui se prolongerait après lui avec les futures générations.

Lily cligna des yeux pour refouler les larmes qui la prirent par surprise tandis que ses pensées digressaient vers son père et l'héritage qu'il aurait adoré laisser derrière lui. Parfois, elle-même caressait le rêve de posséder sa propre terre et de produire son propre vin avec le nom de son père sur l'étiquette, même si cela relevait du fantasme. Mais dans des instants comme celui-ci, elle mourrait d'envie d'avoir un legs à laisser à sa descendance.

En même temps, elle savait que, sans le décès de son père, elle n'aurait pas compris à quel point cette transmission importait.

— Lily.

Elle se retourna et la boule qui s'était formée dans sa gorge se dénoua quand elle aperçut la passion qui animait les yeux de Roberto.

— Viens avec moi.

En un clin d'œil, elle se retrouva sous le charme envoûtant du plus âgé des Martinelli, buvant ses paroles tandis qu'ils regardaient le processus de pressage qui débutait.

C'est maintenant que je dois faire mes preuves, se dit-elle. C'était le moment qu'elle avait attendu. *Juste tous les deux, ma puce. Nous allons faire le meilleur vin de tous les temps, crois-moi. Un jour, tu verras !*

Avec ces paroles de son père à l'esprit, Lily huma l'arôme inimitable d'agrume, un peu acide, des fruits que la machine faisait éclater. Elle s'apprêtait à faire ce qu'elle aimait par-dessus tout. Oui, la journée allait être longue, et les jours suivants le seraient tout autant, mais elle n'aurait échangé sa place pour rien au monde.

— Ça va être une bonne année, affirma Roberto en embrassant une petite croix en or qui pendait à une chaînette autour de son cou. Je le sens dans mes tripes.

— Je crois bien qu'ici, toutes les années sont de bonnes années, rétorqua Lily.

Ils observèrent un moment les grappes qui disparaissaient sous la presse, puis échangèrent un regard de satisfaction. Roberto souriait et il avait l'air beaucoup plus détendu. Forte de ce constat, elle se détendit aussi. *Je sais ce que je fais. Je suis compétente, je vais réussir.*

Elle se demanda si Roberto avait déjà douté de lui-même. Si elle avait été moins intimidée, elle lui aurait posé la question.

*

Ce soir-là, quand Lily put enfin regagner la maison, elle peinait à garder les yeux ouverts tant la fatigue se faisait sentir. La journée avait longue pour tout le monde. Ils avaient commencé alors qu'il faisait encore nuit et la nuit venait de tomber de nouveau, mais, malgré l'épuisement, elle se sentait animée d'une étrange énergie. À tel point qu'elle savait qu'elle ne pourrait pas trouver le sommeil, quand bien même elle irait s'écrouler dans son lit.

Non, elle avait besoin d'un bain, suivi d'un verre sur sa terrasse personnelle où elle pourrait redescendre tranquillement du petit nuage qui l'avait portée pendant toutes ces heures.

— Lily ! entendit-elle au moment où elle pénétrait dans la maison.

Elle s'arrêta, tentée une seconde de continuer comme si elle n'avait pas entendu, mais fut aussitôt rattrapée par un sentiment de culpabilité. Les Martinelli la traitaient comme si elle faisait partie de la famille, elle ne pouvait pas leur faire cet affront.

Francesca apparut alors à l'entrée avec deux verres de vin rouge dans les mains. Elle lui en tendit un, un sourcil levé comme une question.

— Veux-tu boire un verre ? Si tu es comme mon mari, tu ne pourras pas dormir de sitôt, même si tu es épuisée.

Lily sourit et accepta le verre sans plus d'hésitation.

— C'est exactement ça, admit-elle. C'est comme si je sentais la fatigue dans chacun de mes muscles, mais mon cerveau n'a pas dit son dernier mot. On dirait qu'il refuse de comprendre les signaux que mon corps lui envoie.

— Viens, dit Francesca. Viens t'asseoir un moment avec nous. Roberto est rentré à peine quelques minutes avant toi.

Elle lui fit signe de la suivre, non pas vers la grande terrasse cette fois, mais dans la cuisine où trônait une table en bois assez longue pour une dizaine de convives. Tous les membres de la famille étaient là, l'air aussi éreintés qu'elle, et

Vittoria, assise entre ses frères, ne semblait pas plus en forme.

— Je devrais d'abord faire un brin de toilette, s'exclama Lily.

— Ne dis pas de bêtises, insista Francesca en la prenant par le coude pour la guider vers la table. Nous avons tous besoin d'une bonne douche, mais cela peut attendre. Assieds-toi avec nous, ça nous fera plaisir.

Lily se sentit à nouveau follement privilégiée d'être traitée comme un membre de la famille. Elle-même n'avait pas eu une famille bien nombreuse. « Les trois mousquetaires », disait son père, et lorsqu'il avait disparu, il n'était plus resté que sa mère et elle, et leur famille s'était réduite à un binôme. Ce qui rendait l'accueil des Martinelli encore plus spécial. Ils formaient la grande famille dont elle avait toujours rêvé, y compris une fois adulte ; d'ailleurs, elle se demandait parfois si elle n'aurait pas mieux fait de se consacrer à fonder cette famille idéale plutôt que de tout miser sur sa carrière.

— Lily ?

Elle cligna des yeux et s'aperçut qu'Antonio lui parlait alors que tous les autres s'étaient tus.

— Désolée, ça a été...

— Une longue journée ? termina-t-il pour elle.

— Exactement.

Elle poussa un grand soupir de soulagement, s'assit en face de lui et avala une petite gorgée du pinot noir lisse et soyeux qu'on lui avait servi.

Autour d'eux, la conversation reprit son cours et Lily se trouva comme hypnotisée par le bourdonnement des paroles, mais ce fut Antonio, une fois de plus, qui attira son attention.

— Tu t'es bien amusée aujourd'hui ? demanda-t-il. Même si « amusée » n'est peut-être pas le mot qui convient.

— C'est exactement le mot qui convient, répondit-elle en s'emparant de l'assiette que Francesca lui tendait en articulant silencieusement « mange ».

Lily prit un morceau de pain et quelques tranches de charcuterie, ainsi que des olives et du fromage, et son estomac gargouilla d'impatience.

— Nous avons eu une bonne journée, affirma Antonio en reculant contre son dossier et en faisant tourner le vin dans son verre surdimensionné. Et demain sera tout aussi bien.

— Je l'espère, dit Lily avant de mordre dans le morceau de fromage.

Elle ne s'était pas aperçue à quel point elle était affamée avant de se mettre à manger. Antonio se tourna vers son frère comme pour la laisser manger en paix. Elle prenait un autre morceau de pain lorsque Francesca l'interpella.

— Lily, j'ai beaucoup réfléchi à ces indices, tu sais, ceux dont tu m'as parlé le jour de ton arrivée.

Lily déglutit et se tourna vers la femme.

— J'ai eu tant à faire que j'y ai à peine repensé ces derniers temps.

— Bon, eh bien, moi, j'ai contacté plusieurs personnes et je crois que je connais quelqu'un à la Scala qui pourra t'aider. Ce serait plus facile si nous savions de quand date le programme de ton coffret, mais mon amie m'a dit qu'elle voulait bien y jeter un coup d'œil pour voir ce qu'elle pouvait en tirer. Elle me doit un service.

— Vous êtes sûre que ça ne dérange pas ? dit Lily. Je sais que je cherche peut-être quelque chose qui n'existe pas, mais...

— Sottises ! Tout le plaisir est pour moi. Je dois avouer, ajouta Francesca, que je serais très curieuse de voir ces papiers que tu as récupérés. Si cela ne t'ennuie pas, bien entendu.

— Tu fais allusion aux documents de la famille de Lily ? demanda Antonio.

Lily n'avait pas vu qu'il s'était levé et avait fait le tour de la table. Il tira la chaise voisine de la sienne et s'y assit.

— J'aimerais beaucoup les voir moi aussi. Nous pourrions peut-être aller passer une journée à Milan, non ? Tu auras tout le temps avant la seconde fermentation, n'est-ce pas ?

— Oui, opina-t-elle, en théorie, mais...

Antonio sourit.

— Je sais très bien ce qui te retient : les maîtres de chai aussi ont le droit de prendre des congés après les vendanges !

Elle haussa les épaules, mais pas pour le contredire.

— Qu'est-ce que tu veux que je te dise ? Je prends mon travail très au sérieux, bien sûr.

Soudain, elle sentit les mains de Roberto sur ses épaules. Dans un geste de tendresse toute paternelle, il vint déposer un baiser sur le dessus de son crâne.

— C'est pour ça qu'elle est là, Antonio. Ne va pas la détourner du droit chemin !

— Une demi-journée alors ! Une heure de route, une heure au théâtre pour poser quelques questions et une autre heure pour le retour, c'est tout !

Roberto s'était éloigné et Francesca parlait avec sa fille. Lily se retrouva donc tout à coup seule avec Antonio. Ses yeux brillaient et son sourire illuminait son visage, un peu comme le jour où elle était arrivée. Il posa un bras sur le dossier de sa chaise et étendit les jambes, dans une posture décontractée qui le rendait encore plus séduisant.

— Une demi-journée alors, finit-elle par concéder en tendant la main, mais tu dois me promettre que nous serons de retour au bout de trois heures.

Il lui prit la main et se mit à la serrer.

— Quatre au max.

Sa voix était si charmeuse qu'elle faillit céder, mais alors qu'il commençait à caresser sa main du bout des doigts, elle trouva la force de secouer la tête.

— Trois heures et demie !

Ses paroles étaient sorties dans un murmure et Lily s'en voulut car elle s'était juré de lui résister.

Il se borna à sourire en lui serrant une nouvelle fois la main avant de repousser sa chaise et de se lever.

— Alors, à demain matin, *bella*.

Lily reprit son verre de vin pour se donner une contenance et en avala une bonne lampée, en se disant que ce serait vraiment bien trop facile de se laisser envoûter par Antonio. Était-il comme ça avec toutes les femmes qu'il croisait ? Un charmeur pour qui elle ne serait qu'une nouvelle conquête ?

— Il est pas possible, pas vrai ? murmura Vittoria dans son oreille en lui serrant l'épaule au passage.

— On peut dire ça comme ça, répondit Lily en penchant la tête en arrière. Tu nous quittes déjà ?

— Je crois que je vais m'écrouler, répondit Vittoria en bâillant. À demain alors.

Lily était elle aussi très lasse, mais elle savait qu'elle ne s'endormirait pas tout de suite. Peut-être qu'après une longue douche chaude, elle se sentirait mieux. Elle se leva et commença à débarrasser la table avant que Francesca l'arrête.

— Non, je t'en prie. Laisse ça. Tu es notre invitée.

— Mais…

— Pas de mais ! Je t'accompagne à ta chambre et tu me montres tes indices. Sauf si tu préfères attendre un autre moment.

— Non, maintenant, c'est parfait, dit Lily en reposant l'assiette qu'elle avait dans la main. Et encore merci pour votre merveilleuse hospitalité.

Elles dépassèrent Antonio et son frère qui lança un clin d'œil à Lily, aussitôt suivi d'une tape sur la tête de la part d'Antonio. Lily sourit en pensant une fois encore combien il devait être simple et doux de faire partie d'une famille aussi soudée.

— Ah, ces garçons ! marmonna Francesca. C'est à cause d'eux que j'ai tant de cheveux gris.

Lily jeta un rapide regard de côté et constata que la mère de famille n'avait pas le moindre fil argenté dans sa chevelure ! Elle ouvrit la porte de sa chambre et s'effaça pour laisser passer sa compagne, puis se précipita sur son sac pour en extraire le coffret en bois. Francesca s'était assise au bout du lit et Lily la rejoignit en lui tendant la boîte.

— C'est comme ça que tu l'as reçue ? demanda Francesca.

— Oui, avec le nom de ma grand-mère inscrit sur une étiquette. Apparemment, la boîte a été laissée à son intention le jour où sa mère biologique l'a confiée aux services d'adoption, du moins si j'en crois ce qu'on m'a dit.

— Et tu le crois ? insista Francesca en l'examinant d'un regard si intense qu'elle paraissait chercher la réponse sur le visage de Lily. Ce qu'on t'a dit ?

Lily réfléchit un moment à la question, mais au fond de son cœur, elle connaissait la vérité.

— Oui, je le crois. Je veux dire que c'était difficile à admettre au départ, mais il n'y a pas de raison que ce soit faux. Sinon, pourquoi se donner tant de mal à rechercher les héritiers de ces femmes pour rien ?

En outre, elle avait apprécié Mia au premier regard et ne nourrissait aucun soupçon à son égard.

— Je peux ?

— Bien sûr !

Lily ne parvenait pas à ôter les yeux du coffret tandis que Francesca l'ouvrait, comme si elle s'attendait à y trouver autre chose que ce qu'elle y avait laissé. Non, il n'y avait bien que ces deux morceaux de papier. Ce qui n'empêcha pas Francesca de les prendre avec autant de précaution que s'il s'était agi de bijoux précieux.

— Tu as raison, ce morceau de programme semble assez ancien… Sans doute plusieurs dizaines d'années.

— Cela paraît étrange comme indice, non ? demanda Lily. Je veux dire que ce n'est pas la meilleure manière de retrouver quelqu'un. Comment imaginer que cela puisse servir à quoi que ce soit ? Et l'autre, la recette ou je ne sais quoi, c'est encore pire.

Francesca étudia les deux documents pendant un temps qui parut durer des siècles, puis elle finit par les replier.

— Lily, dit-elle en se tournant vers la jeune femme, je ne crois pas qu'il s'agisse de retrouver quelqu'un à partir de ces indices. Je pense plutôt qu'il faut réussir à comprendre pourquoi ils ont été réunis dans cette boîte.

— Vous voulez dire que je dois trouver quelqu'un qui serait capable de déceler le lien entre ces deux informations ?

— Ce que je veux dire, c'est que pour une raison précise, cette recette est liée au théâtre. Ce que tu dois découvrir, c'est comment. Je pense vraiment qu'il faut considérer les deux comme un tout, et trouver la personne qui verra le lien plus facilement que nous.

Francesca déplia à nouveau la page de la recette en fronçant ses sourcils sombres.

— Tu sais, cette recette me fait penser à une confiserie dont ma mère m'a souvent parlé, à base de noisettes et de chocolat, qui est devenue célèbre dans certaines régions d'Italie.

Le cœur de Lily s'accéléra insensiblement.

— Vous pensez que vous pourriez reconnaître sa provenance ?

— Laisse-moi y réfléchir. Je vais aussi interroger certains de mes amis plus âgés, déclara Francesca en remettant les papiers dans la boîte et en rendant celle-ci à Lily. Pour l'instant, tout ce dont tu as besoin, c'est d'une douche et d'une bonne nuit de sommeil. Demain, tu as une journée encore bien chargée qui t'attend.

Lily acquiesça, même si elle avait encore envie de parler de la recette, de cette mystérieuse pâtisserie à laquelle elle faisait référence.

Francesca se pencha vers elle et l'embrassa avant de se lever.

— Fais de beaux rêves, Lily. Et ne pense plus à tout ça. Je te promets que, d'une manière ou d'une autre, nous trouverons le chaînon manquant.

Après lui avoir souhaité bonne nuit, Lily finit par se lever et par retirer ses vêtements de travail sales et poussiéreux avant de se diriger vers la salle de bains entièrement nue. Elle ouvrit le robinet de la douche et patienta jusqu'à ce que l'eau soit presque brûlante. Elle resta longtemps sous le jet, jusqu'à ce que ses pieds ne puissent plus supporter la chaleur. C'est alors qu'un coup retentit à la porte. Elle s'enveloppa d'une serviette et émergea de la vapeur pour traverser la chambre.

Lorsqu'elle ouvrit la porte, ce n'était pas une personne qui l'attendait, mais un verre empli d'un sombre liquide ambré. Elle s'en empara en jetant un regard dans le couloir et eut juste le temps d'apercevoir Antonio qui s'éloignait, reconnaissable entre mille à son inimitable chevelure noire presque trop longue et à sa large carrure.

— C'est pour t'aider à dormir, lança-t-il simplement par-dessus son épaule.

Lily serra le verre contre sa poitrine en le regardant disparaître. Elle regrettait qu'il n'ait pas attendu pour lui tendre le verre de liqueur lui-même au lieu de le déposer devant la porte. Elle aurait aimé le voir lui sourire juste une dernière fois avant que ce jour s'achève.

15

Italie, 1938

Elle savait qu'elle n'aurait jamais dû y aller, mais c'était comme si ses pieds étaient dotés de leur volonté propre. Ils avaient décidé de la rapprocher toujours plus près de la boulangerie de la famille Barbieri.

C'était la première fois de sa vie que sa mère lui avait glissé de l'argent dans la main en lui disant d'aller acheter un dessert pour la famille ; comme si le récent succès d'Estée avait totalement transformé son attitude à son égard. Estée n'était pas naïve : elle savait que ses parents avaient placé tous leurs espoirs en elle, ils voulaient qu'elle devienne célèbre par pur égoïsme. Mais tout cela n'avait plus guère d'importance tandis qu'elle se hâtait à travers les rues pavées, enveloppée dans sa cape.

Elle pénétra dans la boulangerie et abaissa sa capuche, un peu essoufflée d'avoir couru depuis la maison. Il lui fallut un moment pour retrouver son calme, aussi en profita-t-elle pour examiner le comptoir vitré qui courait sur toute la longueur de la boutique et derrière lequel brillaient des gâteaux de toutes sortes, tandis que les miches de pain étaient rangées sur les étagères du mur du fond. L'odeur qui assaillait ses narines la faisait saliver, mais c'était Félix qu'elle cherchait ; c'était Félix qui la laissait pantelante tandis qu'elle restait là à contempler les viennoiseries.

Un peu nerveuse, le poing serré sur l'argent que sa mère lui avait donné, elle fit de son mieux pour patienter en attendant son tour. Elle s'avança et repéra un pain au chocolat comme ceux que Félix lui avait si souvent apportés, sachant d'avance que c'était ce qu'elle choisirait pour sa famille. Pourtant, ce serait vraiment étrange de le déguster en leur compagnie au lieu de le savourer en secret.

Les deux femmes qui étaient devant elles finirent par partir avec leur commande et Estée se retrouva devant le comptoir, figée, les yeux braqués sur le vendeur sans pouvoir prononcer un seul mot.

— Estée ?

Félix. Elle tourna la tête en direction de la voix et, malgré ses années de pratique pour conserver un visage impassible sur scène, elle fut incapable de retenir le sourire qui s'étira sur tout son visage.

— Félix !

Elle oublia le vendeur qui attendait toujours une réponse de sa part parce que Félix venait vers elle et lui faisait signe de le suivre dehors. Ils sortirent, sa main contre son dos pour la faire passer devant lui. Il y avait deux petites tables devant la vitrine et ils s'assirent, genoux contre genoux, les mains posées devant eux, sans se toucher. Estée avança lentement les doigts jusqu'à ce qu'ils frôlent enfin ceux de Félix. Aussitôt, la main du garçon recouvrit la sienne et il chercha son regard.

— Que fais-tu ici ? demanda-t-il. Je croyais ne jamais te revoir !

— J'ai réussi, murmura Estée. J'étais la dernière, mais j'ai été sélectionnée ! Je suis officiellement une élève de l'académie de danse de la Scala.

Les doigts de Félix serrèrent les siens et son sourire s'élargit.

— Ils n'auraient pas pu mieux choisir, Estée. Je suis si fier de toi.

— Et tu sais quoi ? Ma mère est si contente qu'elle m'a demandé de venir acheter un gâteau pour fêter ma réussite !

— Ah, alors, elle se réjouit enfin des efforts de son petit oiseau ?

Estée éclata de rire, les joues rosies par son regard. Elle se sentait à la fois à l'aise avec lui et envahie par une émotion qui la faisait frissonner d'impatience.

— Je ne suis rentrée que pour quelques jours, mais il fallait absolument que…

— Félix ? gronda une voix.

Estée retira si vite ses mains qu'elle se cogna les coudes contre le dossier de la chaise. Félix réagit de la même manière, en reculant vivement sur son siège tandis qu'un homme doté d'imposantes moustaches sortait de la boutique. C'était le père de Félix.

— Félix ? répéta-t-il.

Estée baissa les yeux, gênée d'être prise sur le fait alors qu'ils ne faisaient rien de mal.

— Père, je vous présente Estée. C'est une vieille amie, dit Félix en se levant et en se passant la main dans les cheveux. Estée va bientôt partir s'installer à Milan, ajouta-t-il.

Son père hocha rapidement la tête et sourit, mais il s'arrêta avant d'avoir rebroussé chemin, comme s'il venait de la reconnaître. Elle baissa à nouveau les yeux et croisa modestement les mains sur les genoux.

— Estée est danseuse et elle fera bientôt partie du corps de ballet de la Scala, expliqua Félix.

Estée leva les yeux et croisa son regard.

— Mes félicitations, c'est une consécration, dit le père de Félix avant de faire signe à son fils de le suivre.

Estée se leva, essaya de ravaler la boule qui lui encombrait la gorge, les yeux plongés dans ceux de Félix pendant ce qui lui parut être une éternité mais qui ne dura sans doute que quelques secondes.

Dès que son père leur eut tourné le dos, il se rapprocha et enlaça une dernière fois ses doigts graciles. Elle haletait et, à son grand désespoir, sentit les larmes voiler ses yeux.

— Tu vas avoir une vie extraordinaire, Estée, chuchota Félix. Un jour, le monde entier connaîtra ton nom.

Elle releva le menton et lui adressa son plus joli sourire. Elle refusait de trahir son chagrin. Ils s'étaient déjà dit adieu avant son audition et elle voulait que ce petit moment de plus soit parfait. Un souvenir à savourer.

— Au revoir, Félix, finit-elle par bafouiller.

— Au revoir, Estée.

Ses mots caressèrent sa peau autant que le baiser qu'il posa soudain, sans prévenir, sur sa joue. Elle inspira profondément pour absorber son odeur, l'eau de Cologne aujourd'hui mêlée d'arômes du pain chaud, et plongea une dernière fois son regard dans les yeux sombres qui ne manquaient jamais de l'hypnotiser.

Lorsqu'il détacha son auriculaire du sien, elle fut traversée par une impression de solitude absolue, mais elle ne céda pas. Malgré sa tristesse, elle retrouva par réflexe toute la maîtrise de la danseuse qu'elle était et qu'elle serait toujours.

Elle se détourna et se mit en marche, laissant les larmes couler sur ses joues à la perspective de ne plus jamais revoir Félix, de vivre toute une vie sans lui et lui sans elle.

Ce ne fut qu'à mi-chemin qu'elle s'aperçut qu'elle avait oublié d'acheter le *saccottino al cioccolato*.

16

De nos jours

Il aurait été tellement plus facile de rester au lit. Lily était si lasse qu'il lui avait fallu rassembler la moindre parcelle de volonté pour repousser la couverture et se traîner jusqu'à la douche, mais à présent qu'elle s'était lavé les cheveux, qu'elle avait appliqué une touche de maquillage et enfilé sa robe d'été préférée, elle était prête à partir.

Elle jeta un coup d'œil à sa montre et s'aperçut qu'il était presque l'heure. Ignorant les réclamations de son estomac, elle jeta son téléphone dans son sac, vérifia que la petite boîte en bois s'y trouvait bien et sortit à la recherche d'Antonio. Il ne lui fallut qu'une minute pour le trouver, debout dans la grande cuisine, les mains posées sur l'imposant comptoir en bois. Elle était toujours émerveillée comme au premier jour par la cuisine, avec son plafond en arches de briques nues et les casseroles en cuivre suspendues au mur au-dessus du fourneau ; mais, aujourd'hui, l'homme qui se tenait devant elle parvenait à lui faire oublier tout le reste. Il avait enfilé un tee-shirt blanc et un jean, et une cafetière était posée devant lui.

Il l'accueillit avec un grand sourire.

— Comment vas-tu ce matin ?

Elle se glissa sur l'une des chaises de bar capitonnées qui entouraient le comptoir.

— Mieux qu'il y a une heure, avoua-t-elle, mais je suis toujours épuisée.

— C'est justement pour ça qu'il te faut une journée de congé ! Nous avons tous travaillé si dur.

N'importe où dans le monde, c'était toujours la même histoire pendant les vendanges. L'année tout entière atteignait son point culminant en cet instant où l'on cueillait et pressait les grappes de raisin – mais Lily n'était pas certaine qu'elle finirait par s'y habituer et par trouver ça banal. Antonio avait raison, elle avait vraiment besoin de prendre une journée de repos. D'autant que cela ne faisait que quelques mois qu'elle avait effectué le même labeur rigoureux en Nouvelle-Zélande.

— Mais nous ne nous échappons que pour la demi-journée, d'accord ? lui rappela-t-elle. Comme convenu, n'est-ce pas ?

Il se contenta de sourire et ouvrit un placard pour y prendre deux tasses à café à emporter qu'il remplit du liquide noir d'encre.

— Du sucre ? Du lait ?

— Les deux !

Lily prit sa tasse dès qu'il eut refermé le couvercle et inhala les arômes.

— C'est la meilleure odeur du monde !

— Tu veux emporter un petit pain ? Ils sortent tout juste du four.

Son estomac répondit à sa place, déclenchant un rire d'Antonio.

— Il y a une heure de route et nous ne nous arrêterons pas pour déjeuner avant un moment, dit-il en se tournant pour prélever un des petits pains qui refroidissaient sur une grille.

— De la confiture ?

Elle hocha à nouveau la tête.

— Tu sais, je pourrais m'habituer très vite à être servie comme ça.

— Très drôle ! s'exclama-t-il. Mais je serais toi, j'éviterais. Tu as juste de la chance que j'aie aussi faim que toi !

Lily sirota son café. Elle sentait que ses muscles se détendaient, que ses épaules se relâchaient, et elle prit le temps de le regarder étaler le beurre puis la confiture sur le pain. Elle s'étira un moment pour chasser les tensions qui s'étaient accumulées au cours des heures passées à travailler.

— Allons-y, finit-il par dire en léchant son doigt taché de confiture et en désignant le pain posé devant lui.

Lily s'empara du plus gros et répondit par un sourire tandis qu'Antonio secouait la tête, incrédule.

— Merci pour le petit déjeuner, murmura-t-elle.

— Mais je t'en prie !

La maison était encore silencieuse et Lily se demanda si les autres dormaient toujours ou s'ils étaient déjà partis depuis longtemps. Francesca était peut-être sortie faire une balade à cheval pour profiter de la lumière du matin et Roberto pouvait tout aussi bien dormir qu'être en train d'arpenter ses terres comme elle l'avait souvent vu faire à cette heure de la journée où il aimait flâner entre les vignes.

Antonio la précédait et, quand il jeta un regard en arrière pour s'assurer qu'elle le suivait, elle sentit comme des papillons voleter dans son ventre, une sensation inhabituelle qui lui arracha un sourire. Son téléphone vibra dans son sac et, tout en tenant le pain entre les dents, elle regarda l'écran. C'était sa mère.

J'espère que tu profites à fond de l'Italie. Des nouvelles ?

Elle remit le téléphone dans son sac et rattrapa Antonio. Le message de sa mère l'amusait par ses sous-entendus. Elle se glissa sur le siège passager du véhicule et tapa quelques mots rapides pour répondre au texto.

Auj. je profite encore plus que d'habitude. Tu serais fière de moi, maman. Promis, je t'apl vite.

— Installe-toi confortablement et admire le paysage, lui ordonna Antonio en mettant le moteur en marche.

Il avait déjà baissé la vitre et posé le bras sur le bord de la portière, tenant le volant d'une seule main.

— Nous serons à Milan très vite.

*

— Mais c'est incroyable ! s'exclama Lily devant l'énorme théâtre une petite heure plus tard.

— Attends de voir l'intérieur, dit Antonio en la tirant par le bras pour la mener vers l'entrée située sur la gauche.

— On peut entrer comme ça ? demanda-t-elle en regardant autour d'elle tandis qu'il continuait de la pousser légèrement.

— Nous avons de la chance de ne pas être en plein milieu de l'été. Pendant la haute saison, cet endroit est envahi par les touristes, à tel point qu'il faut réserver longtemps à l'avance uniquement pour visiter le théâtre et le musée.

Lily se laissa guider en faisant de son mieux pour ne pas rester bouche bée comme l'avaient probablement fait tous les touristes qui étaient venus avant elle. Il y avait encore beaucoup de monde parce que le début de l'automne restait une excellente période pour découvrir l'Italie, mais elle était ravie de constater qu'ils ne se bousculaient pas non plus.

Lorsqu'ils pénétrèrent dans le théâtre, Lily ne put retenir l'immense sourire qui s'afficha sur ses lèvres. Elle ne savait où poser les yeux ! Le foyer était tout simplement magnifique.

— Puis-je vous aider ? proposa en italien un homme impeccablement vêtu d'un costume sombre.

— Certainement, nous sommes venus voir la signora Rossi, répondit Antonio. Elle nous attend.

— Antonio Martinelli ? s'écria l'homme, soudain plus chaleureux et moins formel lorsqu'il apprit qu'ils étaient attendus.

— *Si.*

— Par ici, je vous prie, la signora Rossi est actuellement en répétition, mais elle a précisé que vous pouviez entrer. Elle vous rejoindra dès qu'elle aura fini.

Antonio ajouta quelques mots en italien, mais Lily n'essaya même pas de comprendre tant elle était absorbée par la scène qui l'entourait. La main d'Antonio qui la tirait toujours l'arracha soudain à sa rêverie.

— Viens, allons-y, murmura-t-il. Tu vas adorer.

Elle accéléra le pas en marquant seulement un bref arrêt devant les portes du théâtre à proprement parler qu'on les leur ouvrait dans un chuintement luxueux. Et ils se retrouvèrent dans le théâtre le plus époustouflant qu'elle ait jamais vu de toute son existence.

— Incroyable ! chuchota-t-elle en se rapprochant imperceptiblement d'Antonio dans la lumière tamisée tandis qu'il lui étreignait les doigts. Je n'ai jamais rien vu de tel ! C'est... c'est si...

— Magique, compléta son compagnon. Je sais, c'est ce que j'ai ressenti la première fois que je suis venu ici. Je n'étais qu'un gamin et je me suis assis juste là, avec mes parents. La première fois, c'est toujours stupéfiant.

Il montra le plafond qui paraissait s'élever à des kilomètres d'altitude. Lily tordit le cou pour admirer les loges.

— J'ai l'impression de ne pas avoir dormi de la nuit et de rêver éveillée.

Ils chuchotaient, dans leur bulle. Puis Antonio la poussa devant lui et posa ses mains sur ses épaules pour lui indiquer de patienter. Elle étouffa un cri quand les lumières se mirent à balayer la scène et qu'une ballerine apparut, tel un cygne évoluant avec grâce. Lily en eut le souffle coupé.

— C'est comme une représentation privée, murmura-t-il à son oreille.

Lily se laissa légèrement aller contre lui, à la fois fascinée par la scène et émue par les mains chaudes d'Antonio sur ses épaules. En s'apercevant à quel point ils s'étaient rapprochés, elle se décala un peu. De son côté, il se racla la gorge et la dépassa lentement, cette fois sans lui tendre la main, ce qu'elle regretta. Ils descendirent l'allée jusqu'au premier rang, juste devant l'orchestre, et ils prirent place côte à côte sur les sièges de velours rouge.

Lily étouffa un nouveau cri de surprise lorsque les lumières changèrent tandis que quelqu'un aboyait un ordre, et la ballerine qu'ils regardaient s'esquiva tout aussi gracieusement de la scène. Lily s'imaginait que le spectacle était terminé, mais la ballerine réapparut et recommença toute sa séquence pour être ensuite rejointe par d'autres danseurs.

Puis, tout s'acheva aussi vite que cela avait commencé. Les lampes s'éteignirent, les petits rats se séparèrent en différents groupes et se mirent à bavarder, pendant que la première danseuse s'asseyait sur le sol et s'étirait les jambes. Toute l'attention de Lily se tourna sur la femme au port de reine qui traversait la scène. Elle boitait légèrement, mais son dos était droit comme un I et Lily comprit instinctivement qu'elle aussi avait dû être ballerine bien des années auparavant.

La femme tendit la main et, aussitôt, quelqu'un se précipita pour l'aider à descendre de la scène pour venir à la rencontre des jeunes gens. Lily saisit alors le privilège que représentait le simple fait d'être là, assise dans ce théâtre fabuleux vieux de plusieurs siècles, et elle devina aussi que cette femme n'aurait pas accordé de temps à un individu lambda pendant une répétition importante si Francesca Martinelli en personne ne le lui avait pas demandé. La mère d'Antonio devait avoir un certain statut et des relations haut placées.

— Vous devez être Antonio, dit la femme dès qu'elle parvint à leur niveau.

Antonio bondit de son siège et tendit la main vers celle de la femme avant de l'embrasser sur les deux joues.

— Je vous remercie de nous recevoir. Je sais à quel point vous devez être occupée.

— Vous savez, votre mère peut être extrêmement persuasive, et elle s'est montrée si généreuse avec notre compagnie au fil des années que… Que puis-je dire ? termina-t-elle en haussant les épaules.

— Signora Rossi, je m'appelle Lily. C'est pour moi que Francesca Martinelli vous a contactée.

L'ancienne danseuse inclina la tête et lui tendit la main tout en basculant vers l'anglais comme si c'était sa seconde langue maternelle.

— Laissez-moi voir ce fameux programme. Francesca m'a dit qu'il était assez ancien et que vous cherchiez à en savoir plus.

La signora Rossi semblait avoir dans les soixante-dix ans. Elle avait la voix rauque, et sa peau ridée contrastait avec sa silhouette mince qu'aurait enviée n'importe quelle femme de trente ans plus jeune. Lorsqu'elle regarda sa main, Lily fut surprise d'y déceler un léger tremblement – cela n'était pas en phase avec le dos droit, les épaules carrées et l'assurance qui perçait dans sa voix.

— Elle m'a dit que cela concernait sans doute votre arrière-grand-mère, n'est-ce pas ?

— C'est ce que je pense, répondit Lily. Malheureusement, je ne sais pas encore quel lien il peut y avoir avec ma famille, ce qui explique ma présence ici.

Elle regarda la signora Rossi examiner le morceau de papier. Elle avait sorti des lunettes de sa poche et étudiait le document attentivement. Lily échangea un regard avec Antonio, tous deux curieux de ce que la femme allait pouvoir leur apprendre.

— Savez-vous de quoi il s'agit ? demanda Lily, incapable de garder plus longtemps le silence. Reconnaissez-vous ce programme ? Ou peut-être à quoi il correspond ?

La femme ne répondit rien pendant encore un moment, mais elle avait l'air d'étudier le morceau de programme avec beaucoup de sérieux.

— Il date de 1946, déclara-t-elle, les yeux pétillants lorsqu'elle les leva enfin.

— Avez-vous la moindre idée de ce que cela signifie ? La date est-elle importante ?

— Eh bien, je le reconnais parce que c'est cette année-là que la Scala a rouvert, après la guerre. Bien sûr, c'est une date historique pour notre théâtre. Mais lors de la réouverture, de nombreuses personnes travaillaient ici, et le public n'a pas manqué au rendez-vous. Le spectacle affichait complet ! Je ne vois pas trop comment la date pourrait vous aider davantage.

Lily poussa un profond soupir alors qu'elle ne s'était pas rendu compte qu'elle avait retenu son souffle. Une date, ce n'était pas grand-chose, mais elle disposait au moins d'une année précise, et c'était déjà un premier pas. *1946, un an après la fin de la guerre.*

— Et vous n'avez aucun autre indice ? demanda la signora Rossi. C'est tout ce dont vous disposez ?

— Il y avait aussi une recette, répondit Lily en dépliant le papier et en le tendant à la femme. Mais je ne vois pas ce que deux choses si différentes peuvent avoir en commun.

— Je crois que je connais cette pâtisserie, affirma la signora Rossi en souriant. C'était une célèbre... Comment dites-vous en anglais ? Douceur. Pendant la guerre et après, on pouvait s'en procurer dans une boulangerie située à quelques heures de route d'ici et... Si je me souviens bien, ils ont fini par en vendre en bocal, comme une sorte de pâte à tartiner. Je pense qu'ils en fabriquent toujours. Et avant que vous posiez la question, continua-t-elle en soupirant, non, je ne suis pas assez vieille, mais je sais que ma mère adorait ça. Elle avait l'habitude de nous en préparer à la maison. Elle nous parlait souvent du rationnement instauré pendant la guerre et elle disait que cette pâte était parfaite pour allonger le peu de chocolat que l'on pouvait se procurer.

Le pouls de Lily s'accéléra.

— Avez-vous la moindre idée du rapport qu'il pourrait y avoir entre un programme d'opéra et une confiserie ? Et pourquoi on m'aurait laissé ces deux indices à moi ?

Francesca ne venait-elle pas de dire que la recette datait sans doute de cette période de l'après-guerre ? Lily jugea qu'à elles deux elles tenaient sans doute quelque chose, mais quoi que ce fut, cela ne lui ouvrait pas de nouvelle piste.

La signora Rossi replia les documents et les lui rendit en jetant un coup d'œil à sa montre.

— Je suis désolée, mais je dois retourner répéter. Toutefois, si j'étais vous, j'irais faire un tour dans le Piémont. Essayez de retrouver la boulangerie qui confectionnait cette viennoiserie. Je crois me souvenir que c'était dans la ville d'Alba. Ils vous aideront peut-être à comprendre quel rapport cela a avec la Scala. Ce genre d'entreprise reste souvent dans la même famille pendant plusieurs générations, et votre quête vous mènera à la vérité peut-être plus vite que ne le pensez.

— Merci, dit Lily. Je vous suis vraiment reconnaissante, madame.

La femme sourit et embrassa Antonio en lui demandant de transmettre ses amitiés à sa mère, puis elle se tourna vers la scène dans un mouvement si gracieux que Lily devina qu'elle avait dû être une incroyable étoile.

— Si vous deviez faire une supposition, juste en regardant le programme, intervint Antonio en rattrapant la vieille dame, qui pourrions-nous chercher ? Qui pouvait bien être l'arrière-grand-mère de Lily ?

La signora Rossi sourit.

— Avec ce programme, je chercherais du côté des ballerines de la Scala cette année-là ou quelqu'un en lien avec l'école de danse. Le retour de la compagnie sur scène en 1946 a marqué les esprits. Ce fut une année mémorable. Mais, continua-t-elle en soupirant, je ne suis peut-être pas objective. D'autres affirmeraient que ce fut plutôt l'opéra ou l'orchestre qui rendirent ses lettres de noblesse au théâtre après la réouverture.

Sur ces mots, elle partit. Antonio se tourna vers Lily, lui reprit la main et, ensemble, ils remontèrent l'allée jusqu'à la sortie. C'était un peu irréel de se trouver dans cette splendide salle toute vide, et Lily se mit à songer à l'atmosphère qui devait y régner lorsque tous les sièges étaient occupés et que le public de femmes en robe de soirée et d'hommes en smoking s'y trouvait captivé par les ballerines sur scène.

Elle jeta un dernier regard en arrière pour s'imprégner de l'histoire et de l'élégance du lieu. Il lui fallut un moment pour reprendre ses esprits et ce ne fut que lorsqu'Antonio lui lâcha la main pour lui en caresser le dos du bout des doigts qu'elle fut capable de parler à nouveau.

— Je n'arrive pas à y croire ! Je pensais que ces indices resteraient muets mais, à présent, je dispose déjà d'une date et d'un endroit où chercher des réponses, même si je ne vois toujours pas à quoi cela va me mener.

— Veux-tu que nous allions déjeuner maintenant ? proposa Antonio. Toute notre petite enquête m'a ouvert l'appétit.

— Oui, répondit Lily en souriant alors qu'il lui offrait son bras. Allons déjeuner. Absolument ! Et pendant que nous attendrons notre commande, tu pourras me montrer sur Google Maps où se trouve exactement la petite ville dont nous a parlé la signora Rossi. Je pense que c'est là-bas que nous devons d'abord nous rendre.

— *Nous* ? M'inviterais-tu à participer à ta prochaine aventure ?

Cette fois, au lieu de rougir, elle affronta résolument son regard.

— Si tu veux bien m'accompagner, bien sûr !

— Évidemment ! Mais tu dois savoir que cette bourgade n'est pas aussi près de la maison que Milan. Nous devrons sans doute y passer au moins une nuit.

— Ce qui signifie que je dois attendre encore plusieurs semaines avant de pouvoir m'y rendre, constata-t-elle en essayant de masquer sa déception.

Ils avaient encore beaucoup trop de travail au domaine pour qu'elle puisse se permettre de disparaître pendant plusieurs jours. Déjà qu'elle s'était sentie coupable de prendre une demi-journée pour venir à la Scala...

— Ton mystère a attendu des dizaines d'années, Lily, dit Antonio en écartant du bout des doigts quelques mèches qui lui retombaient sur les joues. Quelques semaines ou quelque mois de plus ne vont pas changer grand-chose. La petite ville ne va pas s'envoler, pas plus que la famille qu'on doit trouver ! Il n'y a pas de raison de se précipiter. Tu as tout le temps devant toi.

— Merci, dit-elle.

Ils s'étaient arrêtés de marcher et se tenaient face à face. Il y avait entre eux comme un frémissement, c'était indéniable, mais c'était une sensation que Lily avait tenté de chasser de sa vie depuis aussi longtemps qu'elle pouvait se souvenir. Sauf qu'avec Antonio, la suite paraissait inévitable.

— Merci de quoi ? demanda-t-il d'une voix soudain plus sourde.

— De m'avoir conseillé de venir ici. Cela a beaucoup d'importance pour moi, je veux dire le fait que tu m'aies accompagnée. Que tu sois là avec moi.

Son sourire s'élargit encore et ses yeux cherchèrent ses lèvres, mais il ne bougea pas. Quand son regard remonta enfin, elle s'éclaircit la voix et se rapprocha un peu. Alors, il posa sa paume sur sa joue. Il aurait été si facile de détourner la tête, de reculer de quelques pas, mais elle n'en fit rien. Elle en était incapable. Il marqua un léger temps d'arrêt, comme pour lui donner une dernière chance pour changer d'avis, avant de combler l'espace qui les séparait encore et de poser sa bouche sur la sienne.

— Tout le plaisir était pour moi, murmura-t-il après l'avoir embrassé.

Il effleura une nouvelle fois ses lèvres avant de se redresser et de passer son bras autour de sa taille.

— Maintenant, allons chercher un restaurant. Je voudrais quelque chose de délicieux.

Lily se nicha contre lui tout en résistant à la tentation de porter ses doigts à ses lèvres. Toutes ces années à refuser de mêler travail et plaisir ! Par ailleurs, personne ne l'avait jamais embrassée ainsi. Personne n'arrivait à la cheville d'Antonio Martinelli en matière de baisers. Et elle n'avait aucune idée de la manière dont ils étaient passés si vite de collègues à… eh bien, autre chose.

— Tout va bien ? demanda-t-il en déposant un nouveau baiser sur le sommet de sa tête sans cesser de marcher.

Elle opina et se serra encore davantage contre lui pour ne pas avoir à répondre. Tout ce qu'elle savait, c'était que rien n'allait comme cela aurait dû.

17

Milan, 1946

Estée inspira longuement. Cela faisait longtemps qu'elle ne s'était pas produite en public et elle n'avait jamais eu autant le trac qu'à présent, pas même la première fois qu'elle était montée sur la scène de la Scala alors qu'elle n'était encore qu'une adolescente. Son estomac était serré au point de lui donner la nausée alors qu'elle n'avait rien mangé depuis des heures.

Elle ferma les yeux et murmura une prière en silence. Lorsqu'elle les rouvrit, elle se força à poser sur son visage le masque qu'elle voulait présenter au monde, le masque qu'elle avait passé toute sa vie à peaufiner.

C'était le jour de la grande réouverture de la Scala, et elle allait tenir le rôle de première ballerine dans le spectacle.

La première ballerine. Elle autorisa un sourire à traverser ses lèvres avant de reprendre le contrôle de son expression. Lorsque le rideau se leva, Estée était prête à se livrer aux regards des spectateurs réunis devant elle de la manière dont ils avaient rêvé pendant toutes ces années de guerre. Ils étaient parfaitement silencieux, on aurait pu entendre une mouche voler. Jusqu'à ce que l'orchestre attaque les premières notes et qu'elle s'élance à son tour.

Me voilà de nouveau à ma place.

Malgré tout ce qui m'est arrivé, je suis exactement là où je suis censée être.

*

Deux heures plus tard, Estée était assise dans sa loge et observait son reflet dans le miroir arrondi. Elle ne put s'empêcher de jeter un coup d'œil à la place d'à côté, celle où aurait dû se trouver Sophia. Elles avaient décroché le droit de disposer d'une loge individuelle, Sophia bien avant elle, mais, pendant toutes ces années, son amie avait insisté pour qu'elles en partagent une, comme elles avaient partagé leurs succès mutuels, sans l'ombre d'une querelle malgré la féroce compétition qui régnait dans le reste du corps de ballet.

Estée s'arma de courage pour affronter le chagrin qui menaçait de l'envahir chaque fois qu'elle repensait à son amie à jamais disparue. Pendant des années, elles avaient tour à tour décroché les premiers rôles, dans une atmosphère d'émulation amicale, s'encourageant l'une l'autre pour révéler le meilleur d'elles-mêmes, et leur amitié avait résisté contre vents et marées. Dès qu'elles quittaient la scène, elles laissaient leur rivalité professionnelle derrière elles. Depuis le premier jour, rien ni personne n'avait réussi à se mettre entre elles. Hélas, Sophia n'était plus et Estée se retrouvait seule dans sa loge. Tout le monde avait perdu un proche pendant la guerre, mais cela ne rendait en rien cette perte plus facile pour Estée.

Ici encore plus qu'ailleurs, le silence lui paraissait assourdissant.

Ensemble, elles avaient passé des heures dans une autre sorte de silence, celui qui se dispense de mots. Sophia avait occupé presque tout l'espace dans l'existence d'Estée ; elle se tenait à ses côtés avec un tel talent et un tel enthousiasme ! À présent, sans elle, la vie n'était plus que l'ombre de ce qu'elle avait été. Estée avait toujours été consciente de son talent, mais chez Sophia, c'était bien au-delà. Elle avait un véritable *don*.

Un coup frappé à la porte surprit Estée dans ses pensées. Elle enfila son peignoir et noua sa ceinture. Sur scène, elle n'avait pas la même pudeur mais, seule dans sa loge, elle avait une perception aiguë de sa nudité.

— Entrez ! finit-elle par lancer.

Un petit rat apparut avec un énorme bouquet de fleurs.

— On a laissé ça pour vous, dit la fillette, les yeux ronds tandis que son visage se teintait de rose vif.

Estée lui adressa un sourire rassurant. Cela faisait longtemps qu'elle n'avait pas reçu de fleurs – mais cela faisait aussi longtemps qu'elle n'avait pas eu l'occasion de se produire en public – et le bouquet ne lui en parut que plus charmant.

Elle savait exactement l'effet qu'elle produisait sur l'enfant ; après tout, à peine quelques années auparavant, elle était comme cette jeune fille aux yeux écarquillés devant la première ballerine de la Scala. Après avoir humé profondément le parfum des roses, elle en préleva une qu'elle tendit à la jeune danseuse.

— C'est pour toi, dit-elle en lui caressant doucement les cheveux. Pour te remercier de me les avoir apportées.

La fillette n'en rougit que davantage et fila sans demander son reste, et c'est en riant toute seule qu'Estée referma la porte. Elle posa les fleurs sur un meuble en pensant qu'elle s'en occuperait plus tard, lorsque son regard fut accroché par la petite enveloppe blanche qui dépassait sur le côté.

Curieuse, elle s'en empara et l'ouvrit. Quelque chose dans l'écriture en pattes de mouches lui sembla familier mais son cœur faillit s'arrêter de battre lorsqu'elle lut le message.

Ce n'est pas possible !

Elle recula dans la petite pièce et se laissa tomber dans son fauteuil avant de le relire. Elle devait se tromper, la fatigue ou…

Très chère Estée,
Ne t'avais-je pas dit que tu serais un jour la plus belle étoile que la Scala ait jamais connue ? Je me trompais pas.

Sans lâcher la carte de sa main tremblante, Estée leva les yeux pour contempler son reflet dans le miroir. Huit ans. Huit années entières s'étaient écoulées depuis qu'elle l'avait vu pour la dernière fois, lorsqu'elle avait quitté le Piémont, adolescente candide. Huit ans qu'elle conservait son souvenir dans son cœur, à se demander si la guerre avait réclamé son dû ou s'il avait épousé la femme à laquelle il était promis. Huit années sans jamais l'oublier en dépit de tous ses efforts pour chasser son visage de sa mémoire, son visage mais aussi ses gestes, ses mots et ses regards. Huit ans depuis qu'il lui avait tenu ces propos en personne.

Mais il ne lui fallut qu'un instant, qu'une seconde d'hésitation devant l'expression que lui renvoyait le miroir, avant qu'elle bondisse, ouvre la porte à la volée et se rue jusqu'à l'entrée des artistes. Gio, le vieil homme qui montait la garde pour refouler les admirateurs indésirables ou un peu trop collants qui auraient cherché à rencontrer les danseuses, les chanteurs ou les musiciens, était assis sur une chaise basse. Il était déjà là avant guerre et s'y trouvait de nouveau, fidèle au poste.

— Gio ! appela Estée. Quand est-ce que mes fleurs sont arrivées ?

Il leva sur elle des yeux un peu somnolents, si bien qu'Estée se demanda s'il serait réellement capable de barrer le passage à qui que ce soit. Puis il haussa les épaules.

— Cinq, dix minutes ? insista-t-elle.

Le vieil homme hocha simplement la tête.

Elle le dépassa, poussa la porte et fut frappée de plein fouet par l'air frais de la nuit. Elle observa les deux côtés de la rue en plissant les yeux. Il n'y avait personne.

Elle se tourna lentement, le chercha encore, essaya de dénicher un signe, quelque chose qui lui prouverait que c'était bien lui et non le fruit de son imagination. Rien. Mais juste au moment où elle allait se résigner à regagner sa loge en serrant toujours son léger peignoir autour d'elle pour lutter en vain contre le froid, seule et stupide dans le noir, un mouvement attira son attention.

C'est impossible. Je suis sûre que mes yeux me jouent des tours.

Un homme sortit de l'ombre. Il était vêtu d'un costume avec un pardessus posé sur ses épaules. Estée retint son souffle et ses yeux se mouillèrent de larmes qu'elle croyait ne plus pouvoir verser, après tout ce qu'elle avait enduré, après ces huit années passées à perfectionner la façade impassible qu'elle devait afficher à tout instant.

Dans ses souvenirs, c'était encore un garçon, et voilà qu'un homme s'avançait vers elle. Il ne ressemblait plus du tout à celui dont elle se souvenait, mais, d'une certaine manière, il n'avait absolument pas changé.

— Bonsoir, Estée, dit-il d'une voix plus grave qu'autrefois.

Il avait également les cheveux plus courts, mais il n'y avait qu'un homme qui pouvait la regarder comme ça, avec cette curiosité franche et chaleureuse à la fois. Un seul homme pouvait susciter en elle cette sensation par ses paroles douces et bienveillantes.

— Félix ? souffla-t-elle.

Elle était presque incapable de prononcer son nom tant elle redoutait qu'il ne soit pas réel, et qu'il s'évanouisse dans la nuit.

— J'ai toujours su que nous nous reverrions, mais première danseuse de la Scala ?

Il laissa échapper un sifflement qui, dans un éclat de rire, la poussa immédiatement à se jeter dans ses bras.

— C'était vraiment un beau spectacle, même si, pour tout dire, je te préférais en Coppélia.

Il la serrait tant qu'elle pouvait à peine respirer, et elle lui rendit son étreinte avec presque autant de fougue, respirant son parfum qui lui était à présent aussi étranger que sa carrure ou sa taille.

— Tu as changé, dit-elle en reculant.

Pour son plus grand bonheur, il la rattrapa pour la garder contre lui.

— Et quand donc m'as-tu vue en Coppélia ? Ce devait être...

L'année où elle était la doublure de Sophia, lorsque son amie était tombée malade et qu'elle l'avait remplacée dans son rôle.

Une performance qui avait bouleversé le cours de sa carrière et qui, lorsque son amie avait fini par rendre l'âme, avait fait d'elle le choix évident de la compagnie.

— Toi aussi, tu as changé, murmura-t-il.

Il avait les yeux toujours aussi admiratifs, et il secouait la tête comme s'il n'arrivait pas à croire que c'était bien elle.

— Je t'ai vue quand tu as interprété Coppélia, avant les bombardements, avant...

Il s'éclaircit la voix et Estée lut de la douleur dans ses yeux. Ils avaient tous souffert pendant les années qui venaient de s'écouler, personne n'aurait pu y échapper. Ils avaient tous des cicatrices. En regardant Félix, elle se demanda s'il avait souffert autant qu'elle, mais elle ne pouvait se résoudre à lui poser la question. Ils devaient garder leurs secrets, cacher leurs démons comme des cartes soigneusement dissimulées pour que personne ne voie leur main, sauf à les révéler le moment venu.

— On va quelque part ? dit-il en regardant autour de lui comme s'il craignait que quelqu'un les voie.

La tristesse enveloppa Estée comme une cape, mais elle la chassa avec détermination. Évidemment, personne ne devait les voir ensemble.

— Tu es en ville avec ta fiancée ? demanda-t-elle en s'efforçant de garder un ton léger et en levant un peu le menton comme si cette question ne lui transperçait pas le cœur.

Son silence suffit à lui faire comprendre qu'elle avait vu juste. Un silence qui n'aurait pas dû la blesser autant.

— Puis-je t'offrir un verre ? demanda-t-il en laissant tomber sa main.

Mais de l'autre, il la tenait toujours par le coude, comme s'il se refusait à la laisser partir.

— Donne-moi dix minutes, dit-elle sans le lâcher des yeux.

Elle sut que ses sentiments pour elle n'avaient pas changé et qu'ils étaient toujours aussi passionnés que les siens. Mais ils n'étaient plus des enfants. Ils étaient adultes et l'un d'eux allait se marier prochainement. Elle fut néanmoins prise d'une lueur d'espoir lorsqu'elle comprit qu'il n'était pas encore marié, ce qui signifiait...

Assez ! Il est promis à une autre et on n'y pourra rien changer.

— Je t'attends ici, dit-il.

Avant qu'il replonge dans l'ombre, elle retint sa main un moment, paume contre paume.

— C'est si bon de te voir, Félix. Après toutes ces années, je ne pensais vraiment pas que nos chemins se recroiseraient un jour.

Un éclair traversa son regard.

— Oui, c'est si bon de te retrouver, Estée.

Sur ce, elle s'empressa de regagner le théâtre en serrant son peignoir, soudain consciente que ses jambes nues étaient gelées d'être restées si longtemps dehors. Mais rien n'aurait pu effacer le sourire qui réchauffait ses joues. Elle dépassa Gio d'un bond, tout en remarquant au passage son sourire surpris. Dans le couloir de sa loge, elle salua les autres danseuses dont certaines formaient un petit groupe devant la porte des loges communes. Elle n'ignorait pas à quel point elle attisait la curiosité de ses compagnes. Il allait falloir qu'elle fasse un petit effort envers elles, se positionner en meneuse comme elle était censée faire et les prendre sous son aile. C'était ce que Sophia avait fait avec elle toutes ces années auparavant. Mais pour cette première saison, Estée avait été incapable de rassembler assez d'énergie pour suivre son exemple.

Elle s'installa en face de son miroir. Ses yeux brillaient davantage et ses joues étaient plus roses qu'elles ne l'étaient quelques minutes plus tôt. Elle effaça rapidement son maquillage de scène, posa un rouge plus doux sur ses lèvres et décida de retirer toutes les épingles de son chignon pour laisser ses boucles retomber en cascade sur ses épaules. Elle se déshabilla et exécuta plus vite que d'habitude sa routine pour suspendre soigneusement son tutu et son costume de scène avant d'enfiler ses vêtements de ville. Elle n'avait qu'une robe très sobre et un manteau ordinaire, et elle poussa un soupir désolé en espérant ne pas avoir l'air trop fade. Elle aurait aimé demander aux autres filles si elles avaient quelque chose de plus gai à lui prêter, mais elle renonça. Elle était comme elle était, et si Félix ne l'aimait pas comme ça, une tenue différente n'y changerait rien.

Elle jeta un dernier coup d'œil dans le miroir, appliqua quelques gouttes de son nouveau Chanel N° 46 sur ses poignets et dans son cou. C'était un cadeau qu'elle s'était offert lors de son tout premier spectacle sur scène. Pendant la guerre, le parfum était resté son seul luxe. Sophia et elle avaient refusé de s'en passer, même si ce caprice les avait parfois obligées à sauter quelques repas. Par la suite, elle avait dû changer de parfum parce qu'elle était incapable de continuer à utiliser celui qu'elle partageait avec son amie. C'était trop triste.

Tant que ton odeur est celle d'un ange tombé du ciel, tout le reste suivra.

Avec l'écho des paroles de Sophia dans la tête, elle sortit de la loge et referma la porte derrière elle.

Juste un verre, un seul, avec lui, et ensuite, je lui dirai adieu pour toujours.

Ils se rendirent au Basso, un bar où aimaient se retrouver les écrivains et les artistes de Milan, les décorateurs et les danseurs. Ils n'échangèrent pas un mot de tout le trajet et Estée se rappela leurs moments où, adolescents, ils partageaient le silence. Mais cette fois, ce silence n'avait rien de réconfortant. Jadis, ils n'avaient pas toujours eu besoin de parler mais, ce soir, c'était comme si les non-dits pesaient entre eux et qu'aucun des deux n'avait le courage de les affronter.

Félix s'avança pour lui ouvrir la porte et ils pénétrèrent dans le bar sombre. Lorsque les yeux d'Estée se furent accommodés à la faible lumière, elle reconnut les chandeliers suspendus au-dessus du comptoir, ainsi que les bouteilles et les verres qui tapissaient le mur du fond. Félix posa sa main dans le bas de son dos pour la guider vers une table isolée dans un angle de la salle.

Il fixa longuement la carte des cocktails.

— Je ne sais même pas quoi commander pour toi, dit-il d'un air triste. Qu'est-ce que tu préfères ?

— Un verre de pinot noir, répondit-elle en s'adossant à son siège.

Elle prit le temps de l'observer à son insu pendant qu'il continuait d'inspecter la carte. Il ne lui fallut que quelques minutes pour choisir et passer la commande avant d'écarter le menu. Il retourna alors toute son attention vers elle.

— Eh bien, tu as réussi. Je n'ai jamais douté de toi, tu sais, Estée. Tu as toujours eu plus de talent que tu ne voulais le croire.

Ses paroles étaient si précieuses à ses yeux. D'ordinaire, la flatterie l'agaçait, mais Félix la connaissait depuis qu'elle n'était encore qu'une petite fille, et il avait déjà prononcé ces mots à un âge où on ne sait pas mentir.

— Et toi ? demanda-t-elle. As-tu pris la suite de tes parents ?

Elle se réjouit que leur commande arrive si vite. Elle saisit le pied de son verre et admira le liquide rubis sombre en le faisant légèrement tourner. Elle s'était tenue informée des péripéties des Barbieri et savait à quel point ils avaient prospéré tout au long de la guerre, contrairement à la plupart des autres entreprises qui avaient connu maints déboires. Mais elle ne voulait pas que Félix l'apprenne ; elle ne voulait pas qu'il devine qu'elle avait si souvent pensé à lui.

— Oui, répondit-il. Il semblerait que j'aie un certain talent pour développer de nouvelles idées. C'est mon frère qui s'occupe de l'aspect commercial, et mon beau-frère a pris en main une grosse partie de la charge de travail de mon père.

Elle hocha la tête et leva son verre pour le faire doucement tinter contre celui de Félix avant qu'ils portent tous deux le vin à leurs lèvres. Estée en éprouva une vive émotion qu'elle chercha à dissimuler en buvant aussitôt une nouvelle gorgée. Si elle avait pu avoir le trac avant le spectacle, ce n'était rien par rapport à ce qu'elle ressentait en ce moment.

— J'ai imaginé ce jour pendant si longtemps, et j'ai pensé à tout ce que je pourrais te dire, mais, maintenant que nous sommes là...

Elle se mit à rire.

— Tu n'as pas besoin de m'expliquer, tu sais. Je suppose que nous ressentons la même chose.

— Est-ce que tu retournes parfois dans le Piémont ? Il m'est souvent arrivé de passer devant ton ancienne maison, mais je ne sais pas si ta famille y habite toujours.

— Ma mère est décédée il y a quelques années et mes sœurs vivent avec mon père, ici à Milan.

— Je vois. Je suis désolé pour ta mère.

Il but une nouvelle gorgée.

— Pas la peine d'être désolé.

Cela les fit rire, mais ils reprirent aussitôt leur sérieux lorsqu'il se pencha et lui prit la main.

— Je me souviens encore de tes bleus, dit-il en retournant sa paume vers le haut et en passant le pouce sur la peau douce d'Estée, comme pour lui montrer qu'il se souvenait quand elle enfonçait ses ongles dans sa chair. À cette époque, je ne savais jamais que te dire, mais maintenant…

— Tu n'as pas besoin de dire quoi que ce soit, c'était il y a longtemps, murmura-t-elle.

Elle ne retira pas sa main, se rappelant l'aspect de ses poignets meurtris lorsqu'elle avait suscité la fureur de sa mère. Non, pour rien au monde elle n'aurait voulu retourner en arrière.

— La seule manière que j'avais de prendre soin de toi était de te nourrir, mais je regrette de ne pas avoir été plus courageux.

— Courageux ? dit-elle riant. Félix, tu as failli te rompre le cou juste pour m'apporter les meilleures pâtisseries qui soient. Ma mère aurait réclamé ta tête si elle l'avait appris !

— Je veux juste que tu saches que si cela se passait maintenant, si j'avais été plus vieux…

Elle croisa les doigts dans les siens et inspira profondément pour chasser la douleur qui montait dans sa poitrine lorsqu'elle se rappelait ces vieux souvenirs si longtemps refoulés.

— Tu étais bien assez courageux pour moi, Félix. Dans ma vie, il n'y a eu qu'une seule autre personne qui se soit montrée aussi bonne envers moi que toi, alors crois-moi quand je t'affirme que je n'ai jamais oublié ce que tu as fait pour moi. Ou ce que tu représentais.

— As-tu un… un…

Son visage exprima sa surprise, le choc qui le frappait, mais Estée ne lui laissa pas le temps de s'enliser davantage.

— La personne dont je te parle était une amie, expliqua-t-elle rapidement, désireuse de lui épargner la souffrance qu'elle éprouvait elle-même à l'idée de le savoir lié à une autre. Elle dansait dans la compagnie. Elle est morte pendant la guerre.

— Je suis désolé.

Ils sombrèrent dans un nouveau silence. Ils avaient encore tant de choses à dire, mais, soudain tout paraissait les ramener sans cesse au même point, dans un cercle infernal avec pour centre, la raison pour laquelle ils ne pourraient jamais être ensemble.

— Parle-moi d'elle, dit Estée, qui décida soudain qu'elle préférait regarder les choses en face et parler au véritable Félix, plutôt que de laisser le silence et la douleur dériver entre eux.

Tu es heureux avec elle ? Tu l'aimes ? Voilà les questions dont elle voulait connaître la réponse, même si elle n'oserait jamais les poser.

Elle reprit son verre et sirota son vin pour tenir sa langue.

— Émilie ?

Il se racla la gorge comme pour se préparer à répondre. Il eut l'air gêné et avala la moitié de son verre de vin.

— Eh bien, elle est… elle est adorable. C'est une personne très chaleureuse et douce. Elle adore les enfants et ma sœur la traite déjà comme si elle faisait partie de la famille.

Estée hocha simplement la tête comme si ces paroles ne lui arrachaient pas un morceau de son cœur.

— J'aimerais pouvoir dire qu'elle est horrible et que je ne la supporte pas, mais ce serait un mensonge.

Il s'arrêta, comme s'il avait eu l'intention d'en dire davantage avant de se raviser.

— Alors, je suis contente pour toi, dit Estée d'une voix beaucoup plus confiante que ce qu'elle éprouvait. C'est ce que j'ai toujours voulu, que tu sois heureux.

— Mais elle n'est pas toi, murmura-t-il en fermant les yeux une minute sans cesser de tripoter son verre. Elle ne sera *jamais* toi.

Estée se leva, attrapa son verre de vin et, en suivant simplement son instinct, vint s'asseoir sur la banquette moelleuse à côté de Félix. Leurs cuisses se rapprochèrent et leurs épaules se touchèrent. Et lorsque Félix lui retira le verre des mains pour le poser sur la table, le pouls d'Estée s'emballa.

— Estée, chuchota-t-il.

Elle recula un peu pour mieux le regarder. Puis elle posa une main sur sa cuisse tandis que l'autre venait épouser sa joue.

— Je me suis toujours demandé si à l'époque ce n'était pas qu'un béguin d'adolescents, mais à présent que je suis un homme, je vois que tu es tout aussi séduisante que tu l'étais alors.

— Je croyais ne plus jamais te voir, répéta-t-elle dans un souffle.

— Et nous voici ! dit-il sobrement en baissant les yeux sur ses lèvres.

Elle comprit qu'il allait l'embrasser, mais lorsque sa bouche rencontra la sienne, ce fut néanmoins totalement inattendu. Elle avait cru que rien ne pouvait plus la surprendre et elle se sentait beaucoup plus vieille que ses vingt et un ans, mais dans les bras de Félix, ce fut comme si les années avaient défilé. Ils étaient de retour au bord de la rivière, baignant dans le soleil et la jeunesse, même si leur baiser était désormais encore plus doux, et les sentiments qui déferlaient en elle, plus complexes.

Pourtant, il ne peut pas être à moi, rien n'a changé.

Lorsqu'il finit par reculer, elle se lova contre lui et il posa le menton sur son crâne tout en l'entourant de ses bras.

— Il est hors de question que je devienne ta maîtresse, dit-elle.

Il embrassa ses cheveux.

— Je ne te demanderais jamais une chose pareille !

Ils étaient de retour au carrefour de leurs vies, et le choix de la destination n'avait guère changé malgré le passage du temps. Il était toujours fiancé à une autre.

Estée reprit son verre et avala une gorgée tandis que l'émotion bouillonnait dans sa gorge. Ce serait leur dernière rencontre. Il le fallait.

La main de Félix vint se glisser dans son dos et Estée se serra tout contre lui, la joue sur son épaule. *Encore un seul verre. Une seule heure de plus. Un seul baiser.*

Après, se promit-elle, elle partirait sans se retourner.

18

De nos jours

C'était terminé. Cela leur avait pris des semaines de sueur, de sang et de larmes, mais les vendanges étaient officiellement terminées. Il ne restait plus une seule grappe à cueillir ou à presser, plus aucun tonneau à remplir, et il régnait dans tout le domaine une étrange atmosphère. Pendant des semaines, jour après jour, il avait été le centre d'une activité frénétique, avec les allées et venues incessantes des employés, souvent avant l'aube ou tard dans la nuit. Lily avait travaillé aussi dur que les autres. Comme prévu, elle avait surveillé chaque étape de la fabrication et assisté Roberto pour le lancement du processus de fermentation et l'embouteillage du vin nouveau.

Mais, à présent, c'était fini. Ils pouvaient prendre un peu de temps pour eux avant que démarre la seconde fermentation du franciacorta.

— Lily ! appela Francesca en agitant la main. Viens t'asseoir avec nous !

La fin de la récolte culminait avec la fête des vendanges et, d'après ce qu'elle voyait, les Martinelli savaient précisément comment faire pour que les saisonniers et tous ceux qui travaillaient sur le domaine à l'année se sentent importants. On avait dressé de longues tables sous la canopée des arbres du jardin, dont les longues branches balayaient presque le sol et protégeaient toute l'assemblée du soleil, et les lanternes en papier et les guirlandes lumineuses qui couraient çà et là promettaient de rendre la scène magique à la nuit tombée. Lily était impatiente de découvrir le décor féerique dès que les lampions s'allumeraient, éclairant le lieu des festivités.

— Francesca, tu t'es surpassée, dit-elle. C'est incroyablement beau.

Francesca ouvrit grand les bras et embrassa Lily sur les joues, le visage rayonnant de bonheur et de fierté.

— C'est le moment que je préfère de toute l'année, admit-elle en englobant les arbres d'un geste. Le plus dur est fait, le temps est encore assez doux, et mon mari et mon fils sont à nouveau bons amis au lieu de constamment se chamailler. C'est le moment que nous attendons pour célébrer notre labeur ! Et cette année, nous avons la chance de t'avoir avec nous !

Lily était tout aussi heureuse d'être là. De tous les vignobles où elle avait travaillé, jamais elle ne s'était sentie aussi facilement intégrée à la famille, et elle savait déjà que ce serait difficile de trouver mieux ailleurs. Elle n'était pas impatiente de quitter l'Italie, même s'il lui restait encore deux ou trois mois devant elle.

— Ah, la voilà !

Roberto apparut aux côtés d'Antonio qui portait une grande caisse de vin. Il adressa un petit clin d'œil à Lily et celle-ci rougit lorsque Francesca se retourna vers elle, ayant clairement deviné à qui s'adressait ce signe de son fils. Par chance, elle n'en souffla pas un mot mais son sourire entendu fit rougir encore plus Lily.

— Tout le monde sera bientôt là, commenta Roberto en la poussant légèrement de côté. Avant que nous commencions la fête, je voulais te demander si tu pouvais envisager de prolonger ton séjour ici.

— Prolonger mon séjour pour..., commença Lily.

— Pour continuer à m'assister comme maître de chai, poursuivit rapidement Roberto. D'après ce que j'ai pu constater, tu as autant de talent que ton père, peut-être davantage, et j'aimerais t'offrir un poste permanent. Si tu en as envie, bien sûr. Nous pourrons discuter des détails plus tard, mais je voulais t'en parler sans attendre pour... Comment dites-vous en anglais ? Te faire mon offre.

Lily tenta de conserver son sang-froid pour répondre d'une manière intelligente, mais sa surprise était totale. Passer une année complète sur le domaine serait une expérience incroyable, cela ne faisait pas l'ombre d'un doute.

— Je suis flattée, Roberto, extrêmement flattée. Ces dernières semaines ont été époustouflantes. En fait, c'est probablement les vendanges que j'ai préférées parmi toutes celles que j'ai pu faire.

— Réfléchis-y dans ce cas, dit-il avec un sourire confiant, comme s'il savait déjà qu'elle accepterait. Profite des semaines qui te restent avec nous. Tu me donneras ta réponse à ce moment-là. Je sais me montrer patient quand il le faut !

— Merci, Roberto, je n'y manquerai pas.

Les invités commençaient à arriver. Les employés étaient accompagnés de leurs conjoints ou de leur famille. Les cheveux détachés sur leurs épaules, les femmes en robe avaient une allure bien différente de celle qu'elles avaient lorsqu'elles travaillaient dans les vignes ou dans le chai à ses côtés ! Antonio s'approcha alors d'elle. D'une main, il s'essuya le front avec sa manche de chemise, l'autre resta posée sur sa hanche.

— Que te voulait mon père ?

Lily ouvrit la bouche avant de la refermer aussitôt. Elle n'était pas encore prête à en parler à Antonio. Il était peut-être déjà au courant, ou peut-être pas, mais, pour l'heure, elle voulait garder le secret sur cette proposition pour y réfléchir à son aise. Si elle restait, il faudrait que ce soit parce que la décision répondait à son plan de carrière et non parce qu'elle appréciait le fils du vigneron et se voyait déjà en pleine passion romantique sous le soleil d'Italie.

— Juste un truc de boulot, dit-elle d'un ton léger.

Il leva un sourcil interrogateur mais n'insista pas.

— Je retourne à la maison, il faut que je change de chemise.

Lily aurait voulu s'avancer vers lui, attraper un pan de sa chemise en lin et l'attirer vers elle pour un nouveau baiser. Depuis celui de la Scala, il n'y avait pas un soir où, avant de s'endormir, elle n'avait pensé à la sensation de ses lèvres sur les siennes. Mais elle se contenta de sourire et le regarda reculer d'un pas, le visage rayonnant.

— Garde-moi une place, dit-il. Je veux être assis à côté de toi ce soir.

— D'accord.

Il se retourna et ce ne fut que lorsqu'il disparut dans la maison qu'elle retrouva son souffle, juste au moment où le plus jeune des frères Martinelli se matérialisait dans son dos, un verre de vin à la main.

— Ceci est pour notre jeune et néanmoins talentueuse vigneronne, déclara-t-il en lui tendant le verre.

Il était plus fin que son frère et ses vêtements aussi étaient différents. Son chino et sa chemise décontractée semblaient plus à la mode que les tenues d'Antonio. Elle imagina une seconde que Marco repassait sans doute ses vêtements chaque matin alors qu'Antonio s'en fichait complètement, du moment qu'ils étaient propres.

— Merci.

Elle leva immédiatement son verre pour en humer le bouquet avant de le goûter.

— Le chardonnay de ton père est exceptionnel, soupira-t-elle.

— C'est exactement ce que je dis quand je le vends. Le vin des Martinelli est le meilleur vin du monde en Italie.

— Si j'étais toi, je me contenterais de dire le « meilleur vin du monde » !

Ils restèrent un moment côte à côte. Le regard intense de Marco l'embarrassait et elle avala une nouvelle gorgée pour se donner contenance. Elle avait l'impression d'être jugée. Pourquoi se sentait-elle aussi bien avec Antonio et devenait-elle une boule de nerfs en présence de Marco ?

— On dirait que tu as conquis le cœur de mon père et de mon frère, dit-il enfin en croisant les bras tout en lui souriant. J'avoue que cela ne m'étonne pas.

Elle émit un petit rire qui lui parut un peu trop forcé.

— Laisse-moi douter d'avoir *conquis* ton frère.

— Ah, mais c'est là que tu te trompes, rétorqua-t-il avec un sourire entendu.

— Marco, laisse donc cette pauvre jeune femme tranquille ! lança Vittoria qui les avait rejoints. Je te prie d'excuser mon frère. C'est le mauvais garçon de la famille.

Marco se contenta de rire tandis que Vittoria faisait mine de lui donner une tape à l'arrière du crâne.

Lily sourit plus spontanément, heureuse de voir qu'elle n'était plus le centre de l'attention.

— J'étais juste en train de dire à Lily qu'Antonio…

— Tais-toi, s'écria Vittoria en le fusillant du regard.

— Tu ne sais même pas ce que j'allais dire !

Lily observa le frère et la sœur qui étaient revenus à leur langue maternelle et se chamaillaient à qui mieux mieux. Elle se demandait pourquoi Vittoria se montrait soudain si protectrice envers Antonio. Qu'est-ce que Marco était sur le point de lui dire ?

— Je disais simplement que notre grand frère semblait vraiment conquis par Lily, c'est tout, expliqua-t-il en repassant en anglais.

Vittoria paraissait prête à assommer son petit frère, mais elle préféra le repousser en lui ordonnant de filer tout en marmonnant quelque chose dans sa barbe. Il leva les mains en signe de reddition et s'éloigna sans se soucier des grognements de Vittoria. Lily but une gorgée de vin en continuant à se demander comment interpréter leur échange mais aussi en regrettant qu'il n'ait pas terminé sa phrase.

— Je reconnais que je couve un peu trop Antonio, dit Vittoria. Mon plus jeune frère est capable de se débrouiller mais Ant... Il est différent et je n'aime pas que Marco se moque de lui.

— Ils ne pourraient pas être plus différents, admit Lily.

Elles rirent ensemble.

— Ne t'en fais pas, Vittoria, je suis tout à fait capable d'encaisser les sarcasmes de Marco. Et je ne doute pas qu'Antonio soit capable lui aussi de remettre son frère à sa place.

— Antonio vient de passer une année difficile, expliqua Vittoria. Avant, je n'avais pas besoin de le protéger comme ça.

— Tu veux parler de ses relations avec votre père ?

Vittoria réfléchit un moment avant de répondre.

— Écoute, Lily, Antonio a été marié. C'est pour cela qu'il a construit sa propre maison sur le domaine, là où il vit encore.

— *Marié ?*

Lily reporta immédiatement son verre à ses lèvres pour avaler une plus grosse gorgée cette fois, non sans avoir relevé l'emploi du passé.

— C'est une longue histoire, et ce n'est pas à moi d'en parler, mais... C'est juste que je ne veux pas le voir encore souffrir. Il a un grand cœur, et je me suis longtemps demandé s'il allait retrouver le sourire. Il était si sombre pendant un temps ! Mais ces derniers mois… Eh bien, cela m'a fait plaisir de voir qu'il paraissait plus heureux, et je pense que tu as peut-être quelque chose à voir dans tout ça.

— Moi ?

Lily secoua la tête.

— Je doute fort d'y être pour quelque chose.

Elle aurait voulu en savoir davantage, mais Vittoria lui adressa juste un petit sourire et salua les autres invités qui arrivaient.

— Ne lui brise pas le cœur, c'est tout. OK ? ajouta-t-elle en posant un baiser sur la joue de Lily avant de s'éloigner. C'est quelqu'un de gentil. L'un des meilleurs hommes qui soient.

Lily la regarda rejoindre les convives. Pour sa part, elle voulait rester un peu à l'écart pour reprendre ses esprits. La musique lui parvenait de loin et elle aperçut des enfants qui jouaient au loup du côté des vignes.

Vittoria se trompe complètement. Ce n'est certainement pas moi qui risque de briser le cœur de qui que ce soit ici !

*

— J'ai cru que je ne te retrouverais jamais !

La suave voix de baryton d'Antonio résonna dans son dos, juste avant que le jeune homme se laisse tomber sur l'herbe à côté d'elle.

Après sa conversation avec Vittoria, Lily avait déniché un arbre sous lequel s'abriter et elle contemplait les allées et venues et écoutait la musique des échanges vifs et exubérants, dans un italien qu'elle n'essayait même plus de comprendre. Mais cela n'avait aucune importance : elle était heureuse d'être seule, perdue dans son monde, simplement bercée par le joyeux brouhaha. Sans parler de toutes les pensées qui tourbillonnaient dans sa tête. Certains invités avaient commencé à s'installer à l'énorme table chargée de plats et de plateaux que les serveurs, embauchés pour laisser au personnel habituel une soirée de repos, avaient apportés un peu plus tôt. Lily n'avait jamais vu pareil festin.

— Tu veux aller t'asseoir à table ou tu préfères rester encore un peu ici pour admirer le spectacle ?

Lily s'adossa à l'arbre, regrettant de ne pas être assez hardie pour lui poser simplement des questions sur son mariage et ce qui lui était arrivé. Il avait l'air si ouvert et si attentionné qu'elle avait du mal à l'imaginer en train de souffrir d'un chagrin d'amour, et si peu de temps auparavant. Pas quand lui-même avait tout du bourreau des cœurs. Et son sourire paraissait si naturel, si spontané, comme s'il n'exigeait aucun effort de sa part.

— Je n'ai pas vraiment envie de bouger, avoua-t-elle.

— Si j'allais nous chercher une assiette et voler une grande bouteille de vin ? Nous pouvons rester cachés ici pendant au moins une heure si nous avons assez de réserves. Juste nous deux.

— Antonio ! Lily ! appela Roberto d'une voix tonitruante depuis la place d'honneur de la table.

— Voilà que mon plan tombe à l'eau, grommela Antonio, mi-figue, mi-raisin.

Lily lui répondit par un rire. Il se remit rapidement debout et lui tendit galamment la main. Elle la prit sans hésiter et le laissa la relever, mais lorsqu'elle fut debout, il ne la lâcha pas.

Au contraire, il l'attira lentement vers lui et leurs doigts s'entrelacèrent tandis qu'il plongeait les yeux dans les siens. Elle allait se noyer dans ses iris couleur de chocolat fondu, elle le savait, quand bien même elle avait passé des heures à se répéter qu'elle devait garder ses distances, qu'elle ne devait pas laisser quoi que ce soit se passer entre eux : soudain, plus rien d'autre au monde ne comptait.

— Je peux t'embrasser ? chuchota-t-il.

Lily oublia tout et fit juste un pas en avant pour s'appuyer contre son torse, les lèvres entrouvertes. Elle se hissa sur la pointe des pieds et, dans un même mouvement, Antonio se pencha vers elle. Cette fois, elle glissa une main sur sa nuque et savoura chaque seconde de contact avec ses lèvres.

— Antonio ! hurla une nouvelle fois son père.

Il poussa un soupir et recula, posa son front contre celui de Lily pendant une seconde avant de reprendre sa main.

— Viens, murmura-t-il. Je crois que mon père a besoin de notre présence à ses côtés, enfin, surtout celle de sa petite assistante préférée !

Il leva la main de Lily pour y déposer un baiser avant d'ajouter encore plus bas :

— Nous avons toute la nuit pour être ensemble.

— Lily ! Antonio !

Roberto se leva d'un bond et ouvrit grand les bras.

— Ma maîtresse de chai et mon viticulteur ! En voilà un beau couple !

Lily lâcha la main d'Antonio et adressa un sourire rayonnant à Roberto qui lui désignait la chaise à côté de lui. Tout le monde se mit à applaudir et même les enfants s'arrêtèrent de jouer pour se rapprocher. Roberto embrassa Lily avec effusion et elle prit la place qui lui était désignée, soulagée de voir qu'Antonio attrapait la chaise à côté d'elle. Brusquement, elle avait besoin de le sentir tout près. Toutes ses bonnes résolutions de « garder ses distances » s'étaient largement évaporées.

Roberto fit un petit discours en italien et elle sentit le souffle chaud d'Antonio qui lui traduisait les paroles de son père à l'oreille. Elle frissonna, mais cela n'avait rien à voir avec la fraîcheur du soir. Elle essaya de se concentrer sur ce qu'il disait, mais lorsqu'il passa le bras sur le dossier de sa chaise et se mit à caresser son épaule du bout des doigts, ce fut peine perdue.

Lorsque Roberto eut terminé, chacun leva son verre pour porter un toast à la récolte et elle leva aussi le sien en criant : « *Salute !* » Roberto souhaita à tous et à toutes de s'amuser et, pendant les deux heures qui suivirent, ils se régalèrent de mets plus délicieux les uns que les autres qu'ils faisaient passer avec de bons verres de vin, tandis que les conversations allaient bon train. Lily participait activement aux agapes, essayant de nouveaux mots en italien et faisant de son mieux pour assimiler toutes les expressions que les autres voulaient lui apprendre. Ce ne fut que plus tard, alors que le soleil disparaissait à l'horizon, lorsqu'on mit de la musique et que les guirlandes de la piste de danse improvisée s'allumèrent, qu'elle tourna à nouveau toute son attention vers Antonio. Pendant tout le repas, elle avait senti sa présence à chaque instant, lorsque leurs jambes se frôlaient ou que leurs regards se croisaient, mais elle voulait se consacrer à la fête. À présent, il était debout devant elle et lui tendait la main avec un air interrogateur.

— Veux-tu m'accorder cette danse ?

Elle sourit, hocha la tête et se laissa guider jusqu'à l'endroit où d'autres couples dansaient déjà, comme s'ils se trouvaient dans un autre temps, sur une autre planète. Elle avait l'impression d'être un personnage de conte de fées : le décor, les gens, l'*homme*… Comme s'ils avaient été transportés dans une autre vie.

En la prenant dans ses bras, Antonio écarta ses cheveux de son épaule et planta un baiser audacieux dans son cou, à la naissance de sa gorge, avant de l'entraîner sur la piste engazonnée. Joue contre joue, leurs corps se balançant en rythme, ils se perdirent dans leur bulle.

— Tu sais, je crois bien que tu dois avoir du sang italien, Lily, chuchota-t-il. Je pense que ton arrière-grand-mère était italienne, et que tu es juste en train de suivre ses pas. Tu es exactement où tu es censée être.

Elle sut qu'il devait avoir raison. Tandis qu'il la faisait tourner sur elle-même, elle leva les yeux vers lui pour lire son visage. Lorsqu'il se rapprocha, sa bouche était tout contre la sienne mais, cette fois, il ne l'embrassa pas. À la place, il murmura :

— Si on filait chez moi ?

Lily déglutit et sentit son cœur s'affoler. En guise de réponse, elle serra la main d'Antonio. Lorsqu'il embrassa le bout de ses doigts et l'entraîna loin de la fête, elle crut qu'elle allait se liquéfier sur place.

19

— Bonjour !

La voix d'Antonio l'enveloppa et elle ouvrit les yeux. Tandis qu'elle s'étirait, brusquement, les événements de la nuit précédente lui revinrent en mémoire. Elle tira instinctivement la couverture jusqu'à son menton, mais Antonio l'ôta habilement du coude en lui tendant les bras.

— Viens là ! Je ne mords pas, promis.

Elle se mit à rire de sa propre bêtise après la nuit qu'ils venaient de passer, mais elle n'avait jamais été de ces filles qui étaient si à l'aise avec leur corps au point de pouvoir s'exhiber impunément de bon matin sous un soleil éclatant. D'ailleurs, elle n'avait pas l'habitude de se réveiller dans le lit d'un autre – encore moins dans celui d'un homme aussi peu embarrassé de pudeur qu'Antonio.

— Je n'arrive pas à croire que j'ai dormi ici, marmonna-t-elle contre son torse.

Elle était bien là, calée sous son bras, à caresser distraitement sa peau.

— Cette nuit a sans aucun doute dépassé toutes mes attentes, taquina-t-il. La récolte n'a jamais été aussi bonne !

Lily lui rendit son sourire et reçut un baiser sur le front en retour.

— Je n'ai pas pour habitude de mélanger travail et plaisir, admit-elle. J'ai toujours eu pour règle de faire passer le boulot en priorité.

— Crois-le ou non, je n'ai pas non plus l'habitude de mêler travail et plaisir, mais, dernièrement, j'en suis venu à me demander si ce n'était pas une erreur. J'aurais peut-être dû laisser les deux mondes se télescoper plus tôt au lieu de tout faire pour les tenir à distance !

— Ce qui signifie ?

Il lui caressait les cheveux, démêlant de ses doigts ses longues boucles dont les pointes lui descendaient au milieu du dos.

— J'ai été marié, commença-t-il en se raclant la gorge. Elle voulait partir d'ici. Elle n'arrivait pas à comprendre pourquoi j'étais à ce point attaché à nos terres et, pour finir, j'ai dû choisir entre ma famille et mon travail d'un côté et ma femme de l'autre.

Lily déglutit. Les mots lui manquaient, d'autant plus qu'elle ne voulait pas dévoiler qu'elle était déjà au courant de son mariage. Et dire que pendant tout ce temps, elle s'était demandé ce qui avait pu lui arriver et à quoi sa sœur faisait allusion lorsqu'elle affirmait qu'il avait eu une année difficile ! À présent qu'elle savait, elle avait l'impression de sentir la souffrance qui irradiait encore en lui.

— Je suis désolée, dit-elle simplement, je ne sais pas quoi dire.

— Ne t'en fais pas ! Notre mariage a pris fin à la seconde où elle m'a demandé de faire un choix.

Sans ajouter quoi que ce soit, il se redressa et Lily se releva sur les coudes, laissant le drap glisser jusqu'à sa taille sans plus se soucier de rien.

Antonio se pencha et posa une main sur sa nuque tandis qu'il rapprochait ses lèvres des siennes. Elle ne savait pas trop si ce baiser était pour lui une manière d'évacuer son chagrin, mais, quelle qu'en soit la raison, elle était heureuse d'être là pour le recevoir.

Lorsqu'il recula, elle constata avec soulagement que la tristesse avait cédé la place à un sourire chaleureux.

— Serais-tu d'accord pour une petite excursion ? demanda-t-il.

— Une excursion ? Mais où ?

— À Alba bien sûr !

Sans plus d'explication, il se leva et se dirigea vers la salle de bains d'où il ressortit avec un immense peignoir qu'il lui lança. Comme il ne portait que son caleçon, Lily eut du mal à détourner les yeux de ce corps si attirant. Elle aurait aimé avoir assez d'assurance pour lui demander de revenir près d'elle afin de pouvoir continuer à caresser sa peau dorée.

— Nous pouvons nous enfuir quelques jours, histoire de voir si nous trouvons de nouveaux indices à la boulangerie dont nous a parlé la signora Rossi. Je ne veux pas que tu rentres chez toi avant d'avoir exploré toutes les pistes.

Chez elle...

Elle prit le peignoir, huma l'odeur de son eau de toilette qui imprégnait le tissu et s'en enveloppa douillettement avant de s'asseoir au bord du lit.

— Antonio, il y a une chose que j'aurais probablement dû te dire hier soir, avant que... bref.

Elle se racla la gorge.

— Je voulais que tu saches que ton père m'a demandé de rester toute l'année en tant qu'assistante du maître de chai.

Son sourire ne vacilla pas, mais Lily vit un éclair de surprise traverser ses yeux.

— Je vois.

— Donc, euh, en fait, je risque de rester bien plus longtemps que ce que tu pensais, et que ce que je pensais moi aussi.

— Tant que tu ne cherches pas un mari, il n'y a pas matière à s'inquiéter, répondit-il en s'avançant et en se penchant pour l'embrasser à nouveau.

D'une voix plus rauque, il ajouta :

— Je n'ai pas fait l'amour avec toi parce que je pensais que tu allais partir, si c'est la question que tu te poses.

Lily sentit avec horreur le rouge lui monter aux joues. Elle était dans le lit de cet homme, nue sous son peignoir… Il n'y avait aucune raison d'être gênée ! Ils étaient deux adultes qui avaient passé la nuit ensemble, rien de plus. Alors, pourquoi son regard lui nouait-il à ce point le ventre ?

— Bon, c'est parfait alors, dit-elle. Et pour répondre à ta question, non. Je ne suis certainement pas en quête d'un mari.

Entre eux deux, ce n'était qu'une amourette, un flirt d'été. Il venait juste de divorcer et elle avait parfaitement compris qu'il ne cherchait pas plus qu'elle une relation à long terme.

— Et tu lui as répondu ? demanda Antonio en lui tendant la main pour l'aider à se lever. Ou tu lui as demandé d'attendre ?

Elle secoua la tête.

— Je n'ai encore rien décidé. Je lui ai dit que j'allais réfléchir.

— Je suis sûr que tu prendras la bonne décision. Bon, et cette balade ? Tu as envie d'aller à Alba ou pas ?

— Oui, répondit-elle sans réfléchir davantage. Je veux au moins essayer de trouver quelque chose, *n'importe quoi*. Au moins, je pourrai avoir la conscience tranquille. Ma grand-mère n'est plus là pour résoudre le mystère de ses origines et j'ai l'intime conviction que ce secret doit absolument être percé.

— Est-ce que demain, ça te paraît trop tôt ?

— Non, demain, c'est parfait.

Elle noua la ceinture du peignoir et s'approcha de la fenêtre pour admirer la vue spectaculaire sur les vignes déjà baignées de soleil.

— C'est magnifique, n'est-ce pas ? dit Antonio en s'avançant vers elle et en enlaçant sa taille. Je devine rien qu'à la façon dont tu regardes nos terres que tu les aimes déjà autant que moi, que le vin est plus qu'un simple boulot pour toi. Si seulement j'avais pensé à chercher cette qualité chez ma femme avant de l'épouser, j'aurais pu m'épargner bien de souffrances...

Elle chassa ses larmes d'un battement de paupières, heureuse qu'il ne puisse voir son visage, et elle se laissa aller contre lui. C'était ce que son père disait : « Le vin n'est pas seulement un job pour moi, c'est un mode de vie. » Le fait qu'Antonio tienne les mêmes propos la rassura ; elle ne s'était pas trompée en acceptant de coucher avec lui, même s'ils n'étaient là que pour prendre du bon temps.

— Je ne comprends pas comment ta femme pouvait contempler cette vue sans en tomber amoureuse, murmura-t-elle.

Antonio la serra davantage et posa la joue contre la sienne. Ils continuèrent à regarder les vignes.

— Crois-moi, moi non plus je n'ai jamais compris.

Ce n'est qu'une amourette d'été. Ne fais pas ta midinette en rêvant de plus.

*

Le lendemain, après avoir réglé quelques problèmes dans les vignes et s'être assurée à plusieurs reprises que Roberto pourrait se passer d'elle dans les jours à venir, Lily se retrouva de nouveau à tendre son sac de voyage à Antonio avant de se glisser sur le siège passager de sa voiture. Il ne s'agissait plus d'un rapide aller-retour comme celui qui les avait conduits à Milan. Cette fois, ils devaient aller à Alba, une ville du Piémont qui, selon Antonio, se trouvait à plusieurs heures de route. Et ils allaient y passer la nuit.

Elle s'installa confortablement et apprécia qu'Antonio lui effleure la main avant de démarrer. Mais à présent qu'ils roulaient, elle se détourna pour admirer le paysage.

— Même si nous ne trouvons rien qui relie la ville à ta famille, je pense que tu vas adorer Alba, affirma Antonio tandis qu'ils filaient sur la chaussée. Elle est aussi célèbre pour ses vins et je me disais que nous pourrions en profiter pour visiter quelques caves tant que nous y sommes.

— Ton père m'a dit la même chose. En fait, il m'a particulièrement conseillé de goûter leur sauvignon blanc et de lui en rapporter la bouteille que je préférerai.

— Je suis surpris qu'il ne t'ait pas aussi demandé de lui rapporter quelques-unes de leurs fameuses truffes blanches !

— Oh, si, il l'a fait !

Elle rendit son sourire à Antonio et poursuivit :

— Ainsi que des pêches mûres si nous réussissons encore à en trouver.

Il marmonna quelque chose qu'elle ne comprit pas, mais elle riait encore de la manière comique qu'il avait de secouer la tête quand il parlait de son père.

— Alors, quel est le programme ? demanda-t-il. Tu veux que nous cherchions une boulangerie dès notre arrivée ? Nous pourrions commencer par leur montrer la recette.

Lily n'avait pas vraiment réfléchi à la manière de procéder. Elle avait simplement l'impression que lorsqu'ils arriveraient à Alba, tout se mettrait naturellement en place.

— Je pense que nous devrions demander aux gens du coin où se trouve la plus célèbre boulangerie de la ville, avança-t-elle. Quelqu'un pourrait avoir entendu parler de cette fameuse viennoiserie.

— Il faudra que nous allions nous enregistrer à l'hôtel avant la fin de l'après-midi, mais nous devrions avoir le temps de faire les deux.

— Tu as déjà réservé une chambre ? s'étonna-t-elle.

Elle était impressionnée, elle qui avait pensé qu'ils se contenteraient de dénicher un logement quelconque à leur arrivée.

— Ce n'est pas tous les jours que j'emmène une jolie demoiselle en week-end.

Elle crut qu'il se moquait d'elle mais, lorsqu'elle tourna la tête vers lui et vit la lueur dans ses yeux, elle comprit qu'il était très sérieux.

— Je pense que tu t'es trompé de demoiselle, dit-elle dans une tentative pour ramener leur échange à une plaisanterie.

— J'aimerais que tu voies ce que je vois, rétorqua-t-il.

Elle ne parvenait pas à déchiffrer son expression. Elle l'examina longuement, lui qui lui avait si facilement fait baisser la garde. Mais, ne sachant que répondre, elle détourna les yeux.

— Nous séjournerons à la Villa del Borgo, dit-il. Je pense que cela te plaira. C'est un mélange parfait de désuétude charmante et de modernité.

— Cela me paraît parfait.

Elle était sincère. Pourtant, pour une raison qui lui échappa, ils finirent le trajet en silence. Antonio alluma la radio et chanta en chœur d'une voix qui donnait envie à Lily de se joindre à lui... si elle avait compris les paroles.

*

Il leur fallut près de trois heures pour parvenir à destination. Lily ne se lassait pas d'admirer la vue, avide d'imprimer dans sa mémoire tous les détails de la pittoresque bourgade. Elle savait qu'elle avait déjà entendu parler d'Alba, ou peut-être était-ce l'une des nombreuses régions qu'elle avait étudiées au cours de ses années d'université, mais elle ne reconnaissait rien – pas encore. Elle avait espéré éprouver quelque chose de spécial à leur arrivée, une familiarité peut-être, mais elle était consciente que c'était totalement loufoque.

Pourquoi se sentirait-elle liée à un endroit uniquement parce que son arrière-grand-mère y avait peut-être vécu ?

— Il y a aussi quelques beaux bâtiments historiques à visiter, si ça t'intéresse, dit Antonio. Est-ce que tu veux que nous en profitions tant que nous sommes ici ?

— Pas vraiment. Ce qui m'intéresse, ce sont le vin et les truffes, et la façon dont on les cultive ici. Désolée, ajouta-t-elle avec un rire nerveux, si ça ne me donne pas l'air assez cultivée.

— Non, en fait, c'est plutôt rafraîchissant ! répondit-il en souriant.

Il se rangea sur une place de parking sur le bord de la route avant de continuer.

— Je suis content de ne pas avoir cherché à t'impressionner par mes connaissances historiques. Tu m'aurais trouvé ennuyeux comme la pluie pour rien.

Lorsqu'ils furent descendus de voiture, Lily attrapa le coffret qu'elle avait emporté. Elle le serrait dans sa main comme si elle craignait de le voir s'envoler. Les documents qu'il contenait représentaient son seul lien tangible avec le passé de sa famille et elle ressentait le besoin de s'y raccrocher, en priant pour que l'après-midi à venir lui fournisse toutes les réponses qu'elle cherchait. S'ils ne découvraient rien, elle se retrouverait dans une impasse et cela l'angoissait de manière disproportionnée.

— Hmmm, c'est bizarre.

— Quoi ? s'exclama-t-elle en voyant qu'il regardait l'écran de son téléphone.

— J'ai trouvé une adresse pour la plus ancienne boulangerie familiale de la ville. Je l'avais cherchée avant notre départ, mais...

Elle se rapprocha de lui et leurs regards se figèrent en même temps sur la boutique vide. S'il y avait eu une boulangerie à cet endroit, celle-ci avait bel et bien disparu. Le cœur de Lily se serra.

— On dirait que nous avons fait tout ce chemin pour rien, dit-elle.

Elle regrettait de s'être autant accrochée à l'idée que le second indice les éclairerait. N'était-ce pas stupide de croire qu'une nouvelle piste les attendait dans le Piémont ? Une piste qui n'existait que dans son imagination...

— Hé ! s'exclama Antonio en lui donnant un petit coup de coude. Nous n'allons pas laisser tomber si facilement. Allons poser quelques questions dans le quartier. C'est toujours un point de départ.

Elle le suivit jusqu'à une boutique de fleurs voisine et admira les compositions de roses à longues tiges et les bouquets blancs pendant qu'Antonio abordait un homme. Il était vieux et semblait être le propriétaire, et il sortit avec Antonio sur le trottoir pour lui répondre tout en indiquant une direction dans la rue.

— Qu'est-ce qu'il a dit ? demanda Lily dès que l'homme eut regagné sa boutique.

— Que la boulangerie a récemment déménagé. C'est toujours la même famille qui s'en occupe, mais elle s'est installée dans un bâtiment plus grand parce que l'ancien avait besoin d'être rénové.

Lily hocha la tête en se mordant la lèvre.

— Alors, tu en penses quoi ?

— Je pense que nous devrions nous mettre en route, dit-il d'un ton facétieux. Il m'a affirmé que c'était bien la plus ancienne boulangerie de la ville. Elle est dans la famille Barbieri depuis trois générations.

Dans le sac de Lily, la recette parut soudain devenir incandescente, comme pour attirer son attention.

— Alors, allons-y !

Ce ne sera peut-être pas si difficile, après tout. Serait-il possible que nous approchions de la solution ?

Bien décidée à ne pas tenir compte de sa nervosité croissante, elle suivit Antonio jusqu'à l'endroit indiqué. Chaque fois qu'ils passaient devant un bâtiment, elle ne pouvait s'empêcher de scruter la façade, jusqu'à ce que, finalement, Antonio lui prenne la main avec un sourire encourageant. Ils devaient être sur la bonne piste, puisque l'affaire existait depuis plusieurs générations… Cependant, en Italie, ce ne sont pas les entreprises familiales de ce genre qui manquent. Peut-être que cela ne voulait rien dire.

— C'est ici, annonça Antonio.

Lily regarda à travers la vitrine et se réjouit du faible nombre de clients. L'endroit n'avait rien d'extraordinaire : au fond, un grand tableau noir indiquait la liste des boissons en vente et de ravissantes étagères étaient garnies de produits qui avaient l'air délicieux. Dans tous les cas, ils pourraient y acheter de quoi déjeuner.

— Prête ? demanda Antonio.

Lily inspira profondément.

— Prête ! répondit-elle en se faisant violence pour avancer et pousser la porte de la boulangerie.

Mais dès qu'elle fut à l'intérieur, elle se trouva à nouveau transformée en boule de nerfs. Comment allait-elle procéder ? Allait-elle se contenter de sortir la recette pour la tendre à la jeune fille qui tenait la boutique en espérant que celle-ci lui indiquerait la marche à suivre ? Ou allait-elle lui demander si elle la reconnaissait ? Devait-elle demander à voir le boulanger pour lui poser la question à lui ? À présent qu'ils étaient sur les lieux, au beau milieu de la première boulangerie qu'ils avaient trouvée, son projet lui paraissait au mieux complètement naïf. Par quel miracle quelqu'un serait-il à même de la renseigner ? Soudain, son projet lui paraissait tellement idiot qu'elle regrettait qu'Antonio l'ait laissée s'embarquer dans cette quête.

— Tu as l'air inquiète, dit celui-ci en lui prenant la main.

— C'est parce que je le suis, grommela-t-elle. Je commence à me dire que c'était une belle erreur. Qu'est-ce que tu veux que je dise ? Nous n'aurions jamais dû venir jusqu'ici !

Le sourire d'Antonio l'apaisa par sa spontanéité.

— Au pire, nous n'allons rien trouver mais nous allons au moins profiter de deux jours de vacances dans un hôtel cinq étoiles. Il y a toujours plus ennuyeux qu'une erreur de programme, Lily. Pas de quoi s'inquiéter. Nous allons simplement demander si quelqu'un peut nous aider, ajouta-t-il en haussant les épaules, ça n'est pas plus compliqué. Ensuite, on verra. Si tu veux arrêter de chercher après ça, nous nous arrêterons, c'est tout.

Elle savait qu'il avait raison, mais elle sentait en même temps que si elle ressortait de cette boutique sans avoir avancé d'un seul pas dans son enquête, elle aurait l'impression d'avoir gâché énormément de temps et d'énergie – les siens et ceux d'Antonio. Sans doute aurait-il mieux valu ne pas s'embarquer dans toute cette aventure...

— Bonjour, dit Lily en approchant du comptoir en souriant à la femme qui se tenait derrière. Est-ce que vous parlez anglais ?

La femme lui rendit son sourire avec un geste de la main qui indiquait qu'elle le parlait un peu. Lily se tourna vers Antonio qui se mit aussitôt à expliquer leur problème en italien. Bien sûr, c'était beaucoup plus facile pour lui d'expliquer la raison de leur présence. Le regard de Lily passa de l'un à l'autre en essayant de comprendre.

— Que lui as-tu demandé ?

— Si elle était la propriétaire du magasin. Elle n'est que vendeuse. La propriétaire, c'est la boulangère, mais elle va aller la chercher dès qu'elle aura fini de servir son client.

La femme qui finit par émerger de l'arrière-boutique s'essuyait les mains sur un tablier maculé de farine, mais ce furent ses yeux bleu vif qui retinrent l'attention de Lily. Il y avait quelque chose de familier dans ce regard, au point que Lily se demanda si elle ne l'avait pas déjà croisée auparavant. Lorsqu'elle se mit à parler, Lily fut soulagée de constater qu'elle s'exprimait en anglais.

— Je suis vraiment navrée de vous déranger, je sais que vous devez être très occupée, commença Lily.

— Ce n'est pas grave. Y a-t-il un problème avec un produit ? Que puis-je faire pour vous ?

— Non, non, sourit Lily, il n'y a pas de problème. En fait, nous sommes à la recherche de quelqu'un, c'est tout, et nous avons pensé que vous pourriez nous aider.

La femme jeta un regard en arrière et Lily s'empressa de poursuivre ses explications de peur qu'elle disparaisse. De toute évidence, elle avait mieux à faire que de s'interrompre pour répondre aux questions saugrenues d'une étrangère !

— Antonio, tu veux bien commander des cafés et quelque chose à manger pour nous ? demanda Lily en espérant retenir l'attention de la femme si celle-ci les voyait comme des clients.

Heureusement, Antonio ne posa pas de questions et fit ce qu'elle lui demandait. Pendant qu'il se dirigeait vers le comptoir pour passer la commande, Lily sortit le coffret de son sac et en tira la recette.

— Je cherche un lien avec ma grand-mère ou mon arrière-grand-mère, expliqua-t-elle. Tout ce qui me reste de son passé, c'est cette recette, et on m'a dit de venir à Alba, parce que c'était une spécialité de la région. Voulez-vous bien y jeter un coup d'œil et me dire si vous la reconnaissez ? Si cela a un sens pour vous ? Je sais que cela peut paraître étrange de vous demander de lire une recette, mais vous êtes notre seul espoir.

La femme la regarda comme si elle avait affaire à une folle, mais elle eut la gentillesse de prendre la feuille que Lily lui tendait. Elle examina encore longuement Lily avant de tourner son attention vers le papier, tandis que Lily se répétait qu'elle faisait perdre son temps à tout le monde. Elle était sur le point de s'excuser quand la femme releva la tête. Elle avait les yeux plissés et les narines pincées, comme si elle fulminait intérieurement.

— Où avez-vous trouvé cela ? s'écria-t-elle. Ça ne vous appartient pas !

Elle a reconnu la recette !

Le cœur battant, Lily retint un cri.

— Cela appartenait à ma grand-mère, affirma-t-elle en tendant la main pour récupérer la feuille. Nous pensons que c'est sa mère biologique qui le lui a légué, et moi, comme je vous l'ai dit, j'essaie de comprendre ce que cela signifie.

La femme plaqua le papier contre sa poitrine comme si elle n'avait aucunement l'intention de le rendre.

— Je ne vous crois pas. Dites-moi la vérité !

Elle recula de quelques pas, comme si elle détenait à présent des documents confidentiels d'importance mondiale, et son visage exprimait nettement la colère.

— D'où sortez-vous ça ?

— Je suis navrée, je n'avais pas l'intention de vous blesser, reprit faiblement Lily. Mais il faut vraiment que vous me le rendiez.

— Vous l'avez reconnu, n'est-ce pas ? coupa Antonio qui avait entendu que le ton montait. Dites-nous ce que cela signifie pour vous. Pourquoi réagissez-vous si violemment ? Qu'est-ce qui vous fait penser que Lily n'en est pas la propriétaire légitime ?

— Cette recette appartient à *ma* famille ! s'exclama la femme, les yeux flamboyant de rage. J'ignore comment vous vous l'êtes procurée, ou pourquoi vous êtes ici, mais personne ne doit la voir ! Elle renferme...

Son visage était à présent blanc comme un linge.

— Qui vous envoie ? Vous devez me dire qui d'autre possède une copie de ceci !

— Mais qu'est-ce qu'elle a de si important, cette recette ?

Lily n'arrivait pas à imaginer comment une pauvre recette sur un vieux morceau de papier pouvait déclencher une réaction aussi extrême chez cette femme.

— Je viens de loin, vous savez. Si vous pouviez simplement me dire...

— C'est une recette qui est restée secrète pendant des générations, dit enfin la femme avant de lancer quelques mots en italien par-dessus son épaule.

Lily crut comprendre le mot « *caffè* » mais elle n'en était pas sûre. Elle dansa d'un pied sur l'autre sans vraiment savoir comment continuer, mais le bras d'Antonio sur le sien la rassura. Cette femme demandait peut-être à son employée d'appeler la police, mais pourquoi ? Le vieux morceau de papier pouvait-il avoir été volé ?

— Tu n'as rien fait de mal, lui chuchota Antonio dans l'oreille. Reste calme.

— Avez-vous montré ceci à quelqu'un d'autre ? insista la femme. Combien de personnes l'ont vu ?

— Personne. Personne ne l'a vu. Et je n'en connais aucune autre copie.

Elle n'était pas tout à fait franche puisqu'elle avait montré la recette à plusieurs personnes, mais elle avait confiance en elles.

— C'est une question d'importance économique, n'est-ce pas ? intervint Antonio. Expliquez-nous simplement en quoi cela compte autant. Dites-nous pourquoi cela vous met dans une telle colère.

Les yeux de la femme s'arrondirent et Lily comprit qu'Antonio avait vu juste : elle était furieuse et elle redoutait qu'ils aient montré la recette à un autre boulanger.

— Vous êtes la première boulangerie que nous contactons, la rassura Lily. Je l'ai montrée à une danseuse de la Scala, c'est tout, et c'est elle qui...

— La Scala ? répéta la femme en baissant d'un ton. Vous connaissez quelqu'un à la Scala ?

— Oui, opina Lily, mais... Écoutez, continua-t-elle en soupirant, je ne sais pas exactement quels sont mes liens avec la Scala, pas plus que ce qui me relie à cette recette. C'est pour ça que je suis là, pour comprendre. Alors, si vous pouviez simplement m'expliquer pourquoi elle est si importante, je pourrais peut-être...

— Comment savoir si je peux vous faire confiance ?

Lily posa une main sur son cœur. Elle avait senti le changement qui s'était opéré chez l'autre femme.

— Vous pouvez me faire confiance. Je veux juste savoir ce en quoi cela concerne ma grand-mère. J'ai perdu mon père il y a plusieurs années et je sais que je lui dois, ainsi qu'à ma grand-mère, de trouver un sens à ces documents. De comprendre pourquoi j'en ai hérité.

La femme replia le papier et, malgré son air dubitatif, finit par rendre la recette à Lily d'une main tremblante.

— C'est à mon oncle que vous devez parler, dit-elle en regardant tour à tour Lily et Antonio.

Elle retourna derrière le comptoir et inscrivit quelques lignes sur un petit bout de papier.

— Rendez-vous à cette adresse, ce soir après le travail. Vers six heures, d'accord ?

La femme avait toujours l'air déstabilisée, mais Lily était encline à lui faire confiance à présent que sa colère semblait s'être apaisée.

— Je l'appellerai pour le prévenir de votre arrivée. Si vous êtes celle que je crois, il pourra vous expliquer ce qui vous a conduite ici.

— Je vous remercie infiniment, nous y serons, dit Lily en rangeant la recette dans le coffret.

— Promettez-moi simplement de ne montrer ce papier à personne, sauf à mon oncle, dit-elle en s'avançant vers Lily. Il ne faut pas que la recette tombe entre de mauvaises mains. Nous avons réussi à la garder secrète pendant tant d'années.

Lily n'avait pas la moindre idée de ce qui pouvait justifier qu'une vieille recette ait autant d'importance, mais elle accepta sans hésiter.

— Vous pouvez compter sur nous.

— Au fait, je m'appelle Sienna, ajouta la femme en tendant la main pour serrer celle de Lily.

— Moi, c'est Lily. Et merci encore. Si vous saviez combien c'est important pour moi. Je suis vraiment navrée que nous soyons arrivés sans prévenir ! Nous n'avions pas du tout l'intention de vous contrarier.

La femme tourna les talons, mais le dernier regard qu'elle jeta par-dessus son épaule troubla Lily plus qu'elle n'aurait pu l'avouer. C'était comme si elle savait exactement qui elle était. Mais non ! C'était impossible, ça devait être le fruit de son imagination.

Si vous êtes celle que je crois... Ces paroles trottaient sans relâche dans la tête de Lily. Qui croyait-elle avoir reconnu en elle ?

— Café ? dit Antonio en l'arrachant à ses pensées.

— Je n'en ai jamais eu autant besoin, admit Lily, heureuse qu'il ait pensé à prendre une commande à emporter. Fichons le camp le plus vite possible !

Ils quittèrent la boulangerie pour aller flâner dans les ruelles tout en sirotant leur café. Lily prit une viennoiserie dans le sachet qu'Antonio lui tendait et la première bouchée libéra une explosion de saveurs de chocolat et de noisettes.

— Bon sang, ce truc est incroyable ! Tu l'as goûté ?

Il plongea la main dans le sac, mordit dans le petit pain et afficha une expression qui exprimait toute son approbation.

— N'y avait-il pas des noisettes dans la recette du coffret ? demanda-t-il.

Lily se lécha les doigts avant de ressortir le papier pour le relire. Antonio se pencha vers elle et lui montra le mot correspondant sur la feuille.

— Noisettes... et chocolat.

— Tu penses que c'est la recette de ce que nous sommes en train de manger ? Tu crois que c'est pour ça qu'elle a réagi aussi vivement quand elle a vu que je l'avais en ma possession ? Elle a peut-être été transmise de génération en génération sans jamais sortir de la famille.

— Je ne savais pas quoi commander, alors j'ai demandé quelle était leur meilleure pâtisserie, et la vendeuse m'a affirmé que c'était leur version des *saccottini al cioccolato*. Tu as peut-être raison. La boulangère était vraiment furieuse quand tu lui as montré le document.

— Mais comment cette recette typiquement italienne a-t-elle pu atterrir à Londres ?

— Franchement, je n'en sais rien, dit Antonio, mais je pense que tu touches au but. Je pense aussi que cette Sienna en sait bien plus que ce qu'elle nous a dit. En fait, je ne serais pas surpris qu'elle ait déjà appelé tous les membres de sa famille et que les suppositions aillent bon train. Il s'agit peut-être d'un secret qu'ils ont effectivement réussi à cacher pendant des années, parce que j'ai la sensation qu'elle savait exactement qui tu étais quand tu as évoqué la Scala. Son visage a changé dès que tu lui en as parlé.

Lily posa un instant la tête sur l'épaule d'Antonio.

— Merci, dit-elle. Merci d'être venu avec moi. Je suis si contente de ne pas avoir à me débrouiller toute seule.

Il lui passa le bras autour de la taille et la serra doucement. Ils continuèrent leur promenade dans la ville pendant que Lily se demandait si elle ne risquait pas de se retrouver une nouvelle fois avec d'autres indices qui ne donneraient pas plus de réponses à sa quête.

20

Milan, 1946

Estée se tenait au coin de la rue, une cigarette entre les lèvres. Elle aspira une longue bouffée en se maudissant. C'était une habitude qu'elle condamnait autrefois, mais qui lui avait permis de tuer la faim quand la nourriture était encore rare. Depuis, elle avait vainement tenté de s'en passer. Pour l'heure, cela l'aidait à rendre l'attente moins pénible.

Adieu les promesses de ne pas le revoir.

Ils s'étaient tous les deux promis que cette nuit serait la dernière. Une rencontre que le hasard avait rendue possible, une chance de se souvenir avant que chacun parte de son côté et reprenne le cours de sa vie. Mais ils n'étaient pas très bons pour tenir leurs promesses. Pas lorsque cela signifiait ne plus jamais se voir.

Elle le vit arriver, éclairé par les lampadaires de la rue. Elle le dévora du regard pendant quelques secondes avant qu'il l'aperçoive. Il était beau, mais c'était le cas de bien des hommes qui avaient flirté avec elle avant la guerre. Des hommes qui eux aussi lui avaient envoyé des fleurs, leurs yeux sombres emplis d'espoir, leurs sourires empreints de promesses. Elle avait même reçu des demandes en mariage, par des hommes qui l'assuraient qu'elle ne manquerait de rien tout en lui présentant des bagues en diamant dans leurs petits écrins en velours. Mais aucun d'entre eux n'avait su retenir son attention. Pourquoi aurait-elle renoncé à sa carrière de danseuse pour devenir femme au foyer ? Toute sa vie, elle s'était acharnée à obtenir ce dont elle rêvait et elle n'était certainement pas prête à sacrifier son indépendance, pas tant qu'elle était encore assez jeune pour continuer à danser.

Jusqu'à ce que Félix revienne dans son existence. Soudain, elle pouvait envisager de tout abandonner pour lui.

— Estée, dit-il en la prenant par les coudes pour l'approcher de lui.

Il l'embrassa sur les joues et elle se laissa envelopper par son parfum. Ses paumes se posèrent instinctivement contre sa poitrine et elle leva le visage vers lui. Les lèvres de Félix se posèrent sur les siennes. Elle lui rendit son baiser en tirant sur son col de chemise, comme si elle voulait le retenir auprès d'elle à tout jamais. Ils restèrent ainsi un long moment avant de s'écarter, le souffle coupé.

— Combien de temps avons-nous ? demanda Estée en regardant autour d'elle comme pour vérifier que personne ne les surveillait.

C'était ridicule ; elle savait bien que les passants n'avaient pas la moindre idée des interdits qu'ils bravaient. Félix lui était défendu, ou il aurait dû l'être, et cela la mettait à cran. Mais la culpabilité qu'elle éprouvait à l'égard de sa fiancée ne suffisait pas à l'empêcher de glisser sa main dans la sienne et à poser la tête sur son épaule. Elle lui prit le bras et ils firent quelques pas. Estée aurait dû voir leur relation comme une liaison adultère, et elle aurait dû être mortifiée. Mais ni honte ni culpabilité ne venaient entacher ce lien qu'elle partageait avec Félix. Cela lui paraissait tout simplement impossible.

— Nous avons toute la nuit, répondit-il d'une voix rauque.

Estée remarqua le trouble qui l'avait envahi, la manière dont il avait baissé les yeux en répondant. Ils continuèrent leur chemin sans s'arrêter, bien qu'ils aient initialement prévu de se retrouver pour dîner. Leurs pas battaient la même cadence, un rythme lent et régulier. Estée était épuisée après sa performance sur scène, ses muscles la faisaient souffrir, mais elle craignait que, s'ils s'arrêtaient, cette grâce qui les liait éclaterait comme une bulle de savon.

— Estée, il y a une question que je veux te poser depuis un moment.

Félix reprit sa main et la serra tout en ralentissant. Elle répondit à son geste, gagnée par l'inquiétude.

— Accepterais-tu de m'accompagner au lac de Côme ? Il est prévu que j'y passe deux nuits avec ma famille et, soupira-t-il, je veux qu'ils fassent ta connaissance afin qu'ils comprennent qu'une autre vie m'attend ailleurs.

— Et ta fiancée ? s'exclama Estée tandis que son cœur menaçait d'exploser de joie. Tu t'es engagé auprès d'elle ! Cela va lui briser le cœur.

— Et mon cœur à moi alors ? rétorqua-t-il d'une voix éraillée. Et ton cœur à toi ?

Elle baissa les yeux sur leurs doigts entrelacés pour s'empêcher d'imaginer Félix main dans la main avec une inconnue, allongé dans un lit avec une autre femme.

— Et si ta famille refuse ? Si elle m'ignore au cours de cette rencontre ?

— Eh bien, j'aurai au moins essayé. Le jour où je t'ai vue pour la première fois sur scène, j'ai su que je ne pouvais pas continuer cette comédie. Une promesse brisée vaut mieux qu'un mariage brisé, non ? D'ailleurs, même si nous pouvions continuer à nous voir, si…

— Une fois que tu seras marié, je refuserai de te voir, coupa Estée. Je ne pourrai pas continuer ainsi en sachant que ton épouse t'attend à la maison. Pour moi, tout sera terminé.

Il hocha la tête et s'arrêta. Et comme Estée l'avait craint, leur petite bulle de bonheur éclata.

— Quelle sera la réaction de ta famille ? Que crois-tu qu'elle pensera de moi ? Et du fait que tu changes d'avis ?

Il eut un sourire triste.

— Je n'ai jamais changé d'avis. C'est simplement qu'avant, ils n'étaient pas prêts à m'écouter.

Estée doutait que les choses puissent changer, que sa famille accepte par miracle de le laisser choisir sa propre voie alors que des engagements avaient déjà été pris, des années auparavant. Elle savait bien comment ces arrangements fonctionnaient ! Deux familles négociaient un accord sans se préoccuper le moins du monde de l'avis des parties dont la vie même était en jeu.

— Nous irons donc à Côme, dit-elle en prenant sur elle.

Elle n'était pas sûre d'être assez brave pour aller jusqu'au bout de ce plan audacieux.

— Tu viendras ? Tu crois que tu pourras prendre deux soirs de congé ?

— Bien sûr, sourit-elle, je viendrai.

Si cela m'offre deux jours de plus avec toi, quelques moments volés en plus, bien sûr que je viendrai !

— Si c'est au début de la semaine, je ne manquerai que les répétitions.

— Cela ne sera pas facile, tu sais, même s'ils acceptent, dit Félix en se passant ses doigts dans les cheveux comme s'il voulait les arracher. Ils ont toujours insisté pour que je me marie avec quelqu'un d'aussi croyant que nous. Ils pourraient te demander de faire acte de foi au catholicisme.

Elle ne répondit pas. Elle n'était pas sûre qu'il s'agisse d'une question. Elle n'avait jamais accordé d'importance à la religion mais elle comprenait.

— Aurai-je une chambre séparée ? demanda-t-elle.

— Bien entendu, nous agirons de la manière la plus convenable qui soit, répondit Félix avec un nouvel éclat dans les yeux. Je m'occuperai de tout. Toi, tu n'auras qu'à être prête lorsque je viendrai te chercher.

Estée savait que c'était une mauvaise idée : il n'y avait aucune chance que les parents de Félix l'acceptent ou qu'ils laissent leur fils rompre son engagement, mais elle ne pourrait jamais lui dire non. Peut-être devait-elle être moins pessimiste et essayer de croire que de bonnes choses pouvaient aussi arriver aux bonnes personnes. C'était peut-être elle qui se trompait.

— Allons, dit-il en glissant sa main sous son bras pour l'entraîner et reprendre leur promenade. Je ne veux pas gâcher une seule minute de notre précieux temps ensemble.

Ses lèvres se posèrent sur le haut de son crâne et elle se serra contre lui en se demandant pourquoi, dans une ville qui regorgeait de beaux partis, elle était amoureuse du seul homme qu'elle n'avait pas le droit d'aimer. Le miroir de sa loge était couvert de cartes et de messages d'admirateurs et, souvent, le simple fait de parcourir des yeux ces témoignages d'admiration qui se multipliaient au fil de la saison lui arrachait un sourire – flattée mais jamais tentée.

En revanche, dans son tiroir qui abritait ses possessions les plus précieuses, il n'y avait qu'une seule carte d'admirateur, celle de l'homme qui marchait à côté d'elle.

— Veux-tu venir dans ma chambre d'hôtel pour cette nuit ? demanda soudain Félix en se tournant vers elle.

Elle en fut choquée, au point de ne pouvoir articuler la moindre réponse. Le visage de Félix se rembrunit.

— Je suis désolé, je n'aurais pas dû dire ça de cette manière. Je ne veux pas dire que, enfin…

Elle se mit à rire.

— Tu n'as pas besoin de t'excuser.

— Ce que j'aurais dû dire, c'est que j'ai envie de rester avec toi aussi longtemps que possible, et que je serais ravi de te laisser mon lit pour dormir dans un fauteuil si cela nous permet de rester ensemble toute la nuit.

La chaleur qui lui monta aux joues prit Estée au dépourvu.

— Oui, cela me plairait. Pouvons-nous passer chez moi afin que je prenne quelques affaires ?

Il opina et ils retournèrent sur leurs pas.

— Dans quel hôtel es-tu descendu ? demanda-t-elle.

— Au Prince de Savoie.

Un frisson parcourut Estée quand elle se souvint que c'était là que les Allemands avaient installé leur quartier général pendant la guerre et que le simple fait de les voir entrer et sortir de cet hôtel prestigieux lui avait été insupportable. Le bâtiment n'avait pas trop souffert des bombardements, contrairement au merveilleux théâtre de la Scala qui était tout proche.

Dans tous les cas, une nuit dans un hôtel, n'importe lequel, restait un luxe, et elle se réjouissait d'un tel confort maintenant qu'ils étaient à nouveau en temps de paix. Son appartement était certes agréable et, depuis quelques années, c'était devenu un vrai chez-soi, mais il ne ressemblait pas exactement à la demeure dont elle avait rêvé jeune fille lorsqu'elle se voyait installée à Milan.

— Et si nous commandions quelque chose à grignoter ? proposa Félix. Si ce n'est pas trop tard... Peut-être des spaghettis et du champagne.

Estée éclata de rire.

— Tu es toujours en train d'essayer de me faire prendre du poids. Je suppose qu'il y a des choses qui ne changent jamais.

Elle le laissa patienter dans la rue pendant qu'elle filait préparer son sac pour la nuit, soulagée de vivre seule et de ne pas avoir à répondre à toutes sortes de questions sur l'heure tardive à laquelle elle sortait. Si on la voyait entrer dans un hôtel avec un homme auquel elle n'était pas mariée pour n'en ressortir qu'au matin, sa réputation serait ruinée.

Mais, une fois encore, pour qui avait-elle besoin de faire bonne figure ? Se souciait-elle du qu'en-dira-t-on ? Un frisson d'excitation la parcourut tandis qu'elle fourrait sa chemise de nuit et un déshabillé en soie dans son sac, ainsi que des vêtements de rechange et ses affaires de toilette. Elle ferma le sac, jeta un long regard dans le miroir qui lui renvoyait le reflet d'une femme au visage empourpré qu'elle reconnut à peine, et sortit en refermant la porte derrière elle pour aller retrouver Félix.

Si elle s'était accordé quelques secondes de réflexion supplémentaires, tout son courage se serait envolé.

*

Ils s'allongèrent côte à côte, elle sous la couverture, les oreillers gonflés sous la tête, et Félix sur le jeté de lit en lin, un bras derrière la nuque. La soirée avait été parfaite, sans tracas. Estée avait retiré ses chaussures dès son arrivée et le pique-nique de spaghettis et de champagne sur le lit l'avait enchantée. Félix la faisait rire comme elle n'avait pas ri depuis longtemps.

Elle agita les orteils sous la couverture, un drap luxueux qui lui donnait l'impression d'une caresse, et se dit qu'elle n'aurait aucun mal à passer d'autres nuits dans des suites d'hôtels cinq étoiles.

— Parle-moi de ton travail, dit-elle.

Elle avait assez parlé du sien. Bien sûr, elle adorait ce qu'elle faisait, mais il était temps de s'intéresser à Félix. Elle s'efforça de visualiser ses journées, l'endroit où il travaillait et ce qu'il faisait.

— J'aimerais que tu me parles de cette recette à la noisette que tu as mentionnée.

Il sourit spontanément. La manière dont il la regardait lui donnait l'impression d'être la plus belle femme du monde. D'autres hommes pouvaient bien l'abreuver de compliments, il suffisait à Félix de la dévorer des yeux.

— Ma famille a prospéré pendant la guerre, expliqua-t-il avec une pointe de remords. Ce ne fut pas facile, notamment à cause du rationnement, mais nous avons acquis une certaine renommée, d'abord dans le Piémont, puis au-delà. Il était alors pratiquement impossible de se procurer du chocolat. Les taxes élevées sur les fèves de cacao nous empêchaient de confectionner nos viennoiseries au chocolat et mon père s'inquiétait de devoir mettre la clé sous la porte.

— C'est pour ça qu'il a imaginé autre chose ?

Félix se racla la gorge et baissa les yeux avant de les lever à nouveau vers ceux d'Estée.

— C'est *toi* qui as imaginé autre chose, n'est-ce pas ?

Il hocha légèrement la tête en souriant modestement.

— Nous travaillions ensemble, mais mon père se décourageait tant il était difficile de garder la tête hors de l'eau, sans parler de tout ce qui se passait autour de nous.

— Quelle solution as-tu trouvée ? insista Estée tout en faisant danser ses doigts sur les siens par-dessus les draps.

— Les noisettes ne manquaient pas. Dans notre région, on en cultivait déjà énormément, alors j'ai eu l'idée de faire une pâte avec des noisettes moulues et seulement vingt pour cent de chocolat. Cela suffisait à fournir un produit savoureux tout en économisant notre stock de chocolat, et nous avons pu continuer à faire tourner le commerce.

— Vos clients ont aimé ?

Il répondit en souriant :

— Ils ont adoré ! J'ai commencé à créer des substituts aux barres de chocolat, puis j'ai eu l'idée d'un chausson fourré avec la pâte. À la fin de la guerre, nous étions prêts à nous agrandir quand la plupart des entreprises étaient à peine capables de rester à flot. Pour nous, tout a changé.

Allongée sur le dos, Estée l'imagina en train de goûter ses expérimentations jusqu'à ce qu'il obtienne le mélange parfait. Elle regretta de ne pas avoir été à ses côtés à cette époque, pour voir la lueur d'enthousiasme jaillir dans ses yeux lorsqu'il avait réalisé à quel point son idée était brillante.

— J'ai eu la chance, en rentrant chez moi après la guerre, de retrouver ma vie et un travail, continua-t-il à voix plus basse. Cependant, tout en sachant à quel point j'étais chanceux, je n'étais pas heureux. C'était comme s'il me manquait quelque chose.

Il n'avait pas besoin d'en dire davantage, parce qu'elle ressentait la même chose. Elle avait le métier de ses rêves, dansait dans l'un des plus beaux et des plus prestigieux opéras de toute l'Europe, mais ce n'était que lorsque Félix était réapparu dans sa vie qu'elle avait compris ce qui lui avait si cruellement manqué pendant tout ce temps. *La pièce manquante à mon bonheur.*

— Parle-moi encore de cette préparation aux noisettes, dit-elle pour éviter que leur conversation ne revienne encore sur ce qui aurait pu se passer entre eux si les choses avaient été différentes.

Il se redressa et s'assit au bord du lit pour fouiller dans son sac. Il en sortit un emballage qu'il déchira sous les yeux intrigués d'Estée.

— Tu n'as qu'à la goûter et me dire ce que tu en penses.

Estée savait qu'elle aurait dû refuser ; après la portion de spaghettis, sans parler de la coupe de champagne, elle était sur le point d'exploser et elle devait faire attention à sa ligne. Mais cela semblait lui tenir à cœur. Elle approcha la pâte de ses lèvres et en mordilla le bord. Les saveurs dansèrent sur sa langue, provoquant en elle un frisson de nostalgie. Cela faisait si longtemps qu'elle ne s'était pas autorisé de sucrerie, et cela la projeta dans sa chambre d'adolescente, lorsque Félix lui apportait des douceurs en secret.

— C'est délicieux ! s'écria-t-elle en en reprenant une bouchée, incapable de résister. Félix, c'est absolument divin !

Il esquissa un sourire teinté de soulagement et reprit sa place à côté d'elle, allongé sur le flanc, appuyé sur le coude.

— J'aimerais inventer d'autres recettes, reprit-il. Pour être franc, c'est ce que je préfère, mais mon père s'intéresse de nouveau à l'entreprise et il pense que mon frère est le cerveau de la famille.

— Il t'a écarté ? demanda Estée, écarquillant les yeux en voyant la tristesse dans son regard.

— Je dirais plutôt qu'il m'a assigné à une nouvelle tâche, mais le cœur n'y est pas.

Il n'avait pas besoin d'ajouter quoi que ce soit. Elle savait exactement ce qu'il essayait de lui dire : que c'était un aspect supplémentaire de sa vie dans lequel son cœur ne se trouvait pas.

— Que ferais-tu si tu étais maître de tes choix ? Ou si tu pouvais décider de ton implication dans votre activité ? demanda-t-elle en faisant courir ses doigts le long de son bras. Nous pouvons être sincères l'un avec l'autre, n'est-ce pas ?

Elle regarda sa pomme d'Adam monter et descendre tandis qu'il braquait lentement ses yeux sur elle, ses sourcils sombres froncés.

— Je voudrais aller au bout de cette recette, créer ensuite de nouveaux parfums et ouvrir des boulangeries dans tout le pays. J'ai même proposé à mon père de confectionner des préparations que les gens pourraient conserver plus longtemps, quelque chose que l'on stockerait.

— Et ton père n'aime pas tes idées ?

— Je crois qu'il ne veut pas s'écarter des habitudes de la maison. Ou peut-être n'a-t-il pas confiance en mes capacités.

Elle n'avait pas de réponse à lui donner, mais ce n'était pas ce qu'il attendait d'elle.

— Nous ne pouvons pas toujours laisser les autres nous arracher nos rêves, murmura-t-elle. Parfois, dans la vie, nous devons faire nos propres choix, même si ce ne sont pas ceux que nos proches aimeraient nous voir faire.

Ils demeurèrent silencieux pendant un moment et échangèrent un long regard pour se confier toutes les choses qu'il valait mieux taire.

— Serait-ce inconvenant d'avouer que je suis impatient d'être à Côme ? dit-il enfin sur un ton taquin qui chassa la gravité de leur conversation.

Il se pencha vers sa bouche. Estée le laissa l'embrasser, même si un soupir s'échappa de ses lèvres. Elle était à la fois très lasse et pleine d'énergie. Son corps était douloureux en raison de la discipline infernale de ses exercices et du rythme effréné des spectacles, mais il s'animait en même temps sous les caresses de Félix.

Il passa la main dans son dos, se rapprocha d'elle pour s'appuyer contre sa hanche tandis que leurs bouches s'éloignaient pour se retrouver l'instant d'après.

— Tu ne peux pas continuer à m'amener des pâtisseries, prévint-elle lorsqu'il posa doucement son front contre le sien, leurs souffles saccadés. Ma couturière sera furieuse si elle doit élargir mes tenues.

Cela fit rire Félix qui prit son visage en coupe.

— Je t'aime, Estée, murmura-t-il. Je t'aime depuis toujours. J'espère que tu le sais.

Des larmes vinrent voiler ses yeux mais elle les refoula avec acharnement. Elle voulait profiter du moment au lieu de se demander combien de fois ils pourraient encore se voir.

Je t'aime aussi.

Elle avait les mots au bord des lèvres, mais elle était incapable de les prononcer, même s'ils tournoyaient dans sa tête. Cela n'eut pas l'air d'inquiéter Félix. Sa bouche revint sur la sienne, dans un baiser plus langoureux cette fois, comme s'il venait de se souvenir qu'ils avaient toute la nuit devant eux et non pas un instant volé au bord de la rivière.

*

— Bonjour, ma toute belle.

Encore blottie sous les couvertures, la tête légère posée sur l'oreiller, Estée ouvrit lentement les yeux. Elle se retourna pour faire face à Félix, allongé sur le grand lit de l'hôtel, toujours au-dessus du couvre-lit, et dont les vêtements étaient beaucoup plus froissés que la veille.

Je n'aurais jamais cru avoir la chance de me réveiller près de toi.

— Quelle heure est-il ? demanda-t-elle en bâillant et en s'enfonçant davantage sous les couvertures.

Ils avaient bavardé jusqu'à plus de deux heures du matin et elle n'aurait pas refusé quelques heures de sommeil de plus.

— Presque neuf heures, dit-il en plissant les yeux vers sa montre.

— Neuf heures ! souffla-t-elle.

Cette fois, elle rabattit les couvertures sans se soucier de sa nudité et fila vers la salle de bains.

— Je dois m'en aller ! Je suis déjà en retard !

Avant de refermer la porte, elle entendit un froissement dans son dos. En se dirigeant vers les toilettes, elle aperçut brièvement le reflet de ses cheveux en bataille dans le miroir. Elle se lava les mains, s'éclaboussa le visage et leva les yeux vers son reflet. Son allure ne lui disait rien qui vaille, mais elle n'avait pas assez de temps pour se maquiller avant la répétition. Elle n'avait jamais été une seule fois en retard et ce n'était pas maintenant qu'elle allait commencer.

Lorsqu'elle retourna dans la chambre chercher des vêtements de rechange dans son sac, elle entendit un gloussement paresseux qui lui fit lever les yeux.

— Tu es si belle quand tu es troublée, dit Félix.

— Non, je suis grognon quand je suis troublée, répliqua-t-elle en le voyant sourire. Elle sortit ses vêtements et lança :

— Tourne-toi.

Il obéit sans discuter et se tourna vers le mur, la laissant admirer son dos nu pendant qu'elle se changeait rapidement. Elle fourra sans ménagement ses vêtements de la veille dans le sac et le referma d'un coup sec avant de se précipiter vers Félix.

Il roula sur lui-même et elle se jucha au bord du lit, une main sur la poignée de son sac, l'autre sur son bras.

— J'aurais aimé que nous ayons plus de temps, murmura-t-elle en se penchant pour déposer un baiser sur sa joue.

Il se tourna vers elle et, d'une main, la rapprocha de lui, cette fois pour s'emparer de ses lèvres. Son baiser était chaud et lent, malgré la hâte d'Estée.

— Je te ferai parvenir un message, chuchota-t-il, mais je suis déjà à Côme en pensée !

— Moi aussi, souffla-t-elle contre ses lèvres.

Après lui avoir accordé un dernier baiser, elle se leva, mais Félix la rattrapa par la main et posa ses lèvres sur son poignet.

— Puis-je t'accompagner jusqu'au théâtre ?

Elle secoua la tête en lui lançant un grand sourire.

— Certainement pas !

Elle se tourna pour ne plus l'avoir dans son champ de vision, sachant à quel point il lui serait facile d'oublier toutes ses bonnes résolutions. Et pour quoi ? Qu'obtiendrait-elle de plus ?

Une carrière en miettes et tout ça pour rien. Parce que Félix avait beau croire qu'il pouvait faire changer ses parents d'avis, Estée avait les pieds sur terre. Ce n'était pas elle qu'il épouserait et ils n'avaient pas le moindre avenir ensemble, à moins qu'elle ne soit prête à devenir sa maîtresse dans une ville où il ne se rendait que lorsqu'il s'ennuyait ou qu'il avait des affaires à traiter, pour ensuite l'oublier quand il serait avec sa femme et sa famille.

Elle sortit de l'hôtel majestueux et jeta un regard en arrière au moment où elle mettait le pied sur la chaussée pavée. *Éloigne-toi d'ici !* Estée se força à avancer, mais chaque fois qu'elle fermait les yeux, même pour une seconde, elle voyait Félix, les vêtements aussi froissés que les draps, les cheveux ébouriffés, avec ses magnifiques yeux couleur de chocolat fondu qui la suivaient partout du regard.

Moi aussi, je t'aime.

Si seulement elle avait été assez courageuse pour le lui dire au moment voulu. Mais cela aurait été la première fois de sa vie qu'elle prononçait ces mots. Sa mère ne lui avait jamais dit qu'elle l'aimait, et elle n'avait donc jamais eu à répondre de même, et son père ne lui parlait que rarement, sauf pour la sermonner ou pour lui adresser un « bonjour » ou un « bonne nuit » convenus.

La masse imposante du théâtre surgit devant elle et elle carra les épaules, releva le menton et reprit son masque de ballerine.

Il était temps de se remettre à danser, et rien n'allait la distraire de son but, pas même Félix.

21

De nos jours

— Cet endroit est magnifique ! s'écria Lily en tournoyant sur elle-même au beau milieu de la pièce pour embrasser toute la chambre du regard.

Antonio avait vu juste : c'était un mélange parfait d'ancien et de moderne, comme deux mondes en fusion.

Elle se laissa tomber sur le gigantesque lit en repoussant ses chaussures et sa tête s'enfonça dans l'oreiller en plume. Antonio retira d'un geste vif sa chemise et Lily écarquilla les yeux. À sa grande déception, il fourragea dans son sac pour en sortir une chemise propre et légère qu'il enfila aussitôt. Il était terriblement beau, et sa peau paraissait encore plus dorée contre l'étoffe blanche.

— Nous devons partir dans une quinzaine de minutes si nous voulons arriver à l'heure, dit-il en boutonnant sa chemise.

Lily grommela intérieurement en se demandant ce qu'elle allait mettre. Une robe ? Un jean ? Elle n'avait pas la moindre idée de ce qui serait convenable et elle en était d'autant plus nerveuse.

— Ta jolie robe bleue, dit-il. Celle que tu portais à la fête des vendanges.

Elle se releva sur les coudes.

— Tu lis dans les esprits maintenant ?!

— On dirait bien !

Il s'assit à côté d'elle et lui prit la main.

— Tu es stressée ?

— Je mentirais si je te disais que je ne le suis pas.

— Ne t'en fais pas.

Il porta la main de la jeune femme à ses lèvres et murmura contre sa peau :

— Mets cette robe, tu es si belle dedans. J'ai un bon pressentiment pour ce soir.

— Vraiment ?

Elle soupira tandis qu'il l'embrassait doucement, dans un baiser léger et continu qui lui fit oublier toute nervosité.

— Absolument, insista-t-il en lui caressant la joue. Allons-y maintenant. Nous ne voulons pas être en retard, si ?

Elle laissa échapper un nouveau soupir avant de rouler sur le côté pour se lever.

— Dix minutes ?

— Dix minutes, pas une de plus.

Lily récupéra la robe, ravie de l'avoir emportée en Italie, et suivit les conseils d'Antonio. Elle disparut dans la salle de bains avec sa trousse de maquillage. Sous ses pieds nus, le carrelage était frais. Elle se planta devant le lavabo et s'examina un moment dans la glace avant d'enfiler la robe. Antonio avait raison, elle lui allait parfaitement. Lily se sentait belle dans cette robe, d'autant qu'Antonio lui avait dit qu'il aimait cette tenue. Cela lui faisait une raison de moins de se ronger les sangs.

Elle appliqua un léger fond de teint sur son visage et un soupçon de blush fluide qui lui donna un peu d'éclat pour terminer par quelques coups de mascara. Elle fit bouffer ses cheveux et décida qu'elle les laisserait flotter sur ses épaules. Elle ajouta une dernière touche de rouge pour éclairer ses lèvres. Elle n'avait pas manqué de remarquer que c'était la première fois de sa vie qu'elle laissait un homme lui dire quoi porter, à l'exception du jour où, alors qu'elle était encore le garçon manqué de ses dix ou onze ans, elle avait accepté de mettre une robe pour son père. Elle se rappela en souriant qu'il lui avait promis la lune si elle acceptait de porter la robe que sa mère lui avait achetée. Personne d'autre n'aurait pu la convaincre, mais son père avait reçu un prix prestigieux pour son travail et il lui avait suffi de voir son visage illuminé par l'espoir et l'enthousiasme pour qu'elle cède. Juste pour cette fois, elle porterait cette robe à volants que sa mère avait choisie, pour faire plaisir à son père.

Elle baissa les yeux sur la jolie robe vaporeuse qu'elle venait d'enfiler. *Je n'arrive pas à croire que j'aie tant changé !*

Quelqu'un frappa sur la porte et elle s'empressa de vaporiser un nuage de parfum dans ses cheveux et sur ses poignets avant d'offrir un dernier sourire à son reflet dans le miroir.

— Tu es prête ? appela Antonio.

— Plus que jamais.

Lorsqu'elle émergea de la salle de bains, il émit un sifflement sourd et elle tourna sur elle-même.

— *Bellissima*, murmura-t-il en lui tendant la main pour l'approcher de lui.

Mais elle le repoussa aussitôt.

— Gâche ce rouge à lèvres et tu es mort, rit-elle en s'éloignant pour prendre son sac. Allons-y.

Antonio fit mine de rugir de déception mais elle l'entraîna derrière elle. Pour la première fois depuis son arrivée en Italie, elle avait le sentiment d'être sur le point de découvrir la vérité à propos du passé de sa grand-mère, et même le plus beau des hommes ne la retarderait pas.

*

— Sommes-nous vraiment au bon endroit ?

Elle tendit le morceau de papier à Antonio pendant qu'il conduisait lentement pour remonter l'allée.

— Absolument, c'est la bonne adresse. Nous y voilà.

— Je ne m'attendais pas à ce que ça soit si imposant. Crois-tu que Sienna sera là, elle aussi ?

— Je n'en sais rien. Peut-être. Ou peut-être ne verrons-nous que son oncle.

La propriété était impressionnante. Lily croyait qu'ils se rendaient dans une petite maison de ville, mais il semblait que le domaine s'étendait sur plusieurs hectares, dont bon nombre étaient couverts d'arbres.

— C'est magnifique.

Elle se pencha en avant pour examiner la maison qui venait d'apparaître, une bâtisse de deux niveaux, recouverte de vigne vierge grimpant sur toute la façade jusqu'à l'étage. Mais elle n'eut pas le temps d'en voir davantage car au moment où Antonio stoppa le moteur, la lourde porte d'entrée s'ouvrit à la volée.

Lily inspira profondément et lança un sourire à Antonio.

— Rappelle-toi, dit-il, que quoi qu'il arrive, tu te rapproches du but. Et je te promets que si tu es celle qu'ils cherchent, ils t'adoreront. Tu n'as aucun souci à te faire.

— Merci, chuchota-t-elle.

Elle sortit bravement de la voiture et s'avança vers l'homme qui venait de sortir de la maison. Il était plus âgé qu'elle ne s'y attendait, avec des cheveux presque entièrement gris et les yeux cachés par des lunettes noires. Elle ne vit aucun signe de Sienna et son estomac se noua. Elle se demanda une énième fois si elle avait fait le bon choix en venant à Alba.

— Signore, je suis Lily, commença-t-elle. J'ai rencontré Sienna, votre nièce, plus tôt dans la journée. J'espère qu'elle vous a prévenu de mon arrivée.

Elle fut soudain effrayée à l'idée qu'ils s'étaient trompés d'adresse ou que cet homme n'avait pas la moindre idée de qui elle était ni de la raison qui l'amenait chez lui, mais ce sentiment disparut dès qu'il s'avança pour l'embrasser sur les deux joues en signe de bienvenue.

— Je m'appelle Matthew, dit-il après avoir serré la main d'Antonio. Je suis ravi de faire votre connaissance. Entrez, je vous en prie.

Lily jeta un regard à Antonio qui lui répondit par un sourire en lui faisant signe de marcher devant. Ils passèrent par un charmant vestibule avant d'être introduits dans une immense cuisine. Elle était aussi grande que la cuisine des Martinelli, quoique plus moderne. Elle aussi était empreinte de cette atmosphère accueillante propre aux cuisines italiennes, avec l'arôme des tomates et de l'ail en train de rissoler.

— Lily, Antonio, je vous présente mon épouse Rafaella, dit Matthew en anglais tandis qu'une belle femme se tournait vers eux, un tablier noué autour de la taille recouvrant sa jolie robe rouge.

La femme s'essuya les mains et un sourire contagieux éclaira son visage tandis qu'elle leur accordait toute son attention.

— Je suis ravie de vous accueillir chez nous, dit-elle dans un anglais plus approximatif que celui de son mari, mais tout aussi impressionnant.

Lily fut soulagée de pouvoir communiquer ainsi avec eux.

— Mon mari a dû s'armer de patience tout l'après-midi. Je ne l'avais pas vu aussi agité depuis longtemps.

Lily releva les sourcils de surprise.

— Agité ? À l'idée de me rencontrer ?

Les paroles de Rafaella avaient décuplé sa curiosité et son pouls s'accéléra.

Matthew sourit sans cependant trahir quoi que ce soit. Il s'approcha du comptoir et s'empara d'une bouteille de vin rouge qu'il leva en proposant :

— Un verre de pinot ?

— Oui, avec grand plaisir, opina Lily.

Il versa un peu de vin dans quatre grands verres et leur en tendit deux avant de les inviter à s'asseoir autour de la table. Ils dégustèrent le vin dans un silence étrangement confortable, puis Matthew prit la parole.

— Lily, on m'a dit que vous possédiez un document qui pourrait appartenir à ma famille.

Voulez-vous bien me le montrer pour que je puisse m'en assurer ?

— Bien entendu.

Elle posa son verre de vin et sortit la recette de son sac.

— Sienna m'a demandé de ne le montrer à personne, et je veux vous assurer que ce papier est resté caché pendant de nombreuses années. Plusieurs dizaines d'années, en l'occurrence. À Londres. Je ne l'ai montré qu'à quelques personnes de confiance, et certainement à personne qui pourrait en tirer parti.

Matthew prit la feuille et la lut tranquillement pendant que sa femme s'excusait pour retourner s'occuper de ce qui mijotait sur le feu et dégageait des arômes divins. Lily remarqua que la main de Matthew commençait à trembler, mais il ne leva pas les yeux, comme s'il parcourait la recette en boucle.

— Est-ce que cela vous rappelle quelque chose ? demanda Lily qui brûlait d'impatience. Avez-vous un lien avec cette recette ? Avec moi ?

Lorsque Matthew releva la tête, ses yeux débordaient de larmes. Il laissa tomber le feuillet sur la table et prit ses deux mains dans les siennes. Elle ne résista pas, consciente de l'effet que le document avait sur lui. Un indicible chagrin mêlé de joie faisait briller ses yeux. Elle ne savait pas quel âge lui donner, mais elle devina qu'il devait avoir dans les soixante ans ; il paraissait beaucoup plus âgé que sa femme.

— Ceci vous a été légué par votre grand-mère ? finit-il par demander. Comment cette recette est-elle arrivée en votre possession ?

— Oui, nous pensons que la mère biologique de ma grand-mère lui a laissé cette recette après son adoption, au cas où elle chercherait à savoir d'où elle venait. En réalité, j'ai récupéré ce document il y a très peu de temps. Il était accompagné d'un volet du programme de la Scala. D'après ce que nous avons compris, il s'agirait d'un spectacle de 1946. J'ignore quel est le lien entre ma grand-mère et ces documents, continua Lily en se raclant la gorge, et même s'il y a effectivement un lien. Tout ce que je sais, c'est qu'on a essayé de les lui transmettre, et je veux savoir pourquoi.

Une larme coula sur la joue de Matthew, mais il ne lâcha pas ses mains pour l'essuyer. Au contraire, il garda ses yeux braqués sur elle.

— Pourrais-je voir ce programme ?

Lily hocha la tête et lâcha lentement la main de l'homme pour sortir le document du coffret et le déplier, avant de le lui passer. Elle laissa le coffret sur la table, pour qu'il comprenne que les deux indices avaient été dissimulés *ensemble* pendant tout ce temps.

— Comme je vous l'ai dit, j'ignore pourquoi on m'a légué ces documents ou, pour être exacte, pourquoi on les a légués à ma grand-mère. Mais vous pourrez peut-être m'en dire plus. Si vous savez qui était mon arrière-grand-mère…

— Lily, votre grand-mère a-t-elle été adoptée en 1947 ?

Elle déglutit tandis qu'il reprenait ses mains et elle comprit alors qu'elle n'avait pas bien interprété la lueur dans ses yeux. Ce n'était ni de la tristesse ni de la joie, c'était de l'espoir.

— Oui, souffla-t-elle. Les documents de l'adoption datent de 1947.

— *Santa Maria*, murmura-t-il.

Au même moment, sa femme fit tomber quelque chose dans la cuisine dans un vacarme qui le fit se lever.

— Je vous en prie, si vous pouviez m'expliquer ce dont il est question ! Si vous savez quelque chose qui pourrait m'aider…

Savait-il qui elle était ? Qui était sa grand-mère ? Détenait-il les pièces manquantes du puzzle qu'elle tentait de rassembler ?

Les yeux remplis de larmes, il la regarda comme s'il avait vu un fantôme, et Lily se mit à trembler de tout son corps.

— Vous savez ce qui relie ces deux documents, n'est-ce pas ? insista Lily en se demandant pourquoi il s'était levé aussi brusquement. Vous savez qui était ma grand-mère ?

Elle se tourna vers Antonio, mais ses lèvres pincées lui indiquèrent qu'il était aussi perdu qu'elle.

Matthew s'éloigna pour revenir quelques secondes plus tard avec deux cadres qu'il posa soigneusement sur la table devant Lily.

Ce n'est pas possible !

La femme était le portrait craché de sa grand-mère : son abondante chevelure noire, ses lèvres pleines, teintées de rouge, et son sourire… Tout y était ! Si ce n'était que cette femme avait dans les yeux une tristesse que Lily n'avait jamais vue dans ceux de sa grand-mère, comme si son sourire cachait quelque chose. Sur la seconde photo, la même femme avait les cheveux ramassés en un chignon strict et elle regardait l'appareil depuis une scène de théâtre.

C'était une ballerine.

Le corps de ballet de la Scala. Voilà le lien ! La mère de cet homme était une danseuse de la Scala !

— Lily, je crois que votre grand-mère était le premier enfant de ma mère, dit-il. Née hors mariage en 1947.

— C'est bien elle ! s'exclama Lily. Mais je ne comprends pas tout.

Elle prit le premier cadre pour mieux l'examiner avant de lever les yeux vers Matthew.

— C'est le portrait craché de ma grand-mère. La ressemblance est stupéfiante. Et vous dites que c'est sa mère ? continua-t-elle avec une émotion palpable. La mère de ma grand-mère ?

— Oui, c'est ce que je pense, répondit simplement Matthew.

— Et la recette ? intervint Antonio.

— Elle appartenait à mon père, et ma mère… eh bien, elle était la seule à en posséder une copie, celle qu'il lui avait confiée. Dès que Sienna m'en a parlé, j'ai compris. Il ne l'aurait donnée à personne d'autre qu'à la femme qu'il aimait, sans doute pour être sûr que la recette ne se perdrait jamais. Je crois qu'il avait peur de se faire tuer, et il tenait à s'assurer que personne d'autre qu'elle ne connaîtrait son secret.

D'une main tremblante, Lily reposa la photo sur la table. Rafaella s'approcha d'elle et posa une main réconfortante sur son épaule, comme la caresse d'une mère qui comprenait ce qu'une femme plus jeune qu'elle était en train de traverser.

Matthew prit place sur la chaise à côté d'elle.

— Votre grand-mère était ma sœur, Lily. Je suis son plus jeune frère, dit-il en embrassant Lily sur chaque joue. Ce qui fait de vous – de toi, ma belle – ma petite-nièce.

22

Italie, 1946

Cela faisait quatre semaines qu'Estée n'avait pas vu Félix, et elle s'attendait presque à ce qu'il lui pose un lapin. Ce n'était pas tant qu'elle ne se fiait pas à ses intentions, mais plutôt qu'elle savait à quel point il serait difficile d'organiser ce séjour. La perspective de faire la connaissance des parents de Félix lui donnait l'impression d'être physiquement malade, et imaginer l'instant où ils poseraient les yeux sur elle la terrifiait davantage que lors de son premier spectacle à la Scala. Mais elle ne pouvait pas décevoir Félix, elle en mourrait de honte.

Et voilà qu'elle était en train de se balancer d'un pied sur l'autre devant son immeuble en se demandant pourquoi elle lui avait donné rendez-vous à l'extérieur, sans pour autant se décider à remonter jusqu'à son appartement. Les jours s'étaient radoucis et, alors que le soleil montait dans le ciel bleu, des gouttes de sueur roulaient sur sa nuque et mouillaient sa peau. Ou bien c'était son anxiété qui la faisait réagir ainsi, et elle blâmait la météo qui n'y était pour rien.

Un coup de klaxon la surprit et la fit lâcher son sac. Elle resta bouche bée devant la voiture de Félix : le cabriolet étincelant, rouge lie-de-vin, paraissait flambant neuf. Félix ouvrit la portière et sortit avec un sourire qui devait être aussi grand que le sien. Il était vêtu d'une chemise aux manches roulées jusqu'aux coudes, le col un peu trop déboutonné comme pour exhiber son torse, ce qui lui donna envie de s'attaquer aux autres boutons.

— Quand tu disais que les affaires marchaient bien…, murmura-t-elle.

Son haussement d'épaules ne la trompa pas : elle savait que le cabriolet était hors de prix pour tous, sauf pour les plus riches familles de Milan, et elle en déduisit que ses « petites expériences » avec les noisettes remportaient plus de succès qu'il ne l'avait admis.

— Prête pour le voyage ?

Elle hocha la tête, oubliant la voiture lorsqu'il se pencha pour prendre son sac et le charger dans la malle du véhicule. Elle s'avança d'un pas hésitant.

— Tu me sembles un peu nerveuse, non ?

Elle émit un rire qui ne lui ressemblait pas.

— C'est parce que je suis effectivement nerveuse.

Son sourire la prit au dépourvu. Il passa ses bras autour de sa taille et baissa les yeux vers elle.

— Tu es si belle que tu retiendrais l'attention de n'importe quel homme, et tu es l'une des danseuses de ballet les plus célèbres de toute l'Italie. Le monde est à tes pieds, Estée, murmura-t-il. Si mes parents ne t'aiment pas, ce sont eux qui ont quelque chose qui cloche, pas toi.

Ses paroles eurent du mal à la convaincre. Elle en appréciait l'intention, mais elle ne parvenait pas à croire ce que Félix disait. Elle n'était pas prête. Sans parler du fait que si leur plan fonctionnait, elle ruinerait la vie d'une autre femme. La fiancée de Félix ne méritait certainement pas de se retrouver au beau milieu d'une histoire qui ne les concernait qu'eux deux.

— J'aimerais que seul ton amour suffise, chuchota-t-elle en réponse.

Il l'embrassa sur le front puis lui ouvrit la portière. D'habitude, elle se montrait très discrète sur sa vie intime, mais elle n'avait cette fois pas cherché à cacher qu'elle partait avec un homme. Elle imaginait déjà les rumeurs que les vieilles dames du voisinage postées à leur fenêtre allaient propager. Mais elle n'en avait cure, pas aujourd'hui.

Elle s'installa sur le siège et laissa ses doigts courir sur le cuir crème immaculé de l'habitacle. C'était sans conteste la plus belle berline à moteur dans laquelle elle avait eu le privilège de monter.

Cependant, son intérêt se détacha bientôt de la voiture. Dès que Félix s'installa derrière le volant, démarra et s'engagea dans la rue encore déserte, il occupa à nouveau toutes ses pensées. Comme il posait une main sur la sienne, le contact de ses doigts suffit à la calmer.

Il lui adressa un clin d'œil qui la fit rire et elle se rapprocha de lui sans lui lâcher la main. Elle continua à regarder la route devant elle, regrettant que le trajet ne dure qu'une heure.

*

Lorsqu'ils arrivèrent au lac de Côme, l'estomac d'Estée se noua à nouveau et elle détourna le regard sur le côté. La capote baissée de la voiture laissait passer une petite brise qui l'apaisa un peu. Elle aurait cependant dû nouer un foulard sur ses cheveux car, en se regardant dans le miroir de courtoisie, elle constata que son chignon n'était plus aussi net et que les courants d'air faisaient virevolter les mèches autour de sa tête.

— Est-ce que tes parents sont déjà sur place ? demanda-t-elle lorsqu'ils s'engagèrent sur une route qui les éloignait du lac.

— C'est ma petite surprise, expliqua Félix en lui jetant un coup d'œil. Ils n'arriveront pas avant demain.

— Demain ?

Son soulagement fut presque trop visible.

Il eut un grand sourire, mais cette fois sans quitter la chaussée des yeux.

— Nous avons le reste de la journée et toute la nuit, rien que pour nous deux.

Estée s'appuya contre la portière de son côté et sourit intérieurement tout en assimilant la nouvelle : seule avec Félix !

— Nous devrons être prudents, avertit-elle. Je ne veux pas que le personnel de l'hôtel dise à ta mère que nous ne nous sommes pas conduits de manière convenable. Je veux qu'elle pense que je suis une jeune femme respectable.

Félix arrêta la voiture et se tourna vers elle. Il fronçait les sourcils mais il avait du mal à cacher son grand sourire.

— Es-tu en train de me dire que tu n'es *pas* une jeune femme respectable ?

— Est-ce qu'une femme respectable aurait passé une nuit entière seule avec toi dans une chambre d'hôtel le mois dernier ?

Il se pencha et lui effleura les lèvres d'un baiser qui la prit au dépourvu. Elle l'embrassa en retour mais le repoussa rapidement lorsqu'elle s'aperçut qu'on risquait de les voir.

— Qu'est-ce que je viens de dire à propos de respectabilité ? l'interrogea-t-elle en gardant la main entre eux juste au cas où il tenterait à nouveau de l'embrasser.

Félix poussa un soupir.

— J'aurais peut-être dû prendre une réservation dans un autre hôtel pour la première nuit.

Estée se retourna alors pour regarder où ils étaient et découvrit le magnifique bâtiment. La façade à elle seule laissait entrevoir que ce séjour allait être unique.

— Bienvenue à la Villa d'Este, annonça Félix en ouvrant sa porte et en faisant le tour de la voiture. Je pense que tu vas adorer cet endroit.

Elle n'en douta pas une minute. Elle en était encore à admirer les alentours lorsqu'un homme en uniforme les accueillit et leur proposa de garer l'automobile. Il ajouta qu'il s'occuperait des bagages et Estée prit le bras que Félix lui tendait, le suivant en haut des marches du perron et dans l'entrée de l'hôtel le plus élégant qu'elle n'ait jamais vu. Des lustres ornementés étaient suspendus aux plafonds ridiculement hauts et un escalier monumental menait vers les étages depuis le fond du hall somptueux.

Estée s'assit sur un siège de velours et admira les lieux dans les moindres détails. Lorsque Félix revint de la réception, elle se leva et il posa naturellement la main sur le bas de son dos pour la guider vers l'escalier.

— Nous avons des chambres séparées, murmura-t-il, mais contiguës. Et je me suis assuré que mes parents seront logés à un autre étage.

Elle secoua la tête pour marquer son étonnement.

— Tu as vraiment pensé à tout, n'est-ce pas ?

— Installons-nous dans nos chambres et nous irons ensuite faire une promenade en bateau sur le lac avant le déjeuner. Je veux que cette journée soit inoubliable, Estée.

Elle ne lui précisa pas que, même sans ces extravagances, il lui était impossible d'oublier une journée passée avec lui. Pendant un moment, elle songea qu'elle avait peut-être eu tort de se montrer aussi défaitiste. Pourquoi les parents de Félix ne l'aimeraient-ils pas ? Elle venait d'une famille respectable, certes peu fortunée, mais ses talents de ballerine suscitaient l'admiration de nombreuses personnes dans toute l'Italie et au-delà. Elle avait travaillé dur toute sa vie pour assurer sa subsistance et celle de sa famille, et elle n'était impliquée dans aucun scandale qui aurait pu entacher sa réputation.

— Es-tu heureuse ? demanda Félix en fronçant les sourcils.

— Bien sûr, répondit-elle en souriant. Comment pourrais-je ne pas l'être ?

Elle vit arriver leurs bagages et Félix s'éloigna un instant pour parler au réceptionniste. Lorsqu'il se pencha pour retirer un petit objet de la poche de sa veste et le glisser dans son sac en toute discrétion, elle eut le souffle coupé. Elle en était certaine, elle venait de le voir dissimuler un écrin en velours. Son cœur se mit à cogner dans sa poitrine.

Ce séjour n'est pas seulement l'occasion de faire la connaissance de ses parents. Il va me demander en mariage !

Elle s'efforça de prendre un air nonchalant tandis qu'il revenait vers elle, et elle réussit probablement à le berner puisqu'il ne lui posa aucune question pendant qu'ils montaient dans leurs chambres. Elle pénétra dans la sienne, laissant la porte entrouverte pour le bagagiste, et se dirigea vers la fenêtre afin d'admirer les arbres et les rangées de vignes à l'horizon.

Il veut que je devienne sa femme.

Elle lui avait bien précisé qu'il n'était pas question qu'elle soit sa maîtresse, mais jamais elle n'aurait pu imaginer qu'il lui demande de devenir sa femme ! Avait-il déjà rompu ses fiançailles ? Était-il seulement libre de lui demander sa main s'il était encore promis à une autre ?

À cet instant, elle regretta de ne pas avoir de mère vers laquelle elle aurait pu se tourner pour demander conseil. Quoique si sa mère avait été en vie, elle n'aurait jamais abordé ce genre de sujet avec elle.

Il y eut un léger coup à la porte et Estée se retourna en s'attendant à voir Félix, mais ce n'était que le bagagiste. Elle lui donna un pourboire et referma rapidement la porte pour défaire son sac.

Elle baissa les yeux sur la robe qu'elle portait et la trouva trop terne pour une balade au bord du lac, sans parler de ses cheveux qui méritaient un bon coup de brosse. Écartant de son esprit ce qui pourrait advenir ou non dans la journée, elle suspendit ses vêtements dans la penderie et sélectionna sa robe bain de soleil préférée, ajouta une touche de rose assorti sur ses lèvres et brossa ses longs cheveux pour les laisser flotter sur ses épaules comme l'aimait Félix.

En dépit de ses efforts, elle ne pouvait s'empêcher de regarder le grand lit moelleux et ses oreillers rembourrés en se demandant si elle allait y passer la nuit seule ou si Félix risquait de se joindre à elle.

23

Rien ne lui avait jamais paru aussi délicieux que cette glace partagée avec Félix. Les saveurs du chocolat éclatèrent comme des milliers de bulles dans sa bouche. Côte à côte, sous le soleil qui réchauffait leurs épaules, ils marchaient lentement sur l'allée qui les ramenait vers le restaurant où ils avaient déjeuné. Ils y avaient bu du vin et dégusté d'excellents spaghettis aux fruits de mer tout en bavardant et en riant. Ils avaient tellement de temps à rattraper, tant de nouvelles à partager, comme s'ils avaient tout gardé pour eux jusqu'alors, croyant que leur couple n'avait aucun avenir. Mais dans la flamme qui s'était allumée dans les yeux de Félix, dans sa manière de lui parler, Estée décelait un optimisme qui n'avait jamais été aussi franc, ni aussi contagieux.

La bague.

Elle y pensait en permanence, se demandant où elle était, s'il l'avait sur lui ou si elle était encore dans sa chambre. Alors, sa nervosité reprenait le dessus et elle se rongeait les sangs à se demander comment la vie pouvait tourner en leur faveur.

Une chose aussi simple que son absence de foi, risquait d'empêcher les parents de Félix de lui donner leur bénédiction... Même si c'était sans doute important pour eux, cela ne lui paraissait pourtant pas aussi grave que de leur demander de rompre un engagement qu'ils avaient conclu lorsque Félix était enfant.

— Je sens que tu penses à demain, j'ai tort ? lui demanda Félix en lui donnant un léger coup d'épaule. C'est pour ça que tu es si silencieuse.

Elle lécha sa cuillère et l'observa. Il y avait tant de douceur dans son regard ! Félix avait quelque chose de différent, dans sa manière de la regarder, comme s'il la voyait vraiment. De toute sa vie, seule Sophia lui avait donné cette impression auparavant. Les années qui s'étaient écoulées entre son départ du Piémont et le bombardement de la Scala avaient été comblées par Sophia, sa plus proche et unique amie, la seule confidente qu'elle ait eue après Félix. Mais il semblait qu'elle n'avait le droit qu'à l'un d'eux : l'une devait disparaître pour que l'autre puisse revenir. Que n'aurait-elle fait pour les avoir tous les deux !

— C'est seulement...

Les mots lui manquaient. Félix s'arrêta et lui caressa les cheveux du bout des doigts.

— Tu dois me faire confiance, dit-il d'une voix si douce et rassurante qu'il était presque impossible de ne pas le croire. J'ai longuement réfléchi et j'ai des arguments pour parer à toutes leurs réticences.

La glace d'Estée commençait à fondre. Elle hocha docilement la tête. Elle ne savait que faire d'autre.

— Fais-moi confiance, répéta-t-il avec un clin d'œil.

Il lui prit la main et, d'un baiser, fit disparaître les gouttes de chocolat. Estée rit et retira sa main en regardant autour d'elle comme s'ils étaient épiés par ses parents ou par quelqu'un d'autre qui risquait de rapporter leurs manigances. Mais il n'y avait personne, à part les autres touristes ou les habitants de la ville qui se préoccupaient de leurs propres problèmes et certainement pas de ce qu'elle-même faisait.

Ils se remirent en route, plus lentement qu'avant, comme s'ils voulaient tous deux faire durer la journée le plus longtemps possible. Mais quelques minutes plus tard, ils étaient déjà dans un taxi qui les ramenait à leur hôtel. Face au majestueux édifice qui leur ouvrait ses portes, Félix proposa de continuer leur promenade. Il lui tendit le bras et Estée le prit sans hésiter.

— Je crois que je n'ai jamais marché aussi longtemps de toute ma vie, mais allons-y. Marchons !

Le parc était aussi impressionnant que l'hôtel lui-même, la vaste étendue de pelouse était bien verte, soigneusement taillée, tout comme les haies qui protégeaient la terrasse du restaurant, et, au-delà, des arbres bordaient la vue.

— Un jour, j'aurai une propriété comme celle-ci, dit Félix. Pas aussi grande, mais avec des terres qui s'étendront jusqu'à l'horizon, des terres couvertes de noisetiers. J'aimerais cultiver toutes les noisettes dont j'ai besoin pour fabriquer ma propre pâte sans devoir dépendre d'autres producteurs. Je veux être capable de réaliser toutes les étapes moi-même.

Elle lui jeta un regard. La manière dont il avait dit « ma propre pâte » avait retenu son attention.

— Envisages-tu de quitter l'entreprise familiale ou est-ce juste une façon de parler ?

— Honnêtement, je ne suis pas très sûr, répondit-il, les yeux fixés sur le paysage tandis qu'elle dévisageait son profil. Je suppose que je tiens à être prêt pour toutes les éventualités.

Elle déglutit et se rapprocha pour regarder dans la même direction que lui, pour voir ce qu'il contemplait.

Il se prépare à ce que sa famille lui dise non. Il est déjà en train de planifier le pire.

— Je me sens un peu lasse, dit-elle bien que son esprit n'ait jamais été aussi alerte. Je pense que je vais m'allonger un peu.

Il lui prit la main et ils marchèrent jusqu'à l'hôtel, dans un silence plus lourd qu'auparavant. Lorsqu'ils furent enfin devant sa porte, Estée se tourna vers lui et prit son visage entre les mains pour l'embrasser doucement sur les lèvres.

— Merci pour cette journée, dit-elle. Je ne l'oublierai jamais.

Les mains de Félix se posèrent sur ses épaules, longèrent ses bras et enlacèrent le bout de ses doigts.

— Je te ramènerai ici tous les ans, chuchota-t-il. Ce sera *notre* endroit.

Estée ouvrit la bouche pour parler, s'attendant presque à ce qu'il fasse sa demande là, dans le couloir, mais il posa simplement un baiser sur son front et recula d'un pas.

— Fais de beaux rêves, ma belle, dit-il. Je te dis à demain matin. Nous prendrons un petit déjeuner dans la matinée, inutile de te lever trop tôt.

Estée acquiesça et ouvrit la porte. Avant de la refermer derrière elle, elle adressa un dernier sourire à Félix. Elle s'appuya contre le bois, ferma les yeux et se laissa lentement glisser à terre en lâchant son sac à main à côté d'elle. *Qu'est-ce que je fais là ?* Elle allait finir avec un cœur brisé, les rêves de Félix et les siens broyés dès que sa famille serait mise au courant de leurs projets.

Pourtant, je reste là, à poursuivre des chimères condamnées à ne jamais se réaliser.

Elle se força à se lever et jeta ses chaussures dans un coin de la chambre. Elle prit une profonde inspiration, redressa les épaules et serra le ventre comme pour faire ses exercices. Elle avait de la chance que la pièce soit assez grande, car la seule manière d'oublier le désastre qui s'annonçait pour le lendemain était de danser.

Soudain, elle aurait tout donné pour être à Milan, sur scène, le seul endroit du monde où elle était à sa place.

Le seul endroit du monde où elle était censée être.

*

Le lendemain matin, un petit coup frappé à sa porte réveilla Estée, les yeux encore engourdis par le sommeil. La nuit précédente, elle avait fini par se rouler en boule sur son lit, l'oreiller serré contre elle, en pensant ne jamais réussir à s'endormir. Elle y était finalement parvenue, mais elle regrettait de ne pas avoir pu se reposer davantage. En regardant sa montre, elle s'aperçut qu'il était presque neuf heures et elle se précipita à la porte en priant pour que ce ne soit pas déjà Félix. Mais elle vit un plateau en argent posé sur le sol, et elle ouvrit la porte en grand pour le récupérer. Félix avait dû décider de lui faire monter son petit déjeuner. Elle apporta le plateau dans la chambre, le posa précautionneusement sur le lit et souleva le couvercle. Il y avait un petit pain, de la confiture et des pâtisseries qui paraissaient délicieuses. Estée sourit en imaginant Félix consulter le menu, réfléchissant à ce qu'elle aimerait manger. Elle remarqua alors une enveloppe sous l'assiette. Elle fit glisser son ongle sous le rabat et en tira un feuillet de papier luxueux.

Estée, profite de ton petit déjeuner et retrouve-moi dans le hall à midi pour le déjeuner. Baisers.

Elle reposa le message sur le plateau et, incapable de résister plus longtemps, s'empara de la pâtisserie. D'habitude, elle portait une grande attention à son alimentation, bien déterminée à ne pas prendre un seul gramme, mais la rencontre à venir avec les parents de Félix méritait bien un écart. Elle lorgna le petit pain chaud et poussa un soupir en espérant que la pâtisserie suffirait à la rassasier, autrement elle risquait de ne pas résister à cette tentation.

Après avoir paressé dans un bain qui ne la détendit pas beaucoup, et essayé différentes tenues pour trouver la plus adaptée, Estée fut enfin prête à descendre. Elle avait opté pour une jolie robe lavande qui soulignait sa taille et avait ramené ses cheveux en arrière en laissant quelques mèches encadrer son visage, dans un style très éloigné de ses stricts chignons de danseuse. Elle voulait avoir l'air élégante mais douce. Elle peignit ses lèvres d'un rose chaud, moins agressif que son rouge préféré. Elle lança un dernier regard dans le miroir et adressa un sourire à son reflet. *Je vais y arriver. Ils vont m'adorer.*

Juste au moment où elle prenait son sac pour y glisser son rouge à lèvres et sa poudre, elle entendit un petit coup à la porte. Estée sourit intérieurement en traversant la chambre pour aller ouvrir. Félix était toujours si impatient, et elle était ravie qu'il ait décidé de monter directement la chercher. Ce serait beaucoup plus rassurant de descendre à son bras que seule, d'autant qu'elle était encore très nerveuse.

Elle ouvrit la porte à la volée en souriant.

— Tu n'as pas pu attendre, alors...

— *Estée*, c'est bien ça ?

Elle ravala ses mots. *Ce n'est pas Félix*. Elle fit de son mieux pour garder bonne figure, ce qui, malgré ses années d'expérience, s'annonçait difficile.

— Je pourrais vous demander si je ne me suis pas trompée de chambre, mais ce serait prétendre que je ne sais pas qui vous êtes.

— Madame Barbieri, articula Estée d'une voix à peine plus forte qu'un murmure. Je ne m'attendais pas à vous rencontrer ainsi.

— J'ai pensé que nous pourrions faire connaissance en chemin, répondit la femme d'un ton froid qui fit frissonner Estée.

— Quelle bonne idée, répondit celle-ci en veillant à ne pas bafouiller. Laissez-moi seulement une seconde pour prendre les clés de ma chambre.

Estée fit demi-tour et, comme elle n'entendit pas la porte se refermer automatiquement, elle devina que la mère de Félix avait passé son pied dans l'entrebâillement pour qu'elle reste ouverte. Elle saisit sa clé maladroitement et la fit tomber avant de la récupérer et de la ranger dans son sac. Pour empêcher ses mains de trembler, elle serra les poings et, par un ancien réflexe, planta ses ongles dans la chair de ses paumes.

Lorsqu'elle revint auprès de la mère de Félix, celle-ci souriait, mais son expression était dénuée de chaleur et de bonté. Elle paraissait froide et calculatrice.

— Estée, il y a quelqu'un que je souhaite vous présenter, dit-elle en relevant encore plus ses sourcils alors que son sourire s'élargissait d'une manière inquiétante.

Estée sortit dans le couloir et son cœur manqua un battement. *Non, c'est impossible !* Elle ne l'avait jamais vue, mais elle la reconnut sur-le-champ et ses joues s'empourprèrent de honte.

— Voici Émilie. Je suis sûre que mon fils vous a parlé de sa fiancée.

La bouche d'Estée s'ouvrit mais elle ne put prononcer un seul mot, ni émettre le moindre son.

Émilie, la femme qu'elle avait tenté d'imaginer une centaine de fois depuis qu'elle avait appris que Félix était promis à une autre, la femme qu'elle avait tant essayé de chasser de son esprit. Elle paraissait aussi gênée qu'Estée.

— Bien entendu. Je suis... ravie de faire votre connaissance, Émilie, déclara enfin Estée en reprenant miraculeusement le masque qu'elle revêtait dès qu'elle montait sur scène, celui de la ballerine qui emportait le cœur des foules chaque soir de la saison. *Une comédienne accomplie.*

Elle s'éclaircit la voix et fixa Mme Barbieri. Bien déterminée à ne pas se sentir inférieure face à elle, elle redressa les épaules et releva le menton.

— Bien que je sois ravie, je pense que je ferais mieux de retourner dans ma chambre, reprit Estée en voyant l'embarras de la jeune femme, comme si elle attendait que le sol s'ouvre sous ses pieds pour l'engloutir.

— Absolument pas ! s'exclama la mère de Félix. Voudriez-vous gâcher ma petite surprise ?

Elle prit Estée par le bras et ses ongles griffèrent douloureusement sa chair.

— Il est grand temps que mon fils mesure les conséquences de ses actes, bien que je doive admettre qu'il n'est pas habituel que la maîtresse soit présentée à la future épouse.

Maîtresse ? Des larmes vinrent brûler les yeux d'Estée. En était-elle réduite à ça ? La *maîtresse* ? Le seul rôle qu'elle avait affirmé ne jamais vouloir endosser.

Elle aurait dû monter sur ses grands chevaux et contredire cette femme pour avoir osé employer un terme aussi cru, mais cela l'avait secouée au point que toutes ses attentes et ses espoirs s'étaient évanouis. Il lui semblait vain de vouloir lutter, et après tout, ils arriveraient peut-être à surmonter cette déception, aussi cruelle soit-elle. Elle avait peut-être une chance en laissant Félix voir comment sa mère considérait la femme qu'il aimait.

Une petite voix dans sa tête lui souffla de regarder l'autre femme de sa vie, sa fiancée qui n'était pas traitée avec plus de délicatesse qu'elle. *L'aime-t-il elle aussi ? M'a-t-il trompée pendant tout ce temps avec ses mots d'amour ? A-t-il murmuré les mêmes mots à cette jeune femme ? Ou n'est-ce qu'une farce cruelle inventée par sa mère ?*

Elles descendirent au rez-de-chaussée et Estée chercha frénétiquement Félix, mais lorsqu'elle l'aperçut, son cœur s'alourdit encore dans sa poitrine. Il était en train de parler et de s'esclaffer avec un autre homme, le visage éclairé par un immense sourire qu'il garda lorsqu'il croisa les yeux d'Estée. Pendant une petite seconde... avant que son visage se vide de toute couleur. Estée le vit prendre congé et avancer de quelques pas, et ses traits soudain tirés par l'inquiétude lui suffirent à comprendre toutes les pensées qui lui traversaient l'esprit. Ses yeux passèrent rapidement sur sa mère et sur sa fiancée avant de revenir se fixer dans les siens.

— Félix, appela sa mère qui avait fini par lâcher Estée pour faire signe à son fils. Viens me présenter convenablement à cette dame. Ou dois-je dire à ta *maîtresse* ?

Il accéléra le pas et vint se poster aux côtés d'Estée dans un mouvement protecteur.

— Émilie, je suis content de te voir, comme toujours, dit-il à sa fiancée en lui jetant un bref sourire.

La jeune femme répondit par un hochement de tête. Estée voyait à quel point elle était mal à l'aise, même si, heureusement, elle paraissait plus gênée que dévastée.

— Mère, puis-je vous parler en privé ?

Mme Barbieri regardait son fils avec beaucoup de froideur et Estée se demanda comment cette femme avait réussi à élever un homme aussi bon et attentionné. Peut-être n'avait-elle pas toujours été ainsi. Estée avait vu de près comment les revers de fortune pouvaient changer certaines personnes.

Avant que qui que ce soit puisse ajouter un mot, le père de Félix fit son apparition. Il était accompagné d'un jeune homme qu'Estée devina être le frère de Félix. Elle avait reconnu le père car elle l'avait aperçu lors de sa première rencontre avec Félix, après son solo de danse alors qu'elle n'avait que douze ans, et une autre fois devant la boulangerie.

— Je pense que nous devrions aller prendre l'air, proposa le père de Félix en touchant le bras de sa femme. Ce n'est pas le lieu pour débattre de nos affaires de famille.

Cela sembla faire son effet car elle opina sans rechigner. Ils se dirigèrent tous dehors et se retrouvèrent sous un soleil éclatant.

— Je suis sincèrement désolé, chuchota Félix en lui tendant la main.

Mais Estée le repoussa et croisa les bras. Elle n'était pas furieuse contre lui, mais elle se doutait que lui tenir la main ne pouvait qu'envenimer la situation.

Elle se sentait également coupable vis-à-vis d'Émilie, qui se voyait piégée au beau milieu de leur relation, et elle ne tenait pas à lui manquer davantage de respect.

— Rejoins ta fiancée, murmura Estée. Elle ne mérite pas tout cela.

Félix lui adressa un long regard avant de passer derrière elle et de se rapprocher d'Émilie. Estée le surveilla pendant qu'il parlait à la jeune femme, effleurant son dos d'une main, et une pointe de jalousie lui transperça le corps.

— Mon fils, je pense que tu nous dois des explications, commença le père lorsqu'ils se furent suffisamment éloignés de l'hôtel pour que personne ne les entende.

Félix s'avança et Estée continua de l'observer, gravant son visage dans sa mémoire. Elle regrettait de ne pas avoir quitté les lieux la veille, gardant des souvenirs vifs et magnifiques de leurs moments ensemble, sans qu'ils soient souillés par les paroles de sa mère.

— C'est mère qui vous doit des explications, rétorqua Félix en tournant le dos à sa mère. Ces deux jours étaient censés être réservés à notre famille afin que je puisse…

— Émilie fait partie de la famille, coupa sa mère. N'est-ce pas, ma chère ? Vous faites partie de notre famille depuis votre enfance.

— Père, j'ai demandé à Estée de venir ici pour vous la présenter dans les formes, continua Félix alors que sa mère semblait à deux doigts de l'apoplexie face à une telle insolence. Il est vrai qu'Émilie et moi sommes promis l'un à l'autre depuis très longtemps, mais j'aime Estée depuis des années. Et je ne peux pas renoncer à elle uniquement à cause d'une promesse que vous avez prise en mon nom quand je n'étais qu'un enfant. Une promesse pour laquelle je n'ai jamais eu mon mot à dire, et qui ne m'oblige en aucun cas.

— Fils, tu t'aventures dans des voies périlleuses, dit son père en lissant sa barbe soigneusement taillée. Tu sais que nos familles sont liées par les affaires. Il ne s'agit pas seulement d'une union entre deux personnes. Il est question de famille et d'honneur.

— J'ai pris ma décision, père, insista Félix avant de se tourner vers Émilie. Je suis désolé, tu n'aurais jamais dû être compromise de cette manière. Nous savons tous deux qu'il n'y a pas d'amour entre nous, Émilie. Reconnais que je me suis toujours montré honnête avec toi quant à la teneur de mes sentiments.

— Tu as l'intention de rompre ton engagement avec Émilie pour une petite ballerine ? Une jolie babiole que tu as prise pour maîtresse après l'avoir vue sur scène ? Est-ce une bonne catholique, au moins ?

Félix secoua la tête.

— Non, mère, ce n'est pas une bonne catholique, mais Estée est l'une des danseuses de ballet les plus talentueuses d'Italie. Je serais honoré qu'elle accepte de devenir ma femme.

— Est-ce que nous t'avons dit que la famille d'Émilie était ici ? Est-ce que tu réalises l'effet que cela aura sur nos relations avec eux ? insista sa mère. Quelles en seront les répercussions ? Nous sommes venus chercher sa robe de mariée, pas annuler le mariage !

Elle avait presque hurlé cette dernière phrase.

— Je me souviens de vous, dit soudain le père de Félix à Estée en croisant les bras sur son ventre protubérant. Vous venez du Piémont, n'est-ce pas ? Vous êtes partie pour aller danser à la Scala ?

Estée acquiesça.

— Et toi, tu es amoureux d'elle depuis tout ce temps ? Depuis le Piémont, quand tu n'étais qu'un gamin ?

— Oui, père.

— Je suis désolé, mon fils, mais même si j'aimerais te comprendre, tu ne peux pas te dérober à cette union. Cela affecterait toute notre famille. Cependant, si ta fiancée et toi parvenez à un accord au sein de votre mariage, comme cela se produit souvent…

— Je ne serai jamais la maîtresse de qui que ce soit, monsieur Barbieri, intervint Estée, sur le point de succomber à la colère.

— Aujourd'hui, je voulais que vous preniez le temps de faire la connaissance d'Estée, que je puisse vous expliquer comment...

Félix n'eut pas la chance de terminer.

— Nous ne changerons pas notre position et nous honorerons notre engagement, coupa brutalement son père. Tu dois décider si tu veux poursuivre cette *relation* ou si tu préfères continuer à faire partie de notre famille.

Félix se figea. Estée fut peinée de voir l'expression qui se peignit sur son visage à l'annonce de son père. Elle s'attendait à ce que cela se passe ainsi, mais les mots résonnaient lourdement. S'il la choisissait, Félix devrait faire tellement de sacrifices...

— Si vous me posez un ultimatum, vous ne me laissez pas le choix, déclara Félix. Je me retirerai de l'entreprise familiale et abandonnerai tout derrière moi. J'épouserai Estée, il n'y a pas à discuter là-dessus.

— Et si nous te donnions un peu de temps pour reconsidérer ta décision ? proposa son père en secouant la tête.

On aurait dit qu'il venait enfin de comprendre qu'il risquait de perdre son fils et que l'acculer ainsi ne jouait pas en sa faveur.

— Inutile de se précipiter, poursuivit-il. Nous pourrions, par exemple, dire aux parents d'Émilie que tu es souffrant. Dans ce genre de situation, il faut prendre le temps de la réflexion. Tu dois être conscient de ce que tu perds si tu n'honores pas ton engagement.

— Vous me rejetteriez de la famille, vraiment ? Après tout ce que j'ai fait pour notre entreprise, vous me couperiez les vivres ?

— Félix, dit sa mère, ne serait-ce pas toi qui tournerais le dos à ta propre famille ? Tu envisages réellement cette solution ? Pour cette... *danseuse* ? Cette *puttana* ?

Estée eut un mouvement de recul face au ton méprisant de Mme Barbieri. La coupe était pleine. Elle refusait de céder à ces attaques et elle tourna les talons, certaine que c'était la seule solution. Elle ne voulait pas que Félix la sache témoin de toute la haine qui se déversait de la bouche de sa propre mère.

— Vous voulez m'accompagner ? demanda-t-elle à Émilie, la femme qu'elle aurait dû haïr, d'une voix aussi douce que possible.

Elle était une victime dans toute cette histoire. D'une certaine manière, Estée se sentait coupable à son égard pour la scène qui se déroulait devant elle.

La jeune femme secoua la tête et Estée lui fit signe qu'elle comprenait, même si elle était déçue qu'Émilie n'ait pas accepté son offre de paix.

— Je suis désolée pour le mal que je vous ai fait, ajouta-t-elle à voix basse pour que seule Émilie l'entende.

Sur ces entrefaites, Estée s'éloigna en espérant de tout son cœur que Félix lui emboîterait le pas.

Elle s'attendait à fondre en larmes, mais elle n'en versa pas une seule. Mme Barbieri pouvait bien penser qu'elle valait mieux qu'elle, de par son statut social et sa grande pratique religieuse, mais Estée savait qu'elle méritait le respect. Elle avait travaillé dur pour ce qu'elle avait obtenu, elle avait toujours été généreuse avec ceux qui croisaient son chemin et son cœur continuait à déborder d'amour malgré la cruauté que sa propre mère lui avait témoignée. Rien de ce que pouvait dire la mère de Félix n'entamerait sa fierté.

*

Après avoir quitté Félix et sa famille, elle décida d'aller déjeuner pour passer le temps au lieu de retourner dans sa chambre. Une heure plus tard, elle remonta l'escalier de l'hôtel, sa clé au bout des doigts.

Lorsqu'elle leva les yeux, elle aperçut la silhouette d'un homme, affalé contre le mur à côté de sa porte, la tête en arrière et les yeux clos, les genoux légèrement relevés comme pour éviter de bloquer le passage.

Félix.

Elle ralentit pour s'imprégner de son visage. Lorsqu'elle arriva à sa hauteur, il garda les yeux fermés, et elle se laissa doucement glisser contre le mur pour s'asseoir à ses côtés. Elle lui prit la main et leurs doigts s'entrelacèrent.

— Je croyais que tu étais partie, dit-il.

— Je ne te laisserais jamais comme ça, répondit-elle sans oser le regarder.

— Je suis désolé de ce qu'ils ont dit, de ce que ma mère...

— Tu n'as pas à t'excuser à leur place.

Elle se tourna vers lui et le fixa dans les yeux, et son regard la fit fondre une fois de plus. La douleur qu'elle y lut était si vive qu'elle s'en voulut d'avoir pu contribuer à lui briser le cœur. Elle leva la main pour lui caresser la joue tendrement, dessinant la ligne de sa mâchoire.

— Émilie méritait mieux que ça. Je regrette qu'elle ait été entraînée dans cette histoire, dit-il en appuyant sa joue contre la main d'Estée. C'est une jeune femme merveilleuse, et je voulais lui dire pour notre relation à ma manière, seul à seule. Mais ma mère m'en a privé. Je n'arrive pas à croire qu'elle ait pu être au courant pour toi. Tu parles d'une surprise !

Il n'y avait rien à dire. La manière dont sa mère l'avait appris n'avait aucune importance. Tout ce qui comptait était ce qu'il lui restait à présent.

— Je n'ai pas peur de m'éloigner de ma famille, Estée, chuchota Félix. J'abandonnerai tout pour toi.

— Tu sais bien que je ne peux pas te demander cela, Félix. Je veux que tu saches que je t'aimerai toujours, mais tu n'as pas besoin de te résoudre à de telles extrémités pour moi.

Il plongea la main dans la poche intérieure de sa veste et Estée sentit une boule se former dans sa gorge.

— Estée, j'ai acheté cette bague le lendemain du jour où je t'ai vue danser à la Scala, il y a des années de cela, dit-il en soulevant l'écrin en velours. Je savais déjà que je ne pouvais pas épouser Émilie. Tu es la seule femme que j'aie jamais aimée.

Estée mourait d'envie de voir la bague, de s'abîmer dans l'éclat du diamant qu'il avait choisi pour elle. Elle y pensait depuis la veille, mais elle repoussa sa main et la posa sur la boîte fermée.

— Non, murmura-t-elle, ce n'est pas le moment. Je veux que tu me demandes ma main quand tu seras libre de le faire, lorsque tu auras pris le temps de réfléchir.

Il lui jeta un regard en coin, de colère ou peut-être de déception, mais il remit aussitôt l'écrin dans sa poche.

— Puis-je te poser une question ?

— Bien sûr.

— Si je t'avais demandé de m'épouser avant, aurais-tu accepté ?

Les larmes qu'elle avait retenues jusqu'alors inondèrent soudain ses yeux.

— Oui, Félix, mille fois oui. Tu es tout ce dont j'ai toujours rêvé.

Il se pencha pour prendre sa bouche et l'embrassa avec plus de passion et de fébrilité que jamais.

— Arrête, dit Estée en le repoussant légèrement de la main. Pas ici.

Félix se leva et tendit la main pour l'aider à se mettre debout. Elle se débattit avec la clé pour déverrouiller la porte, puis s'interrompit le temps de prendre une longue inspiration avant de pousser la porte en tremblant. Dans son dos, le corps de Félix qui se pressait contre elle la rassura.

Elle se retourna pour l'interroger des yeux. Elle était sur le point de lui demander s'il était sûr que c'était ce qu'il voulait, s'il était vraiment prêt à franchir le pas, mais son regard balaya ses doutes.

Ils demeurèrent face à face un moment, jusqu'à ce que Félix avance vers elle, réduisant la distance qui les séparait encore, et ses bras l'étreignirent sans qu'elle oppose de résistance. Oubliant tout ce qu'ils avaient enduré ces dernières heures, elle s'abandonna à ses lèvres et à ses mains qui parcouraient déjà son corps.

— Estée…, commença-t-il.

Elle ne le laissa pas terminer et passa les mains autour de son cou pour le garder contre elle, pour qu'il ne puisse plus lui échapper.

Félix recula dans la chambre et ils se laissèrent tomber sur le jeté velouté du lit, encore entrelacés tandis qu'elle défaisait les boutons de sa chemise.

— Tu es sûre de le vouloir, Estée ? murmura-t-il.

Elle prit sa nuque entre ses mains et plongea les yeux dans les siens avant d'acquiescer.

— Oui, Félix.

Il n'eut pas besoin qu'elle le dise une seconde fois.

24

De nos jours

La soirée avait été absolument parfaite. Lily avait longuement parlé de son père et de leur passion commune pour le vin à Matthew et à sa famille, mais elle sentait que l'heure était venue pour ses propres questions. Ils lui avaient déjà fourni beaucoup de réponses mais il lui restait tant à découvrir qu'elle aurait pu y passer le reste de ses jours.

— Est-ce que mon arrière-grand-mère a continué la danse ? demanda-t-elle alors que Matthew remplissait à nouveau leurs verres. Après la naissance de ma grand-mère, je veux dire.

Elle voulait aussi savoir comment ses arrière-grands-parents avaient réussi à finir ensemble en dépit de tous les obstacles qui se dressaient sur leur chemin. Félix avait-il coupé les ponts avec son entourage comme il avait menacé de le faire ?

— Oui, elle a continué à danser, mais c'est une histoire que je te raconterai un autre jour, dit Matthew. Ce soir, je veux te parler d'abord de notre famille et de ce que cette recette représente pour nous. Pourquoi mon père ne l'a jamais montrée à personne, jusqu'à ce qu'il fonde sa propre famille.

— Et pourquoi j'ai été si affolée en la voyant aujourd'hui, ajouta Sienna.

Elle était arrivée à temps pour dîner avec eux, déclarant qu'elle était bien trop curieuse pour ne pas venir.

— Parce que je faisais partie de ceux qui étaient dans le secret. Je l'avais mémorisée pour que personne ne puisse nous la voler.

Lily patienta et jeta un regard à la recette posée sur la table. Elle n'aurait jamais pu envisager qu'un vulgaire morceau de papier et une vieille recette puissent posséder tant d'importance, mais pour cette famille c'était clairement le cas.

— Notre famille s'est déchirée il y a des années à cause de mon grand-père, ton arrière-arrière-grand-père, expliqua Matthew. Ses proches ont réussi à développer l'une des affaires les plus prospères du monde, mais ils eurent beau essayer, ils ne parvinrent jamais à reproduire la recette de mon père, celle qui nous a rendus célèbres ici, dans le Piémont.

Lily écarquilla les yeux.

— Alors, cela veut dire que je possède l'une des rares traces de cette recette ?

— La *seule* trace écrite, Lily, répondit Sienna. La recette a été transmise oralement d'une génération à l'autre pour qu'elle ne tombe pas entre de mauvaises mains. C'est pour cela que j'ai été si surprise de la voir consignée par écrit.

— Nous avons bâti notre fortune sur cette recette, ajouta Matthew. Pas un empire digne de rivaliser avec celui des Barbieri, mais suffisamment rentable pour que notre famille soit à l'aise financièrement.

Félix a donc dû tourner le dos à sa famille après tout. Ou il s'est passé autre chose qui les a opposés ?

— Vous pouvez la garder, dit Lily en poussant le feuillet vers eux.

Elle avait soudain pris conscience qu'elle ne pouvait pas garder la recette.

— Je n'ai pas l'intention de m'en servir pour quoi que ce soit ou...

— Merci, dit Sienna. Nous n'avons pas le droit de l'exiger, mais...

— Tout ce que je voulais, c'était comprendre quel pouvait être mon lien avec cet héritage, continua-t-elle en poussant la recette encore plus près de Sienna. Mais elle est à vous. Ce n'était qu'un indice pour vous retrouver, j'en suis certaine.

— Cette recette, demanda Antonio en se penchant en avant, comment est-elle devenue aussi secrète ? Ou plutôt, *pourquoi* ?

— Au début, ce n'était pas censé être un tel secret, dit Matthew. Mon père a créé une pâte exceptionnelle, qui était extrêmement difficile à reproduire, et il a refusé d'en partager la recette avec son père et son frère à cause de ce qui s'était passé entre eux.

— Sa création, c'était ça ? Cette recette ? insista Lily.

— Précisément. Cette pâte aux noisettes contenait juste assez de chocolat pour avoir une saveur sucrée, et encore plus lorsqu'il a eu l'idée de l'associer à de la pâte feuilletée. Ces pains au chocolat, ce fut une... révolution, et ils restent toujours aussi populaires en Italie.

— Une fois qu'il s'est détourné de l'entreprise familiale, il a tout misé sur sa pâte aux noisettes et au chocolat. Il voulait la pousser plus loin et la conserver en bocaux, comme il en avait rêvé, continua Sienna. C'est sur cette idée que s'est fondée notre réussite familiale. Pendant de nombreuses années, on trouvait ce produit dans tous les placards des familles italiennes, et c'est ce qui les a éloignés, son père et lui, sur le terrain des affaires.

Lily n'avait aucun mal à visualiser Félix et sa famille grâce au récit de Matthew.

— Ma famille est l'un des plus gros acheteurs de noisettes au monde, mais l'autre branche en utilise encore davantage. Ils fabriquent des chocolats très réputés qui ont une noisette entière en leur centre. À un moment, ils ont tenté d'empêcher mon père de se procurer les ingrédients dont il avait besoin, alors qu'a-t-il fait ?

Matthew fit un geste vers la fenêtre.

— Il se mit à cultiver ses propres noisetiers, sur ce même domaine, et il acheta de plus en plus de terres pour disposer des quantités dont il avait besoin. Personne ne pouvait l'arrêter ! Une fois lancé, il se mit aussi à créer un milieu de culture pour les truffes.

— Il s'intéressait aussi aux truffes ? s'exclama Lily.

— Ah, non ! Les truffes, c'était moi, s'écria Matthew. Je suis fou de truffes, et je les cultive pour fournir des restaurants en Italie et à l'étranger. C'est une manière de rendre hommage à mon père tout en faisant ce que j'aime.

Lily prit le temps d'assimiler ces informations. L'histoire qu'il racontait aurait pu être la sienne. Il avait accompli le rêve de Lily : rendre hommage à son père tout en allant au bout de ses propres aspirations, de son propre destin. Cela lui fit monter les larmes aux yeux et se demander à quel moment elle avait pris la mauvaise direction. *Mais j'adore le vin, non ? Ou est-ce que j'ai juste voulu marcher sur les pas de mon père sans réfléchir ?*

Elle cligna des yeux pour refouler ses larmes avant qu'on puisse les voir.

— Lily, pourquoi ne reviendrais-tu pas demain pour que nous puissions terminer cette histoire ? suggéra Rafaella. Nous sommes tous fatigués maintenant, mais nous pourrions peut-être inviter le reste de la famille la prochaine fois pour faire ta connaissance.

— Ce serait merveilleux, merci beaucoup.

Lily les regarda tour à tour.

— Merci vraiment pour tout. C'était une rencontre inoubliable.

Elle sentit Antonio lui prendre la main sous la table pour la rassurer.

— Alors, à demain, dit Rafaella.

— Avant que vous partiez, laissez-moi vous donner quelque chose, dit Matthew en disparaissant pendant quelques secondes de la pièce alors qu'ils s'apprêtaient à s'en aller.

Lily était en train de saluer Rafaella et Sienna lorsqu'il revint, un album entre les mains.

— Tu me le rapporteras demain, dit-il. J'espère que tu auras plaisir à le feuilleter.

Elle le prit et l'embrassa sur les deux joues.

— Merci. Vous ne pouvez imaginer à quel point je vous suis reconnaissante de votre accueil chaleureux.

Lorsqu'ils furent installés dans la voiture d'Antonio et qu'ils s'éloignèrent de la maison de Matthew, des larmes se mirent à couler sur les joues de Lily dans un flot intarissable. Elle s'efforça de garder le silence pour qu'Antonio ne le remarque pas, mais il se gara sur le bord de la route et lui releva le menton pour lui faire face. Lorsqu'il la vit dans cet état, il lui ouvrit ses bras et elle pleura de tout son soûl.

— C'est beaucoup d'émotions en une seule soirée, dit-il en lui caressant les cheveux. Ne t'en fais pas, tout va bien.

Elle voulait lui dire que c'était parce que son père lui manquait, parce qu'elle aurait voulu qu'il soit là, assis à cette table avec Matthew, pour échanger un regard avec lui en apprenant toutes ces choses sur son passé. Mais elle laissa Antonio la serrer dans ses bras, jusqu'à ce qu'elle soit capable de reprendre son souffle et que ses larmes se tarissent.

Il la lâcha en déposant un baiser sur ses doigts avant de se concentrer à nouveau sur la route qui les ramenait à l'hôtel.

*

Le lendemain, Lily partit se promener avec Antonio, main dans la main, dans les rues pavées d'Alba. C'était une bourgade d'une beauté pittoresque comme seule l'Italie pouvait l'offrir : de vieilles bâtisses aux toits de tuiles rouges et aux persiennes closes, des bâtiments abritant des bars et des boutiques qui avaient l'air d'être là depuis des centaines d'années. Des balcons en fer forgé agrémentaient les étages de nombreux immeubles – probablement des appartements se situant au-dessus de cafés – et les rues étaient équipées de tables et de chaises protégées par des auvents.

— Si nous cherchions un endroit pour manger ? proposa Antonio.

— Oh, oui, c'est une excellente idée, répondit Lily en lui souriant.

Il la regarda avec l'air de ne pas vraiment savoir quoi dire, mais il ne lui lâcha pas la main en se dirigeant vers les menus exposés dans la rue.

— Du café ou du vin ? demanda-t-il.

Elle jeta un coup d'œil à sa montre, surprise de constater qu'il était déjà onze heures. Comment était-ce possible ?

— Du café, dit-elle, je pense que c'est ce dont j'ai besoin.

Il s'arrêta avant de lui répondre.

— Je pense que cet endroit conviendra.

Ils s'installèrent et elle parcourut le menu, mais elle avait beau lire et relire les noms des plats, elle n'y comprenait rien, comme si tout était brouillé par les préoccupations qui envahissaient son esprit.

— Laisse-moi choisir, dit Antonio en lui prenant la carte des mains.

— Merci.

— *Frittata* ou quelque chose de plus léger ?

— *Frittata*.

Son petit déjeuner remontait à plusieurs heures et elle était affamée.

Un serveur apparut et Antonio commanda des *ristretti* et des *frittate*, avant de reculer dans son siège pour dévisager Lily.

— Comment te sens-tu ?

— Bien.

Elle grimaça en voyant son expression, comprenant qu'il ne la croyait pas.

— Dis-moi ce qui ne va pas.

— C'est le choc, je suppose. Je ne m'attendais pas à ce que ces indices débouchent sur quelque chose d'aussi concret. Et j'aurais tant aimé que mon père soit là ou que ma grand-mère ait pu rencontrer sa famille.

— Mais, *toi*, tu es là, Lily, dit-il doucement. Cette petite boîte aurait tout aussi bien pu disparaître et son contenu avec. Parfois, il faut croire au destin.

— Tu penses que c'était mon destin de venir ici et de faire toutes ces découvertes ?

Antonio haussa les épaules.

— Peut-être. Ce que je veux dire, c'est que tu ne dois pas te torturer les méninges. Réjouis-toi d'être là. Profite d'être là, en Italie, dans un restaurant agréable.

— Tu as oublié « en compagnie d'un bel homme », ajouta Lily en souriant.

Il éclata de rire. Il avait l'air si confiant et si détendu !

— Alors, qu'allons-nous faire aujourd'hui ? demanda-t-elle. J'ai besoin de penser à autre chose que cette rencontre avec le reste de la famille ce soir.

Leurs boissons arrivèrent enfin et elle huma l'effluve de café avant de porter la tasse à ses lèvres.

— Nous déjeunons tranquillement, puis nous explorerons la ville avant de rentrer à l'hôtel pour faire l'amour et nous reposer, dit-il avec un grand sourire en voyant ses joues en feu. Profitons de la journée avant de nous soucier du lendemain.

— Comment peux-tu être si détendu ?

— Je ne lui suis pas toujours, répondit-il. Tu m'as vu examiner les grappes au moment de la récolte, non ? Mais là, je sais que nous ne pouvons rien contrôler. Nous devons simplement profiter du moment qui s'offre à nous.

Son téléphone vibra dans son sac mais elle ne décrocha pas. Peu importait qui l'appelait, elle pourrait répondre plus tard. Antonio avait raison, elle devait apprendre à vivre dans l'instant présent et profiter de la compagnie de ceux qu'elle venait de rencontrer, prendre le temps d'assimiler l'histoire de sa famille qui venait d'être entièrement réécrite.

Lorsque sa commande arriva, elle se rencogna dans son siège et s'empara de ses couverts. Elle avait jusqu'alors adoré le petit déjeuner sucré qu'on servait en Italie, mais la *frittata* était un excellent substitut aux œufs brouillés et aux champignons dont elle raffolait en Angleterre.

Une heure plus tard, tandis qu'Antonio bavardait avec un vieil ami qu'il venait de croiser dans la rue, Lily flâna le long des boutiques. Elle sortit son téléphone et s'aperçut que c'était sa mère qui avait essayé de la joindre. Elle la rappela aussitôt, impatiente d'avoir de ses nouvelles. Elle avait l'impression que cela faisait une éternité qu'elles avaient déjeuné au bord du lac de Côme, et sa mère lui manqua soudain.

— Lily !

Des larmes jaillirent de ses yeux dès qu'elle entendit la voix de sa mère.

— Coucou, maman, réussit-elle à dire en faisant de son mieux pour masquer son agitation. Comment vas-tu ?

— Qu'est-ce qui ne va pas, ma chérie ?

— C'est juste que…

Elle prit une profonde inspiration. Elle avait voulu l'appeler la veille au soir, dès qu'elle avait fait la connaissance de Matthew, mais sans bien savoir pourquoi, elle en avait été incapable.

— Que s'est-il passé ? Raconte-moi tout. Est-ce que tes indices t'ont menée quelque part ?

Lily pouvait presque voir sa mère chez elle, installée dans le canapé, les jambes recroquevillées sous elle. Elle fut soudain saisie par la nostalgie, ce qui ne lui arrivait jamais malgré ses longs séjours à l'étranger.

— Je ne sais même pas par où commencer, avoua-t-elle. Je n'arrive toujours pas à le croire moi-même.

— Tu as découvert quelque chose, c'est ça ? Ou *quelqu'un* ? interrogea sa mère.

— Il y a toute une famille ici dont nous n'avons jamais entendu parler, finit-elle par dire en se raclant la gorge pour ravaler son émotion. Eux connaissaient l'existence de grand-mère, mais ignoraient comment la retrouver. C'est tellement surréaliste, et je regrette…

Sa voix se brisa, comme si les mots étaient impossibles à prononcer à voix haute, même à la seule personne qui était capable de comprendre ce qu'elle éprouvait.

— Tu regrettes que ton père ne soit pas avec toi, compléta sa mère. À présent que tu les as retrouvés, tu aimerais qu'il soit là, à tes côtés.

Lily hocha la tête, même si elle était bien consciente que sa mère ne pouvait pas la voir.

— Tu sais, ma chérie, il me manque à moi aussi. À chaque événement important, à chaque fois que je suis fière de toi, j'ai envie de le partager avec lui. Et je ne crois pas que ce besoin disparaîtra un jour.

— Mais tu as Alan, maintenant. Tu as tourné la page, murmura Lily d'une voix cassée.

— Ton père était l'amour de ma vie, Lily. Il sera *toujours* l'amour de ma vie. J'ai simplement voulu éviter que sa disparition m'empêche de vivre. Cela ne signifie pas que je ne l'aime plus.

Lily respirait si fort qu'on pouvait entendre son souffle. Elle rapprocha le téléphone de son oreille. Incapable de rester immobile, elle se força à faire quelques pas.

— C'est ce que j'avais besoin d'entendre, maman. Je pense que cela fait très longtemps que j'en avais besoin.

— Je regrette de ne pas te l'avoir dit plus tôt, pour que tu comprennes ce que je ressentais.

Après un silence, sa mère ajouta :

— À présent, raconte-moi tout. Je ne veux pas que tu me caches le moindre détail.

— Alors, il y a bien un homme, dit Lily en souriant à nouveau.

— Un homme ?

Elle pouvait presque voir sa mère sourire.

— Oui, un homme. Un bel homme, très galant. Je ne sais pas encore si c'est plus qu'une amourette de passage, mais il est tellement…

— *Charmant ?* proposa sa mère.

Lily retourna sur ses pas et aperçut Antonio qui se dirigeait vers elle, une main négligemment glissée dans sa poche. Elle reconnut immédiatement ses longues enjambées et son assurance mêlée de décontraction.

— Oui, on peut dire ça. Charmant ! Sans lui, je ne serais jamais arrivée jusqu'ici.

Elle s'arrêta et fit signe à Antonio.

— Ici, Grand-mère a de la famille qui est encore de ce monde. Elle a un frère, si tu peux le croire ! Des neveux et nièces aussi, et des parents de papa. Je ne comprends pas comment nous avons pu ignorer l'existence d'une partie aussi grande de la famille. Antonio m'a aidée à décoder les indices, nous sommes ensuite tombés sur la bonne boulangerie et tout le reste s'est mis en place.

— Alors, qu'est-ce que tu comptes faire ? Tu vas rester plus longtemps en Italie ? Tu veux que je te rejoigne ?

Il aurait été si facile d'accepter et de demander à sa mère de réserver un billet d'avion, mais Lily savait que c'était un cheminement personnel qu'elle devait effectuer seule.

— Oui, maman, je pense que je vais rester un peu, mais je te tiendrai au courant. Tu me manques énormément, mais je sens que je dois aller jusqu'au bout par moi-même. Tu ne m'en veux pas ?

— Je te comprends totalement, répondit sa mère, mais tu dois me promettre une chose, d'accord ?

Lily sourit intérieurement en se souvenant de la dernière promesse que sa mère avait exigée d'elle.

— De quoi s'agit-il ?

— Si tu tombes amoureuse de cet homme, promets-moi que tu me laisseras le rencontrer. Quelque chose me dit qu'il est différent des autres.

— Tu as entièrement raison.

Antonio l'avait rejointe et marchait à côté d'elle. Elle lui jeta un regard et le fixa pour s'imprégner de sa présence.

— Ou c'est peut-être moi qui suis différente cette fois. Franchement, je n'en sais rien. Tout est arrivé si vite, mais je pense aussi que la situation est trop compliquée pour que cela aille plus loin.

— Donne-moi de tes nouvelles tous les jours, répondit sa mère. Maintenant que je suis à la maison, c'est plus facile. Et je tiens à savoir ce qui se passe avec tous ces nouveaux parents, d'accord ?

Et juste une chose, « compliqué » ne signifie pas que rien ne peut arriver, n'oublie pas ça, ma chérie.

— Promis, je te tiens au courant.

— Au fait, Lily ?

Lily serra plus fort le téléphone.

— Ton père serait fier de voir la femme que tu es devenue. Parfois, dans mon lit, je lui parle à voix basse, et je lui dis à quel point tu es belle et intelligente, et que tu réussis tout ce que tu entreprends. Il serait si heureux de te savoir là-bas. D'ailleurs, je suis sûre qu'il t'observe, qu'il veille sur toi nuit et jour.

— Je l'espère, répondit simplement Lily.

— Eh bien, moi, je sais que c'est le cas. Au revoir, ma chérie.

Lily mit fin à l'appel et glissa le téléphone dans sa poche avant de se tourner vers Antonio. Elle avait un sourire sur les lèvres en pensant à son père qui l'accompagnait en esprit. Sa mère avait raison : il serait ravi de la savoir en Italie à la recherche de son héritage, et elle devait arrêter de se sentir coupable d'être ici à la place de son père. Rien ne pourrait jamais le ramener sur terre, mais elle pouvait apprendre à connaître sa famille – c'était la seule chose sur laquelle elle pouvait avoir le contrôle.

— Que dirais-tu d'une glace ? demanda Antonio lorsqu'elle glissa sa main dans le creux de son coude.

— Je pense qu'il n'y a qu'une seule réponse possible à ce genre de question.

— Parfait, parce que je viens de découvrir une petite boutique au coin de la rue qui confectionne les meilleurs *gelati* du monde.

Elle posa la tête sur son épaule, les paroles de sa mère flottant encore dans sa tête. *Il était l'amour de ma vie et il l'est toujours.* Sans qu'elle se l'explique, le simple fait d'entendre ces mots, de comprendre qu'elle n'était pas la seule à souffrir encore d'avoir perdu son père, avait provoqué un déclic en elle. Cela la peinait de voir que sa mère éprouvait la même douleur sourde qu'elle-même, mais cela la fit se sentir plus proche d'elle. Si elle avait cru qu'un fossé s'était creusé entre elles, peut-être était-ce parce qu'elle n'avait jamais compris, depuis toutes ces années, les sentiments de sa mère.

— Chocolat, caramel au beurre salé ou pistache ?

Perdue dans ses pensées, Lily n'avait pas réalisé qu'ils étaient arrivés devant le marchand de glaces.

— Caramel au beurre salé.

Antonio bavardait gaiement avec l'homme pendant que celui-ci déposait les boules de glace dans des coupelles en carton. Puis il se tourna vers elle.

— Promets-moi de partager, dit-il en relevant le sourcil, ce qui la fit rire. J'ai pris au chocolat, mais ce caramel au beurre salé me fait de l'œil…

Elle plongea la petite cuillère dans la boule, goûta la glace et faillit s'évanouir de bonheur. Puis elle tendit la coupelle à Antonio.

Il lécha la cuillère à son tour avant d'offrir à Lily de goûter sa glace au chocolat.

— Qu'en penses-tu ? demanda-t-il.

— Ton ami a raison : c'est la meilleure glace du monde.

Elle garda pour elle que son instinct lui disait également que sa mère avait raison à propos de quelque chose. *Cet homme est différent, maman.* Lily ne savait pas encore précisément ce que cela signifiait, ni si les sentiments que lui portait Antonio avaient la moindre chance de se transformer en quelque chose de beau et de durable.

25

La quantité de véhicules garés devant chez Matthew fit naître en Lily une brusque anxiété. Était-elle vraiment prête à rencontrer tous ces gens ? Des personnes qu'elle ne connaissait absolument pas mais qui, d'une certaine manière, se sentaient proches d'elle à cause d'une sœur qu'ils avaient cherchée pendant tant d'années.

— Demande-moi de faire demi-tour et je le ferai, la taquina Antonio. Tu as l'air d'un petit lapin effrayé.

— Je me *sens* comme un petit lapin effrayé !

Il arrêta la voiture et la rassura du regard.

— Tout va bien se passer. Et si tu veux partir, à n'importe quel moment, tu n'auras qu'à dire un mot. Je prétendrai avoir mal à l'estomac ou n'importe quoi d'autre.

— Vraiment ? Tu ferais ça ? demanda-t-elle en laissant échapper un rire tandis qu'il lui faisait des yeux de chiot tout en se tenant le ventre.

— Je le ferais, pour toi. Il faut y aller maintenant. Ils meurent d'envie de faire ta connaissance.

— Comment peux-tu le savoir ? grogna-t-elle.

Antonio pointa la maison du doigt.

— Je dirais que c'est à cause de tous ces visages que j'aperçois pressés contre les fenêtres, là-bas !

Elle suivit son mouvement du regard et fut gagnée par la terreur quand elle constata qu'il avait vu juste. Il lui prit le bras pour la forcer à agiter la main, saluant faiblement en direction de la maison.

— Viens, ils vont t'adorer.

Elle espérait qu'il avait raison.

Et il ne s'était pas trompé. Lily avait senti une certaine réserve de la part d'un ou deux membres de la famille, mais tous les autres l'accueillirent à bras ouverts et, quelques minutes seulement après son arrivée, elle avait l'impression d'avoir toujours fait partie de la famille.

L'atmosphère était conviviale pendant le long déjeuner qu'ils partagèrent ; cela lui rappelait les parents d'Antonio et le naturel avec lequel ils l'avaient immédiatement traitée comme un membre à part entière de leur famille. Elle lui lança un sourire, reconnaissante qu'il soit là. Il n'avait eu aucun mal à s'intégrer et il échangeait gaiement avec tout le monde, discutant aussi bien de vin que de truffes ou de la culture de noisettes.

— Alors, Lily, dis-nous ce qui t'a amenée en Italie au début, demanda Matthew.

Lily prit le temps de terminer sa bouchée non sans remarquer les visages intrigués des autres membres de la famille. Matthew et Rafaella étaient assis en face d'elle, Carla, la sœur de Matthew, était à sa gauche, et son autre sœur, Magda, un peu plus loin. Elle les trouvait plus réservées, mais elle ignorait si c'était parce qu'elles ne parlaient pas très bien anglais ou parce qu'elles étaient sur leurs gardes. En revanche, leur frère ressemblait davantage à Matthew et avait un sourire franc et direct, tout comme sa femme.

— Mon père est décédé quand j'étais jeune, mais j'ai toujours voulu suivre son chemin et me consacrer à la viticulture et au vin, dit Lily en les regardant un par un.

Elle s'aperçut que toute la tablée s'était tue. Seuls les enfants qui avaient été placés à une petite table adjacente continuaient à bavarder, absorbés dans leurs jeux, ayant complètement oublié les adultes et leurs conversations sérieuses.

— Très tôt, mon père et moi avons eu envie de cultiver nos vignes et de produire notre propre vin, poursuivit Lily. Avant sa disparition, nous passions des heures à planifier mon avenir - *notre* avenir -, à lister tous les endroits où je devais aller pour faire mon apprentissage avant que nous puissions fonder notre propre domaine. Il a beaucoup insisté pour que j'aille travailler en Italie.

— C'est donc une coïncidence que tu sois venue ici ? demanda Rafaella.

— Je n'en suis pas sûre. J'avais toujours prévu de venir en Italie pour voir comment les vignerons du pays travaillent, pour apprendre tout ce qu'il fallait savoir à propos du franciacorta comme mon père me l'avait conseillé. Par coïncidence, les indices que j'ai obtenus m'ont conduite jusqu'à Alba. Mais je suppose que, même sans mon travail, j'aurais fini par suivre la piste qu'ils m'indiquaient.

Quand elle y songeait, tout ce qui s'était passé depuis la découverte du coffret avait été le résultat d'une série de coïncidences. Le fait qu'elle ait été présente à Londres juste au moment où la réunion avec le notaire avait été arrangée, qu'elle ait ouvert la lettre destinée à sa mère… C'était comme si le destin avait joué un rôle, même si Lily trouvait cela difficile à croire.

— Quand vous m'avez parlé de votre mère, je ne parvenais pas à croire à un tel hasard, continua Lily. Imaginer que je me suis retrouvée dans le même hôtel à Côme, dans le hall qu'elle avait traversé avec Félix, c'est… C'est presque inespéré, ajouta-t-elle avec un soupir. Tout me paraît écrit à l'avance, même quand il s'agit de manger une simple glace en me promenant dans les rues avec Antonio.

Antonio lui adressa un sourire et elle réussit à ne pas rougir. Il lui faisait toujours autant d'effet et son cœur battait plus vite chaque fois que leurs regards se croisaient.

— Et tu dis qu'il y avait chez ce notaire d'autres femmes qui recherchaient leur grand-mère, demanda Carla. N'as-tu pas trouvé cela étrange ?

Lily sentait de la méfiance dans sa voix. Elle tendit la main vers son verre de vin et en but une gorgée avant de répondre. Elle comprenait parfaitement ce qui avait poussé Carla à poser cette question. Ses doutes étaient légitimes, mais cela la mettait tout de même mal à l'aise.

— Je veux que vous sachiez que je ne vous demanderai rien, dit Lily en faisant de son mieux pour garder un ton calme. Je suis juste ici pour rendre hommage à ma grand-mère.

— Nous n'en doutons pas une seule seconde, intervint Matthew en jetant un regard acéré à sa sœur. Et nous tenons pour notre part à t'assurer que tu seras toujours la bienvenue.

— Merci, mais vous avez raison. La quête qui m'a menée à vous est plutôt singulière. J'ai failli ne pas me rendre au rendez-vous organisé par le notaire ce jour-là, mais je suis heureuse que ma curiosité m'ait fait changer d'avis.

Les conversations reprirent peu à peu autour d'elle et Sienna se pencha pour lui caresser la main en lui adressant un sourire chaleureux.

— Ils vont s'y faire, ne t'inquiète pas. Il leur faut seulement un peu de temps pour digérer cette histoire, dit-elle. Tu sais bien que cela fait beaucoup à encaisser.

— Je sais, dit Lily en prenant sa fourchette pour mélanger sa salade. J'aimerais seulement leur prouver que je n'ai pas d'intention malveillante.

— La querelle que mon grand-père a provoquée dans la famille s'est transformée en un conflit amer qui a persisté pendant des dizaines d'années et qui continue de nous diviser aujourd'hui, expliqua Sienna. Le contentieux a persisté jusqu'au décès de Félix et de son frère, et le reste de leur famille a alors opté pour une sorte de trêve. Mais étant donné les sommes qui sont en jeu de part et d'autre, je suppose que leurs descendants restent sur leurs gardes. C'est pour cette raison que j'ai été prise au dépourvu le jour où tu es arrivée avec la recette.

Lily hocha la tête.

— Je comprends tout à fait.

— Notre famille ne possède pas la fortune exorbitante dont le frère de Félix a hérité, mais elle est assez importante pour que nous voulions la protéger.

Lily mangea un peu de salade en réfléchissant aux paroles de Sienna. Elle comprenait qu'il lui faudrait du temps pour gagner leur confiance, mais elle espérait qu'ils finiraient par réaliser qu'elle ne manquait de rien, qu'elle avait assez bien réussi de son côté pour ne pas compter sur une quelconque aide financière de leur part.

La conversation dériva sur d'autres sujets. Lily était ravie de sentir le bras d'Antonio se poser sur le dossier de sa chaise, et elle se laissa paresseusement aller contre lui en savourant le soleil de l'après-midi. Le vin était très bon, mais il la rendait à présent somnolente, et elle aurait voulu fermer les yeux et se blottir contre Antonio. Elle n'aurait certainement aucun mal à s'adapter au rythme de la vie en Italie, à boire un bon vin et à déguster des mets délicieux avant de faire la sieste durant les heures les plus chaudes de la journée.

— Veux-tu rester et profiter de la fin d'après-midi ou est-il temps pour moi de me tordre le ventre de douleur ? lui murmura Antonio.

Lily se nicha dans son cou en soupirant.

— Merci, mais ce ne sera pas nécessaire. Je crois que nous pouvons rester encore un moment.

— Parfait. J'avais raison en disant qu'ils allaient t'adorer.

Il l'embrassa sur la joue et elle renversa la tête en arrière pour admirer le ciel bleu dépourvu de nuages. Cela prendrait du temps pour qu'ils l'acceptent comme une des leurs, mais elle disposait de tout le temps qu'elle voudrait ; si elle acceptait l'offre de Roberto pour continuer à l'assister pour la vinification, elle aurait plusieurs mois, voire plusieurs années pour apprendre à connaître toute la famille.

— Toutes ces années à chercher leur fille, et voilà que nous retrouvons leur arrière-petite-fille à Londres, dit Matthew qui s'était levé de table pour venir poser les mains sur ses épaules. C'est difficile à croire, n'est-ce pas ? Et pourtant, tu es bien là.

— Je n'arrive pas à croire que vous étiez tous au courant pour ma grand-mère, alors que tant de familles auraient gardé le secret, dit Lily tandis qu'il tirait une chaise à côté d'elle. Ils ont vraiment continué à la chercher ? Toute leur vie ?

L'assemblée sombra dans le silence, et Rafaella se pencha, les yeux braqués sur son mari.

— Dis-le ! s'exclama-t-elle. Dis-lui ce que tu fais tous les ans ! Il faut qu'elle sache à quel point c'est important pour nous.

26

Matthew s'essuya les yeux et se rencogna dans sa chaise, son verre de vin à la main, le souffle tremblant.

— Chaque année, au début de l'avent, nous allumions une chandelle pour notre sœur absente, finit-il par dire. Nos parents priaient pour la retrouver un jour, et chaque année ils imploraient à Dieu son pardon. Quand nous sommes devenus suffisamment grands, nous nous sommes mis à prier avec eux pour qu'un jour nous soyons tous réunis. Mes parents formaient un couple extraordinaire. Ils étaient liés par un puissant amour, en dépit de tout ce qu'ils avaient enduré. En tant que parents, ils étaient très attentionnés, mais ils conservaient en eux une telle tristesse… Plus Noël approchait, moins notre mère parvenait à la cacher. Nous devinions qu'elle regrettait d'avoir perdu son premier enfant, la sœur absente que nous ne verrions jamais.

En écoutant cette histoire, Lily sentait son cœur s'alourdir de plus en plus. Elle ne pouvait imaginer la souffrance que cela devait représenter d'abandonner un enfant conçu avec amour pour ne retrouver sa trace que trop tard. Avaient-ils eu l'impression d'être punis ? Que s'était-il passé ?

D'après ce que lui avaient raconté Matthew et les autres, Félix semblait prêt à tout quitter pour celle qu'il aimait, non ?

Elle se tourna vers les enfants et les regarda jouer. Ils s'étaient depuis longtemps levés de table et ils couraient dans l'herbe en s'adonnant à un jeu élaboré de chat perché. À entendre leurs rires, il était impossible de ne pas se sentir heureuse, se dit Lily. Elle avait tant de choses à assimiler : elle avait soudainement une grande famille dont elle n'avait jamais entendu parler, une famille si vaste, si tapageuse qu'elle n'aurait pas pu être plus différente de celle dans laquelle elle avait grandi. Elle vit Antonio se lever et rejoindre les enfants avec d'autres parents. *Le genre de famille dont j'ai toujours rêvé.*

— Le plus étrange, c'est que vous avez tous grandi en connaissant l'existence de ma grand-mère alors qu'elle ne savait sans doute même pas qu'elle était adoptée. Je pense qu'elle se serait confiée à mon père si elle l'avait su.

— Notre famille a toujours vécu avec le sentiment d'avoir une pièce manquante, et je crois que cela a brisé quelque chose chez mon père encore plus que chez ma mère, dit Matthew. Je pense qu'il se sentait coupable de n'avoir pas coupé les ponts avec sa famille avant, de ne pas avoir cherché à retrouver ma mère plus tôt. S'il l'avait fait, il ne lui aurait pas causé tant de souffrance, et elle n'aurait pas pris la décision qui l'a anéantie.

— Puis-je vous demander comment ils se sont retrouvés ? Que s'est-il passé ? interrogea Lily.

— Je pense que, comme lorsque tu nous as retrouvés, ce fut un coup du destin, expliqua Matthew. Ce n'était pas censé arriver, et pourtant c'est arrivé.

Lily promena son regard tout autour de la table, observant Matthew et Rafaella, ainsi que ses frères et sœurs Carla, Magda et Silvio, qui paraissaient encore choqués d'apprendre qu'elle faisait partie de leur famille. Matthew était beaucoup plus jeune qu'eux, ce qui signifiait que ses enfants étaient aussi parmi les plus jeunes, mais ses frères et sœurs avaient des petits-enfants qui, en ce moment même, s'ébattaient sur la pelouse de la terrasse voisine. *Tous du même sang que moi.* Mais ce fut Antonio qui retint son regard lorsqu'elle se retourna à nouveau vers eux. Il était appuyé contre un arbre et il comptait à voix haute en se cachant les yeux tandis qu'une petite fille, les mains posées sur les hanches, le surveillait comme si elle s'attendait à ce qu'il triche. Lily apprécia immédiatement la fillette. Ses cousines étaient toutes habillées de rose, mais celle-là était vêtue d'un tutu sombre et de solides bottines noires.

— Depuis combien de temps êtes-vous ensemble, Antonio et toi ? demanda Rafaella en prenant place entre Lily et Matthew. Il a l'air adorable.

— Nous ne sommes pas vraiment ensemble..., hésita Lily. Cela fait quelques mois que je travaille sur le domaine de sa famille, en tant qu'assistante de son père qui s'occupe de la vinification, et nous nous sommes rapidement rapprochés.

Elle n'avait pas vraiment répondu à la question, mais elle espéra que cela satisferait sa curiosité.

— J'ai toujours été intéressé par la fabrication du vin, dit Matthew, mais quand nous avons acheté cette propriété, j'y ai vu l'occasion de développer ma passion pour les truffes. Les noisetiers fournissent les meilleures substances nutritives pour ce champignon, et cela nous a attiré un certain succès, notamment avec nos truffes blanches.

Ils gardèrent le silence un moment, les yeux tournés vers Antonio qui s'élançait à la recherche des enfants pour un jeu de cache-cache.

— Lily, que sais-tu de l'entreprise de notre famille ? demanda Carla, la sœur de Matthew. As-tu été surprise ? Ou savais-tu déjà pourquoi ton grand-père était si célèbre ?

Elle pensa au conseil que lui avait donné Sienna avant de répondre.

— J'en ignorais tout jusqu'à ce que je fasse la connaissance de ton frère.

— Assez ! éructa Matthew en donnant un coup de poing sur la table. Que dirait notre mère ? Que penserait-elle de ta méfiance, de toutes ces questions alors que nous avons enfin retrouvé notre petite-fille ? Je ne veux plus entendre ce genre d'insinuations !

Carla était plus âgée que Matthew, peut-être d'une quinzaine d'années, mais elle ne manifesta aucune colère et préféra s'éloigner en marmonnant, sans avoir répondu à ses questions.

— Je suis désolée, intervint Rafaella en prenant la main de Lily. Excuse-la. Je pense qu'elle est encore sous le choc.

— Moi aussi, dit Lily. Après le décès de mon père, il ne m'est plus resté que ma mère. Nous n'avions aucun autre parent. Mais de découvrir que nous avons une si grande famille, et en plus en *Italie*… ! Jamais je n'aurais imaginé que ce coffret et ces indices dont j'ai hérité auraient tant d'importance, ajouta-t-elle en secouant la tête.

Antonio revenait vers eux et son sourire s'agrandit quand il posa les yeux sur elle.

— Notre famille est la tienne, Lily, déclara solennellement Matthew. Tu seras toujours la bienvenue ici, chez nous, et tu pourras y rester tant que tu voudras. Je serais très heureux d'en apprendre un peu plus sur ma sœur aînée et sur ton père… mon neveu.

Antonio arriva près d'eux et Lily lui remplit un verre d'eau, amusée de la vitesse à laquelle il le vida.

— Ces enfants ne sont pas de tout repos, soufflat-il. Je pense que je vais devoir me dégotter une cachette sûre pour le reste de l'après-midi.

Lily lui versa un autre verre d'eau et, lorsqu'il prit place dans la chaise vide sur sa gauche, elle posa la main sur sa cuisse. C'était une chance de l'avoir à ses côtés ; elle aurait été incapable de faire tout ce chemin sans lui. Les réflexions de Carla l'avaient ébranlée, mais elle comprenait ses réticences. Voilà qu'une jeune femme, dont elle ne savait rien, débarquait de nulle part. Elle aussi aurait eu des doutes, bien sûr.

— Ouvrons une autre bouteille de vin, annonça Matthew en se levant et en faisant signe à l'un des enfants avant de lui lancer quelques mots en italien. Je vais ainsi pouvoir vous garder encore une petite heure et tu me parleras de ta grand-mère et de ton père. Je veux tout savoir.

Assis confortablement sur sa chaise, Antonio croisa les chevilles et se pencha comme si sa curiosité avait également été piquée. Une réaction qui ne passa pas inaperçue auprès de Matthew.

Lily commença par évoquer sa grand-mère, consciente que dès qu'elle parlerait de son père, elle ne pourrait plus s'arrêter. Au fil des heures, elle réussit à arracher à Matthew d'autres anecdotes à propos d'Estée et à lui faire raconter dans quelles conditions sa grand-mère avait été confiée à l'adoption.

27

Lac de Côme, 1946

Estée fut réveillée par la lumière du soleil qui filtrait par la fenêtre de la chambre d'hôtel, et l'odeur du café lui fit lever la tête. Elle ramena le drap sur sa poitrine, peu habituée à sentir le coton contre sa peau nue : elle dormait toujours avec une chemise de nuit en soie. Les souvenirs de la veille lui revinrent soudain en tête et elle prit un moment pour rassembler ses esprits en contemplant Félix, assis dos à elle devant le petit secrétaire de la chambre.

— Bonjour, dit-il sans relever la tête.

— Bonjour, répondit-elle en regrettant que le café ne soit pas à portée de main.

Elle ne comprenait pas ce qu'il était en train de faire et elle se redressa en tordant le cou pour mieux voir. Félix finit par se lever et s'approcher du lit, une feuille de papier pliée dans la main.

— Que fais-tu debout si tôt ?

Il s'assit sur le lit à côté d'elle et tendit le bras pour la serrer contre lui tout en posant un baiser dans ses cheveux.

— Je veux que tu aies ceci.

— Qu'est-ce donc ?

Estée prit la feuille de papier, la déplia et déchiffra les phrases qu'il venait d'écrire avec tant de soin.

— C'est la recette de ma pâte aux noisettes et au chocolat, expliqua-t-il. J'ai longtemps bataillé pour en obtenir une version parfaite et je suis le seul à la connaître. Jusqu'à présent, elle n'existait que dans ma tête, mais je veux désormais la partager avec toi.

Estée replia le feuillet.

— Que veux-tu que j'en fasse ?

— C'est une promesse, dit-il en prenant la main. Je te la confie parce que cette recette représente ce que je suis capable de réussir à moi seul. Mon père peut continuer à confectionner des chocolats et des pâtisseries, mais il ne connaîtra jamais ma recette. Tu es la seule personne avec laquelle je la partagerai. J'ai ajouté la recette de ma propre version des *saccottini al cioccolato*, ceux qui sont fourrés avec ma pâte.

Estée hocha la tête, pleinement consciente de la valeur du présent qu'il lui faisait.

— Tu es donc décidé à couper les ponts avec ta famille ? À rompre tes fiançailles ?

Il leva sa main pour la porter à ses lèvres.

— Oui. Ne t'ai-je pas déjà dit que j'étais prêt à tout quitter pour toi ? C'était vrai. J'ai seulement besoin de temps pour mettre mes affaires en ordre, alors je te demande un peu de patience.

Estée ne savait que dire. Après ce qui s'était passé la veille avec sa famille, et cette nuit avec lui, elle avait du mal à tout encaisser.

— Ta famille ne risque pas d'essayer de te retrouver ce matin ? demanda-t-elle. Est-ce que la famille d'Émilie s'attendra à te voir ?

Félix se pencha à nouveau et l'embrassa sur les lèvres.

— Laisse-moi m'en occuper. Promets-moi simplement de mettre cette recette à l'abri. Tu seras la seule à la posséder à part moi et, si quoi que ce soit m'arrive, j'aimerais que tu ne la donnes à personne d'autre.

— Bien sûr, je te le promets, répondit-elle aussitôt.

— Penses-tu pouvoir m'attendre ? insista-t-il. Il me faudra peut-être un ou deux mois pour me libérer de mes fiançailles et de l'entreprise de ma famille, mais je te promets de revenir à Milan te retrouver.

— Ne t'inquiète pas. Avec toutes les répétitions et tous les spectacles qui auront lieu jusqu'à la fin de la saison, j'aurai de quoi m'occuper pendant ce temps-là, expliqua Estée.

— Puis-je te demander encore une chose ?

Elle hocha la tête.

— Bien sûr, tout ce que tu voudras.

— Me laisseras-tu mettre cette bague à ton doigt ?

Lorsqu'il sortit la bague de son écrin, le sourire qui s'étala sur son visage la fit rire. Elle lui tendit le doigt et le laissa faire, admirant le solitaire en diamant qui étincelait de mille feux dans la lumière.

— Je ne peux pas la porter, pas tant que tu ne seras pas libre de me faire ta demande. Nous n'avons pas le droit d'humilier Émilie davantage, dit Estée en retirant délicatement la bague. Mais je la porterai autour du cou jusqu'à ton retour. Ce sera notre promesse.

— Je comprends. Et je tiens à te dire que je me déteste d'avoir blessé Émilie. Elle n'aurait jamais dû être mêlée à cette histoire. J'aurais dû rompre il y a des années.

Félix lui prit le solitaire et défit le fermoir de la chaîne d'Estée pour y enfiler la bague avant de tout remettre en place. Il lissa ses cheveux sur sa nuque et l'effleura d'un baiser. Estée se laissa faire et se pencha pour mieux l'embrasser.

— Tu devrais partir, chuchota-t-elle.

— Je sais, mais je n'ai pas fini mon café et je ne pense pas que cela change grand-chose qu'ils m'attendent une heure de plus.

Estée sentit monter sa fureur lorsqu'elle imagina ce que la famille de Félix pouvait dire à son sujet, ce qu'ils penseraient en le voyant sortir de sa chambre à cette heure, dans les mêmes vêtements que la veille. Mais plus il l'embrassait, déposant des baisers délicats le long de son cou, plus elle avait du mal à lui résister.

— Nous nous marierons dans l'intimité une fois que tout sera terminé, murmura-t-il. Tu seras la célèbre ballerine et je serai le célèbre pâtissier. Nous serons connus dans tout Milan, peut-être même dans toute l'Italie.

— J'aime bien ça, chuchota-t-elle en reculant et en l'entraînant avec elle sous les draps. Le pâtissier et la ballerine.

— Promets-moi seulement de m'attendre, répéta-t-il. Peu importe le temps que cela prendra, je reviendrai. Je te le jure.

— Promis, murmura-t-elle en réponse.

Elle sentit contre sa peau la feuille de papier sur laquelle il avait soigneusement rédigé sa recette et elle tendit la main pour la rattraper avant qu'elle tombe par terre.

N'oublie pas de la ramasser avant de partir. Elle voulut le faire tant qu'elle y pensait, mais les baisers de Félix se firent plus pressants et, malgré la meilleure volonté du monde, elle ne réussit pas à poser le feuillet sur la table de chevet.

*

Estée avait quitté Félix sur un long baiser, en lui promettant de l'attendre. Lorsqu'il sortit de la chambre, elle se sentit plus légère qu'elle ne l'avait été depuis longtemps. La nuit passée avec Félix avait tout changé, de même que la bague attachée à son cou. Elle la toucha instinctivement, réconfortée par son contact qui lui rappelait sa promesse.

Elle s'était parfois demandé s'ils étaient destinés à se rencontrer, si leurs vies étaient lancées sur des voies qui ne pouvaient que se croiser. Après toutes ces années à se languir de lui, il lui semblait impossible qu'ils aient réussi à se retrouver.

Il lui fallut une heure pour regagner son appartement à Milan et elle passa la majeure partie du voyage la tête posée contre la vitre de la voiture tandis que le paysage défilait. Les vignobles s'étendaient sur la majeure partie du trajet et elle aperçut au bord de la route des fermiers vendant d'énormes corbeilles de pêches qui lui mirent l'eau à la bouche.

Ils abandonnèrent vite la campagne verdoyante pour atteindre le centre et, quand elle descendit du taxi en remerciant le chauffeur, Estée se sentit immédiatement chez elle. C'était sa vie depuis si longtemps, cette rue pavée sous ses pieds, l'odeur de la ville et l'agitation des passants. Depuis qu'elle avait été acceptée par l'académie de la Scala, elle n'était jamais rentrée dans le Piémont, pas même pour quelques jours de congé. Elle avait vécu avec sa tante avant d'emménager avec Sophia dès qu'elle avait été en mesure de se le permettre financièrement.

Elle marcha jusqu'à son appartement, poussa la porte et regarda autour d'elle. Tout lui paraissait familier, mais différent depuis la disparition de Sophia. Estée s'était contentée de fermer la porte de la chambre de son amie, refusant de s'occuper de ses affaires personnelles, de sentir son parfum ou encore de poser les yeux sur le lit où elles s'étaient souvent allongées toutes les deux pour partager leurs rêves et leurs projets d'avenir. Sophia avait perdu toute sa famille pendant la guerre. C'était donc à Estée de prendre les dispositions nécessaires après son décès.

Depuis que Félix était revenu dans sa vie, Estée avait à peine pensé à Sophia et elle s'en voulait de l'avoir chassée de son esprit. Sophia avait occupé une place capitale dans sa vie pendant de nombreuses années. Mais, d'une certaine manière, il était plus facile de ne pas se souvenir, de ne pas faire resurgir le chagrin.

Si seulement je pouvais te parler de Félix. Si je pouvais te montrer ma bague !

Estée poussa du coude la porte de la chambre de Sophia. Elle s'assit sur le lit et se laissa envelopper par le parfum de son amie. Elle attrapa la bague suspendue autour de son cou et l'enfila sur son annulaire pour mieux la regarder.

— Il veut m'épouser, Sophia, murmura-t-elle en soupirant sans lâcher le diamant des yeux. Il veut que je devienne sa femme.

C'était irréel. Même après les deux jours qu'ils venaient de passer ensemble. Au bout d'un moment, elle se leva pour se rendre dans sa chambre où elle ouvrit un tiroir qui contenait ses documents importants. Elle y conservait son passeport avec l'original de sa lettre d'admission à l'académie de la Scala, ainsi que le programme de réouverture du théâtre. Estée y glissa la recette que lui avait confiée Félix et referma soigneusement le tiroir avant de jeter un nouveau coup d'œil à la bague. Elle allait la remettre à son cou, mais puisque personne ne pouvait la voir dans son appartement, il n'y avait pas de mal à la garder un peu à son doigt. Elle se changea pour enfiler une tenue plus confortable et décida de faire quelques exercices d'étirement avant de préparer le dîner. Demain, elle serait de retour au studio et, après deux jours sans entraînement quotidien, elle ne voulait pas se sentir trop raide ni rouillée.

Elle posa une main sur son ventre, pensant aux copieux repas qu'elle avait partagés avec Félix, même si, en réalité, elle ne regrettait absolument rien.

Elle se demanda ce que Félix était en train de faire.

28

Huit semaines plus tard

Estée quitta la scène au pas de course malgré les rappels. Elle avait réussi à se maîtriser pendant tout le spectacle, voulant rester professionnelle, mais elle ne pensait à présent qu'à une chose : arriver à temps à sa loge.

Trop tard ! Elle se plia en deux, s'empara de la poubelle restée devant la porte d'une autre loge et vomit jusqu'à se vider entièrement l'estomac. Elle resta courbée un moment, s'efforçant désespérément de reprendre une contenance. Elle finit par se redresser et emporta la poubelle. Elle arriva juste à temps dans sa loge pour cracher un nouveau jet de bile. Elle avait chaud et suait sang et eau. Jamais de sa vie elle ne s'était sentie aussi mal, et chaque jour était pire que le précédent. Toute la semaine, elle avait précipitamment quitté la scène pour dégurgiter, et la semaine précédente n'avait guère été plus supportable. Peu importe ce qu'elle avalait, elle n'arrivait même pas à garder une gorgée d'eau.

— Estée, ça va ?

Un petit coup frappé à la porte signala l'une des ballerines.

— Tout va bien, répondit Estée, j'ai juste besoin de faire une pause.

— Tu ne crois pas que c'est quelque chose d'autre ? demanda la fille. Cela fait maintenant pas mal de temps que tu es souffrante…

— Je vais très bien, aboya Estée sans se retourner.

Elle s'agrippa à la poubelle jusqu'à ce que la porte se referme. Ses articulations avaient blanchi sous la douleur. Elle recommença à vomir. Quand elle fut sûre qu'il ne restait rien dans son estomac, elle posa la poubelle et se dirigea d'un pas hésitant vers son fauteuil. D'une main tremblante, elle saisit le verre d'eau qu'elle avait laissé sur sa coiffeuse et prit de petites gorgées avant de s'asseoir.

Elle se regarda dans le miroir, reconnaissant à peine le visage qui lui faisait face. Le simple effort qu'elle avait dû fournir pour garder son sang-froid l'avait épuisée, les cernes noircissaient ses yeux et leur éclat qui avait fait sa renommée avait disparu. Ces dernières semaines, elle avait dépassé ses limites et dansé de toutes ses forces pour chasser Félix de ses pensées et arrêter de se demander combien de temps il lui faudrait pour revenir. Mais il y avait autre chose, et elle avait fini par comprendre, sans l'admettre tout à fait, la cause de ses nausées.

Un autre coup résonna à la porte, plus faible cette fois, et elle vit dans le miroir sa maquilleuse entrer. Pendant des années, elle s'était occupée seule de son maquillage, mais elle jouissait à présent, comme les autres premières danseuses, du luxe d'une véritable assistante. Et elle appréciait beaucoup Marta.

— Tu as encore des nausées ? demanda celle-ci en vidant la poubelle et en la posant dans le couloir, devant la porte.

Elle posa les mains sur les épaules d'Estée et croisa son regard dans le miroir.

— Je vais mieux maintenant, dit Estée en hochant la tête. J'ai juste besoin que tu me…

— Les autres filles jasent, dit Marta. Tu sais qu'elles peuvent se montrer avides comme des vautours.

Estée se redressa, ignorant les protestations de son estomac qui recommençait à la tourmenter.

— Personne ne prendra ma place, asséna-t-elle. Je vais bien, comme toujours.

Marta hocha la tête. Elle se plaça devant elle et poudra son visage, appliqua du rouge à lèvres vif et maquilla ses yeux pour effacer ses cernes. Estée ne bougeait pas, droite comme un piquet. Elle se préparait mentalement à son nouveau passage sur scène.

— Estée, est-ce que tu pourrais être…

Marta recula et baissa les yeux sur le ventre d'Estée avant d'ajouter :

— Enceinte ?

— *Enceinte !* s'exclama Estée en suivant le regard de Marta.

Elle posa la main sur son ventre d'un air horrifié. Était-ce pour cela qu'elle avait pris du poids malgré ses nausées incessantes ? Sa costumière lui avait effectivement fait la remarque qu'il fallait sans cesse élargir son costume. Elle avait pensé qu'elle souffrait d'une maladie quelconque, ou qu'elle avait peut-être mangé de la nourriture avariée.

— Ma sœur aussi était malade au début de ses grossesses, alors je me suis demandé…

Estée ferma les yeux et agrippa les bras de son siège.

— Non, ce n'est pas possible… Je ne peux pas…

Marta se pencha pour essuyer les larmes qui avaient jailli des yeux d'Estée.

— Ne pleure pas. Rien ne peut t'éloigner de la scène, d'accord ? Pas pendant ta dernière semaine.

Estée hocha la tête et ravala le nœud qui s'était formé dans sa gorge, cherchant à repousser de toutes ses forces le poids qui venait de lui tomber sur les épaules. Comment avait-elle pu se montrer aussi naïve ? Pourquoi n'avait-elle pas compris ce qui se passait dans son propre corps ?

— Marta, s'il te plaît, ne dis rien à personne, supplia-t-elle en s'emparant du poignet de la jeune femme qui finissait de tapoter ses yeux. Je peux te faire confiance, n'est-ce pas ?

— Bien sûr, Estée. Je ne trahirai jamais tes secrets. Crois-moi, ils sont en sécurité avec moi, déclara Marta en l'embrassant sur le haut du crâne.

Une voix résonna dans le couloir, juste devant la loge d'Estée.

— C'est l'heure, allons-y, dit Marta. Tu es très belle, comme toujours.

Estée se leva et s'appuya un instant au dossier de la chaise en attendant que la pièce cesse de tournoyer autour d'elle. Elle se ressaisit et reprit le masque indéchiffrable qu'elle se composait pour chaque spectacle.

Je suis enceinte. Les mots continuaient de résonner dans sa tête tandis qu'elle avançait dans le couloir, ignorant les murmures des autres ballerines.

Il ne faudrait pas attendre longtemps pour qu'on découvre son secret, mais rien ne l'empêcherait de terminer la saison. C'était son rêve, ce pour quoi elle était venue au monde, et elle ne laisserait personne, même pas ce bébé, bouleverser ses plans. Sa grossesse devait demeurer secrète. *Pour le moment.*

Si on découvrait qu'elle était enceinte, sa carrière serait terminée. La seule personne qu'elle avertirait serait Félix, mais elle devrait le lui annoncer en personne. Elle lui écrirait un mot pour lui fixer un rendez-vous ; ensuite, ils décideraient ensemble quoi faire.

Les danseuses avaient retrouvé leur calme et les murmures avaient cédé la place à un silence complet. Estée était prête à voir le rideau se lever. Et dès que l'orchestre attaqua la première note, elle redevint Estée, la ballerine, l'esprit concentré sur son objectif : survivre jusqu'à ce que le rideau retombe.

*

Estée ne pouvait tenir en place. Elle allait et venait dans son appartement en attendant Félix, mais il était déjà en retard.

Dans son message, daté d'une semaine plus tôt, elle lui avait demandé de venir avant midi, mais à part la lettre qu'elle avait reçue dans la semaine qui avait suivi leur échappée au lac de Côme, elle n'avait pas eu de ses nouvelles. Alors que sa dernière représentation avait lieu le soir même, elle se trouvait face à un dilemme et elle ignorait totalement la conduite à adopter.

Elle posa la main sur son ventre, dont il était maintenant devenu presque impossible de dissimuler la courbe légère alors qu'elle était enceinte de deux mois et demi.

Mais que fait-il ?

Elle s'assit devant la fenêtre qui surplombait la rue et scruta les passants un à un dans l'espoir de reconnaître Félix. Mais elle ne vit aucun signe de lui. L'inquiétude commença à couver en elle, bien qu'elle sache qu'elle n'avait aucun fondement. Il lui avait demandé d'attendre, il lui avait dit qu'il ne savait pas combien de temps il lui faudrait pour se détacher de sa famille et de l'entreprise. S'il n'y avait pas eu le bébé, elle n'aurait pas été si soucieuse.

Le bébé.

Elle se releva et recommença ses allées et venues, les yeux rivés sur l'horloge murale dont les aiguilles avançaient sans relâche alors que l'après-midi était déjà bien entamé. C'était sans espoir, il ne viendrait pas. Elle le sentait au plus profond d'elle, il s'était passé quelque chose. Elle ne verrait pas son bien-aimé apparaître à la porte, ni le sourire immense qui éclairerait son visage lorsqu'il apprendrait la nouvelle.

Elle fila vers la cuisine et ouvrit les placards en se demandant si elle devrait se préparer quelque chose. Il *fallait* qu'elle mange, mais elle n'avait pas l'énergie de cuisiner. D'ailleurs, il était un peu tard pour avaler quoi que ce soit avant de monter sur scène. C'était la dernière représentation, ce qui signifiait qu'il ne lui restait plus qu'une soirée pour décider que faire. Elle était censée prendre une courte pause avant de reprendre les répétitions pour la prochaine saison, mais elle devrait trouver un prétexte pour s'absenter plus longtemps. À trois ou quatre mois de grossesse, elle ne pourrait plus dissimuler son état auprès des autres danseuses qui avaient l'habitude de se voir déshabillées tous les jours.

Estée se blottit dans un manteau épais et quitta l'appartement. Elle suivit le chemin habituel vers la Scala, gardant la tête haute et refoulant les larmes qui lui piquaient les yeux. Elle ne pouvait rien faire au sujet de Félix. Il avait peut-être eu un simple empêchement, un accident ou, pire encore, il avait peut-être décidé de ne pas tenir sa promesse. Elle ne supportait pas cette idée. Félix l'aimait, elle n'en doutait pas une seconde, et cela lui ressemblait si peu de ne pas répondre à son invitation, encore moins lorsqu'elle avait précisé qu'il était crucial qu'il vienne au rendez-vous.

Arrivée à l'opéra, Estée se dirigea droit vers sa loge personnelle avant même de s'échauffer et de répéter. La soirée s'écoula dans un brouillard et elle fit son travail mécaniquement, jusqu'à ce qu'il soit l'heure de retourner dans sa loge après le spectacle. Heureusement, ses nausées avaient pratiquement disparu depuis quelques jours, mais elle était épuisée et elle avait besoin de s'isoler quelques minutes avant de rejoindre les autres filles pour fêter la fin de la saison. Elle avait parfois l'impression que ses consœurs guettaient le moindre mouvement mal exécuté, la moindre blessure, avides de monter en niveau et d'obtenir un meilleur rôle au sein de la compagnie. Mais la troupe représentait sa seule famille, et dans des moments tels que celui-ci, elle ressentait le besoin de se joindre aux autres pour célébrer leur réussite collective.

Sa loge débordait de fleurs, encore plus qu'à l'habitude puisqu'il s'agissait du dernier spectacle, mais un bouquet retint son attention. Il était composé de roses blanches à longue tige et accompagné d'une grande enveloppe. Estée traversa la pièce et, tout en admirant les fleurs, elle en sortit le message. Une liasse de billets glissa et s'éparpilla sur le sol, et elle se baissa pour les ramasser, étonnée que quelqu'un ait voulu lui envoyer de l'argent.

Lorsqu'elle commença à lire le message, son cœur se serra et un sanglot monta en elle alors que ses doigts se crispaient autour des billets.

Chère Estée,
Je t'écris le cœur lourd. En dépit de ma promesse de mettre fin à mes fiançailles, j'ai compris que je me devais d'honorer l'engagement que j'avais pris envers Émilie et ma famille. J'aurais aimé, chère Estée, qu'il en aille différemment. J'aurais aimé être assez courageux pour oublier ma famille et me lancer dans une nouvelle vie à tes côtés, mais je suis incapable d'abandonner tout ce que j'ai toujours connu. Peu importe combien je t'aime, notre amour reste impossible.
Je ne t'oublierai jamais, crois-moi, et je chérirai toute ma vie les moments que nous avons passés ensemble. Je te supplie d'accepter l'argent que je t'envoie comme une excuse supplémentaire.
À toi, pour toujours.

Félix

— *Non !* hurla-t-elle en froissant la lettre en boule et en la jetant à l'autre bout de la pièce.

Ses jambes se dérobèrent sous elle et elle s'affaissa à terre, en serrant son ventre tandis que les billets s'étalaient autour d'elle.

Elle fondit en larmes, repassant en boucle le message dans sa tête. Comment pouvait-il lui faire une chose pareille ? Comment osait-il lui tourner le dos après tout ce qu'il lui avait fait miroiter ? Comment pouvait-il briser ainsi sa promesse ?

Elle entendit des rires dans le couloir et s'obligea à se relever. Elle refusait qu'on la surprenne dans cet état. Elle vérifia son apparence dans le miroir, s'essuya rapidement les yeux et enfila son peignoir en le serrant à peine autour de sa taille afin de ne pas attirer l'attention sur sa silhouette.

Félix ne viendra pas. Il m'a abandonnée.

Elle ferait une apparition à la soirée pour célébrer le succès de la saison avec les autres danseuses. Ensuite, elle emballerait toutes ses affaires et quitterait Milan, laissant derrière elle son appartement. Elle inventerait une raison pour justifier son absence du théâtre pour les mois à venir. Elle évoquerait une occasion qui s'était présentée ailleurs, peut-être à Londres, afin de rendre son départ de la Scala plus plausible sans exclure la possibilité de revenir dans la troupe pour la saison suivante.

Londres.

Londres était un choix idéal. La ville était suffisamment éloignée pour qu'Estée puisse disparaître jusqu'à ce qu'elle ait réfléchi à la suite des événements. Elle disposait d'un petit pécule et de l'argent de l'enveloppe. Si tout en elle l'incitait à le renvoyer à son expéditeur, elle fut assez raisonnable pour se rappeler qu'elle risquait d'en avoir besoin. Quant à la bague...

Ses doigts se refermèrent sur l'anneau comme souvent depuis que Félix le lui avait donné, mais, cette fois, elle n'y puisa aucun réconfort. Elle avait envie d'arracher le bijou et de le jeter aussi loin que possible, mais elle en aurait peut-être besoin pour se procurer de l'argent. Elle n'avait aucune idée de la somme qui lui serait nécessaire. Il lui faudrait aussi prétendre être mariée si elle voulait éviter les questions, ce qui signifiait qu'elle devrait porter la bague à son doigt, en dépit de sa colère.

Félix ne saurait jamais qu'ils avaient eu un enfant, et personne à Milan ne l'apprendrait non plus. Elle y veillerait.

Félix m'a quittée et il ne reviendra pas me chercher.

29

De nos jours

— Je n'arrive toujours pas à y croire.

Allongée dans le lit, au creux du bras d'Antonio, Lily rejouait inlassablement dans sa tête les événements de la veille. *J'ai une famille dont j'ai toujours ignoré l'existence.* Elle avait essayé d'appeler sa mère, impatiente de lui raconter ce qu'elle avait appris, mais celle-ci n'avait pas décroché. Cependant, en dépit de son euphorie, elle était consciente que sa mère serait sans doute moins enthousiaste. Après tout, il ne s'agissait pas de sa propre famille. Malgré le dévouement total de sa mère à son mari, que ce soit tout au long de leur mariage ou avec les souvenirs qu'elle entretenait depuis qu'il était mort, ce lien avec le passé n'appartenait qu'à Lily.

Elle avait dû laisser échapper un soupir parce qu'Antonio effleura ses cheveux d'un baiser.

— Qu'est-ce qui ne va pas ?

— Rien, répondit Lily. Ou plutôt tout.

Il répondit par un rire.

— J'imagine. Tu dois avoir beaucoup de choses en tête en ce moment.

Elle se rapprocha encore de lui, consciente qu'elle n'allait pas trouver le sommeil, peu importe combien de temps ils passeraient allongés dans ce lit. Antonio avait laissé la lampe de chevet allumée et Lily fixa les ombres que la lumière dessinait sur le plafond.

— Je n'arrive pas à arrêter de penser à la mère de Matthew, mon *arrière-grand-mère,* dit-elle. Imagine un peu que tu passes toute ta vie à te demander ce qu'est devenue ta fille ! Que tu sois persuadée d'avoir pris la mauvaise décision lorsque tu l'as confiée à sa famille d'adoption ! Cela a dû l'anéantir, non ?

— Sûrement, répondit-il. J'aimerais en apprendre davantage. C'est une sacrée histoire.

— Moi aussi.

Lily soupira et se tortilla pour trouver une position confortable et clarifier ses idées.

— Tu te souviens que nous sommes censés rentrer demain, n'est-ce pas ? demanda Antonio. Sauf si tu préfères rester un peu…

Elle se recula légèrement pour voir son visage. C'était comme s'il avait lu dans ses pensées.

— Qu'est-ce qui te fait dire ça ?

— Jure-moi que tu n'y as pas pensé, répondit-il d'un ton plein de tendresse tout en caressant son épaule. Tu découvres une famille dont tu ignorais l'existence, une famille qui veut apprendre à te connaître. Et, ajouta-t-il avec un sourire bienveillant, cela te rappelle ton père. Ce n'est pas rien, tu sais.

Elle inspira profondément et prit son temps avant de reprendre son souffle.

— C'est si étrange, le fait que je me sente liée à ces inconnus, expliqua-t-elle. Je sais que ce sont des gens adorables et que je les aurais appréciés dans tous les cas, mais cela me fait quelque chose de spécial de savoir que j'ai le même sang qu'eux. Je ne peux pas m'empêcher de me demander si c'est mon imagination ou si c'est parce qu'ils me rappellent mon père. En particulier avec Matthew.

— Dans ce cas, je pense que tu tiens ta réponse, dit Antonio en la serrant contre lui. Mon père se montrera compréhensif, si sa réaction te préoccupe. Nous savons pourquoi tu es venue jusqu'ici, et je t'assure que rien n'a plus d'importance que la famille pour les Martinelli.

Il faut quand même que je donne une réponse à son père, au sujet du poste qu'il m'a proposé.

Antonio tendit la main vers la lampe pour l'éteindre et serra Lily dans ses bras en l'embrassant.

— Dors, maintenant, chuchota-t-il. Tu auras tout le temps d'y penser demain matin.

Elle lui rendit son baiser, heureuse d'être dans ses bras et de pouvoir compter sur lui alors qu'elle découvrait un passé dont elle ne s'était jamais douté.

Quelques minutes plus tard, la respiration d'Antonio se fit plus régulière, avec un léger ronflement qui lui indiqua qu'il dormait profondément. Elle en profita pour se dégager délicatement de son étreinte et se glisser hors du lit. Elle se dirigea pieds nus vers le secrétaire situé dans le coin de la pièce. La lueur qui filtrait à travers les rideaux l'empêcha de se cogner aux meubles. Elle alluma la petite lampe et jeta un regard par-dessus son épaule, rassurée de ne pas avoir dérangé Antonio. Elle s'assit devant le meuble et tira l'élégant bloc de papier et un stylo.

Elle ne pouvait pas partir tout de suite, Antonio l'avait parfaitement compris, mais elle tenait à écrire une lettre à M. Martinelli pour lui expliquer la situation. Elle confierait le message à Antonio avant son départ et lui demanderait de ne pas l'ouvrir et de se contenter de le remettre à Roberto à son retour.

Ses sentiments pour Antonio étaient difficiles à démêler. Elle n'avait jamais été assez proche d'un homme au point d'envisager un avenir avec lui. La seule chose dont elle était certaine, c'était que sa carrière comptait plus que tout. Cela avait toujours été ainsi. Et cela signifiait qu'elle devait donner une réponse claire aux Martinelli au sujet du poste qu'ils lui offraient.

Un frisson la parcourut quand elle se pencha sur le papier, le stylo dans la main, alors qu'Antonio s'était endormi.

*

— Bonjour, ma belle !

— Quelle heure est-il ? demanda Lily.

Elle avait l'habitude de se lever tôt car son métier exigeait souvent qu'elle soit debout dès l'aube. Elle n'avait pas l'habitude de faire la grasse matinée, et la réponse d'Antonio la surprit d'autant plus.

— Il est presque dix heures, répondit Antonio en lui tendant une tasse de café. Je me suis dit que tu en aurais besoin.

Elle attrapa la tasse avec gratitude tout en grommelant. Elle se redressa dans le lit et avala une gorgée du liquide brûlant.

— Merci ! Je crois que j'ai veillé un peu trop longtemps.

Elle avait du mal à trouver ses mots.

Il fit un geste vers le secrétaire et l'enveloppe scellée adressée à son père.

— Je suppose que tu veux que je la lui donne ?

Elle prit une nouvelle gorgée de café avant de croiser son regard.

— Oui. Tu avais raison, il faut que je reste. C'est juste...

— Tu as l'impression que c'est ce que tu dois faire ?

Elle opina tout en se sentant déchirée par le dilemme. D'un côté, elle mourait d'envie de partir avec Antonio et de rester à ses côtés, de continuer à se sentir protégée et aimée. Mais de l'autre côté, elle avait encore tant de choses à apprendre au sujet de cette nouvelle famille, tant de personnes avec qui nouer des liens ! N'était-ce pas un devoir envers sa grand-mère de se forger des souvenirs avec ceux qui toute leur vie avaient espéré la rencontrer ? Et elle ignorait si Antonio aurait envie de passer plus de temps avec elle à leur retour.

— Tu dois écouter ton cœur, Lily, dit Antonio en lui prenant le visage entre les mains. Tu sais où me trouver si tu veux me revoir.

Elle se réprimanda quand elle sentit ses yeux s'emplir de larmes. Cela l'attristait de devoir se séparer d'Antonio. Les moments passés avec lui avaient été si précieux pour elle, plus que toutes les autres relations qu'elle avait eues.

— Antonio, commença-t-elle.

Il lui sourit tout en plongeant ses yeux dans les siens.

— Je pense que depuis la mort de mon père, j'ai déployé toute mon énergie à faire en sorte qu'il soit fier de moi. Je...

Elle se racla la gorge pour refouler l'émotion qui s'emparait d'elle.

— Je pense que je ne me suis jamais vraiment demandé ce que je voulais, parce que j'avais trop peur de ne pas être capable de réussir tout ce que nous avions projeté avant sa disparition. Je n'étais qu'une adolescente, et je ne savais pas ce que je voulais. Comment l'aurais-je pu ?

— Tu n'as pas besoin de te justifier, tu sais, dit Antonio. Tu ne me dois rien, Lily.

Au contraire, elle *savait* qu'il méritait une explication.

— Je pense que si je reste encore un peu ici, cela me fera du bien. Peut-être que cela me permettra même de faire le deuil de mon père... en retrouvant sa famille. Mais je veux aussi que tu saches que je te serai toujours reconnaissante pour tout ce que tu as fait pour moi. Jamais je n'aurais pu aller si loin sans toi.

— Je pense que tu te sous-estimes, murmura-t-il en laissant tomber sa main. Tu te serais parfaitement débrouillée toute seule.

— Alors, je peux au moins dire que je suis heureuse de ne pas avoir été seule, murmura-t-elle en sentant les larmes déborder. Je ne me suis jamais retrouvé dans une situation pareille, et c'est pour cela que j'ai tant de mal à prendre cette décision.

Il hocha la tête et il lui sembla qu'il était lui aussi au bord des larmes.

— Je partirai après le déjeuner, mais la chambre est réservée jusqu'à demain matin, dit-il en lançant un regard sur leurs mains enlacées. Tu vas me manquer, Lily.

— Toi aussi, tu vas me manquer.

Ils échangèrent un doux baiser et elle en voulut davantage.

— N'était-ce réellement qu'une amourette de vacances ? s'enquit-elle. Ou sommes-nous destinés à vivre quelque chose de plus ?

— Si j'avais su qu'il y avait une chance que tu séjournes plus longtemps en Italie, je ne t'aurais jamais entraînée dans mon lit, admit-il. Est-ce que cela répond à ta question ?

Il avait donc menti lorsqu'elle l'avait interrogé après leur première nuit ensemble. Elle ne lui en voulait pas parce qu'elle l'avait acculé et qu'il ne souhaitait visiblement pas la blesser.

— Et qu'en penses-tu à présent ? Après tous ces moments que nous avons passés ensemble ?

— Et si nous nous disions simplement au revoir pour l'instant ? proposa-t-il. Je mentirais si je te disais que je n'ai pas envie de passer plus de temps avec toi.

— Alors, c'est un au revoir, pour l'instant, convint-elle. Si nos chemins sont destinés à se croiser à nouveau, nous nous reverrons.

Il se leva et la prit dans ses bras. La joue pressée contre son torse, Lily huma son parfum, sentant la force de ses bras autour d'elle, et pensa qu'il serait si facile de le suivre sur-le-champ. Mais elle avait besoin d'aller jusqu'au bout de son histoire, pour elle, pour découvrir qui elle était, avant de décider si Antonio pouvait faire partie de sa vie.

Je suis tombée amoureuse de lui. Elle en était certaine, et elle se demanda si lui aussi en était conscient.

— J'ai fait un mauvais choix il y a quelques années, souffla-t-il sans la lâcher, la tête contre ses cheveux. J'ai demandé à une femme de m'épouser parce que je croyais l'aimer, mais si j'avais été honnête avec moi-même, j'aurais rapidement compris que ça n'allait pas fonctionner. Nous étions si différents et nous attendions des choses opposées dans la vie. Si je m'en étais rendu compte avant notre mariage, cela nous aurait évité à tous deux beaucoup de peine. Et je ne serais pas l'homme brisé que je suis aujourd'hui.

Lily ne répondit pas ; il n'y avait rien à dire. Sa rencontre avec Antonio avait bouleversé son existence, mais elle ne savait pas si leur relation pouvait évoluer ou s'ils devaient se contenter de cette belle parenthèse. Dans tous les cas, elle savait où le retrouver et, pour une fois, elle n'allait pas laisser ses craintes l'empêcher d'éprouver des sentiments pour un homme, que ce soit pour un moment ou pour toute une vie.

Elle se nicha dans ses bras et ils échangèrent un baiser passionné, empreint d'une urgence qui ne les avait jamais habités jusqu'à présent. Lily se demanda si, en seulement quelques semaines, il était possible de tomber follement et désespérément amoureuse de quelqu'un au point de ne plus pouvoir envisager la vie sans lui.

30

Londres, 1947

Estée s'approcha lentement de la porte d'entrée. Cela faisait déjà plusieurs fois qu'elle était passée devant cette demeure à l'élégance discrète, essayant de rassembler son courage pour entrer. Enceinte de plus de huit mois, elle savait qu'elle n'avait plus le choix.

Les quatre derniers mois avaient été relativement agréables, bien qu'un peu solitaires pour quelqu'un qui était habitué à côtoyer d'autres personnes lors des répétitions quotidiennes. Estée était parvenue à se construire une petite vie à Londres et cela n'avait pas été si compliqué. Cependant, son ventre était désormais suffisamment rond pour qu'elle ne puisse plus le cacher et son dos la faisait fréquemment souffrir ; il était temps de prendre une décision qui, aussi difficile soit-elle, ne pouvait plus être repoussée.

Comme elle le faisait souvent depuis quelques jours, Estée se frotta doucement le ventre de la main. L'idée de se séparer de son enfant à naître lui laissait un sentiment de vide, mais elle avait réalisé à Londres combien il serait difficile d'élever un enfant seule.

Elle franchit le portail, dépassa l'écriteau indiquant HOPE HOUSE et s'avança vers la porte. Elle leva la main et s'apprêta à cogner sur le bois laqué de rouge, mais quelque chose l'arrêta. Son bébé avait bougé dans son ventre, un mouvement qui, chaque fois, la faisait douter de sa décision. Toutefois, pour autant qu'elle puisse se voir tenir son bébé dans les bras, le bercer en lui murmurant des chansons, elle ne pouvait chasser une autre image de son esprit. Londres était une belle ville et elle y avait été bien accueillie. Elle n'avait aucun mal à s'imaginer y vivre après son accouchement, elle pourrait peut-être même rejoindre la compagnie du Royal Ballet. Mais elle avait également vu les mendiantes dans les rues, leurs enfants en haillons cachés sous leurs jupes souillées, leurs joues creuses révélant la cruauté de leurs vies tandis qu'elles tendaient leur sébile pour quelques piécettes. Sans parler des femmes qui sortaient à la nuit tombée, prêtes à se livrer à toutes les turpitudes pour combler les hommes en échange de quelques billets. Elle était convaincue que la seule raison qui les poussait à vendre leur corps était de nourrir leur famille.

Elle préférait mourir plutôt que laisser son enfant grandir la faim au ventre ou voir sa mère réduite à la mendicité ou à la prostitution.

La porte s'ouvrit avant qu'elle ait eu le temps de frapper et une femme aux cheveux sombres striés de gris apparut. Il suffit à Estée d'un regard pour se retrouver au bord des larmes. Malgré son allure sévère et son chignon serré en arrière, sa robe de cotonnade et son tablier d'un bleu sourd, le visage de la femme débordait de bienveillance.

— Bonjour, je m'appelle Hope, dit-elle en lui tendant la main.

Estée lui donna sa main et Hope la serra chaudement en posant son autre main par-dessus. La jeune femme réalisa que cela faisait bien longtemps qu'elle n'avait pas eu de contact avec qui que ce soit.

— Je... je..., bafouilla-t-elle.

— Vous n'avez rien besoin d'expliquer, dit Hope en reculant pour lui faire signe d'entrer. Je devine la raison de votre présence ici sans mal, tout comme je comprends pourquoi vous êtes restée si longuement devant la porte à hésiter avant de frapper.

Estée esquissa un sourire.

— C'est une décision difficile.

— Je sais, dit Hope en lui rendant son sourire, mais une visite ne vous engage en rien. Vous pouvez faire le tour de la maison et, que vous décidiez de rester seulement un mois ou de donner naissance à votre enfant ici, personne ne vous obligera jamais à agir contre votre volonté.

Estée examina le visage de la femme : tout lui disait de lui accorder sa confiance. Elle était passée devant le bâtiment à de si nombreuses reprises en se demandant que faire. Mais son incertitude s'évanouit dès que Hope lui affirma qu'elle n'avait pas à prendre de décision sur-le-champ.

— Entrez donc. Venez prendre une tasse de thé et vous me raconterez ce qui vous a amenée jusqu'à nous, dit-elle. Toutes les femmes qui passent ma porte ont une histoire différente, mais chacune d'elles vient parce qu'elle a besoin de mon aide.

Estée la suivit dans un couloir orné de tableaux jusqu'à une cuisine inondée de lumière. Au centre trônait une grande table, et des casseroles et des cocottes étaient suspendues au mur du fond. Il régnait dans cette pièce une atmosphère douillette qui lui donnait l'impression d'être chez elle et qui rassura Estée. C'était le genre de foyer dans lequel elle s'était souvent imaginée vivre, bien qu'elle avait à l'époque l'Italie en tête, et non l'Angleterre.

— Bien, pendant que je mets la bouilloire à chauffer, installez-vous, dit Hope en souriant toujours.

Elle tira une chaise pour Estée et se dirigea vers le fourneau.

— J'héberge quelques jeunes femmes en ce moment qui seront ravies de vous rencontrer si vous en avez envie. Et vous pouvez me poser toutes les questions que vous voulez. Je suis sûre que vous en avez beaucoup.

Estée prit place sur la chaise et regarda Hope. Elle avait en effet d'innombrables questions en tête mais, sans comprendre pourquoi, elle était incapable de les formuler.

— Vous avez un accent prononcé, dit Hope. D'où venez-vous ? Et je ne pense pas que vous m'ayez donné votre nom.

— Estée, bafouilla-t-elle. Je viens d'Italie, de Milan.

— Ah, Milan ! C'est une très belle ville.

Estée lui fut reconnaissante de ne pas lui demander pourquoi elle en était partie, mais il est vrai que son état actuel suffisait à l'expliquer. Elle devina que toutes les femmes qui franchissaient le seuil de Hope House devaient être tombées enceintes hors mariage, et que la raison de son départ n'avait aucune importance pour une personne comme elle.

— Avez-vous déjà consulté un médecin depuis que vous êtes à Londres ? demanda Hope en posant deux tasses fumantes sur la table.

Elle revint avec du lait et du sucre avant de s'asseoir en face d'elle.

— Non, pas encore, dit Estée en prenant la tasse entre les mains pour se réchauffer.

Elle n'avait jamais bu de thé avant d'arriver à Londres, plus habituée à boire du café, mais cela faisait désormais partie de son mode de vie.

— J'ai longtemps exercé le métier de sage-femme et j'ai consacré mon existence à mettre des enfants au monde et à prendre soin des femmes, mais il est toujours préférable de laisser un médecin vérifier que vous êtes en bonne santé, dit-elle. Je peux m'en occuper pour vous. Nous sommes en relation avec un médecin très gentil qui vient examiner mes filles de temps en temps. Et je dispose de tout ce dont aurait besoin une femme enceinte.

— Pourquoi ? s'exclama spontanément Estée. Pourquoi vous montrez-vous si bonne avec toutes ces femmes ?

Hope soupira comme si c'était une question qu'on lui avait posée d'innombrables fois.

— Parce que chaque femme a besoin que quelqu'un s'occupe d'elle quand elle attend un enfant, quelles qu'en soient les circonstances. Et je pense aussi qu'aucune femme ne devrait être obligée d'abandonner son enfant si ce n'est pas ce qu'elle souhaite.

Estée hocha la tête et but une gorgée de thé tout en essayant de refouler ses émotions. Hope tendit la main par-dessus la table et la posa sur celle d'Estée.

— Vous êtes en sécurité, ici. Que vous souhaitiez rester ici dès ce soir ou revenir quand vous serez sur le point d'accoucher, vous serez toujours la bienvenue. Il n'y a pas de jugement sous mon toit, et même si après avoir donné naissance vous décidez de garder le bébé, je le comprendrai. Je ne vous obligerai jamais à faire quelque chose que vous ne voulez pas. Je veux que vous sachiez que vous pouvez me faire confiance, ajouta-t-elle après lui avoir lancé un long regard rassurant.

Les mots se bloquèrent dans la gorge d'Estée et elle resta muette, mais le regard chargé de tendresse de Hope lui donna le courage nécessaire.

— C'est vous qui organisez l'adoption ?

— Oui, répondit Hope. La plupart des femmes viennent ici parce que nous ne fonctionnons pas comme n'importe quel foyer. Souvent, dans les autres maisons, les jeunes mères ont été envoyées par leur famille avec interdiction de revenir avec leur enfant. Elles sont obligées de l'abandonner.

— Il n'y a pas beaucoup d'endroits où on rencontre tant de prévenance pour les femmes non mariées.

— Nous avons toutes d'excellentes raisons d'agir comme nous le faisons, dit Hope. Disons simplement que j'ai toujours eu besoin de m'occuper d'autrui et, lorsque mon oncle m'a légué son domaine, j'ai préféré utiliser sa fortune pour aider les femmes comme vous.

Estée comprit qu'elle n'allait pas avoir davantage de réponses quant aux motivations de Hope pour l'instant, mais même sans connaître toute son histoire, elle l'appréciait. Et, pour être honnête avec elle-même, Estée avait déjà pris sa décision : elle s'installerait à Hope House et ferait adopter son enfant.

— Voulez-vous que je vous fasse visiter la maison maintenant ? demanda Hope. Ou, si vous préférez commencer par là, vous pouvez me raconter comment vous êtes arrivée jusqu'à nous. Je serai toujours prête à vous écouter et, croyez-moi sur parole, je ne vous jugerai pas.

— Disons que l'homme que j'aimais a choisi sa famille, expliqua Estée en s'efforçant de ne pas trahir son amertume. Je suppose que je ne m'en suis pas trop mal sortie parce que je possède assez d'argent pour ne pas sombrer dans la misère. Mais de là à élever un enfant seule...

Elle eut un geste protecteur et posa la main sur son ventre, un geste qu'elle répétait instinctivement depuis qu'elle était enceinte. Son regard se fixa sur la bague à son doigt, un anneau tout simple qu'elle avait acheté afin d'éloigner les regards méfiants lorsqu'elle cherchait un logis. Elle était mieux accueillie quand on croyait qu'elle était veuve, ou qu'elle attendait peut-être le retour de son mari parti Dieu savait où. En revanche, elle avait été incapable de porter le solitaire que Félix lui avait donné.

— Venez, dit Hope en se levant et en lui tendant la main.

Elle la suivit, le dos aussi endolori qu'au cours des deux ou trois dernières semaines.

— Je vais vous montrer les lieux et vous déciderez ensuite si vous voulez venir ou non parmi nous.

Elles marchaient lentement et prirent le temps de faire le tour de la bâtisse avant de se rendre dans le jardin, un véritable rempart de verdure qui abritait le foyer des regards. Il y avait des fleurs dans des jardinières et le lieu paraissait idéal pour se détendre au soleil, par un bel après-midi, un livre à la main ou juste pour admirer la nature.

Une femme beaucoup plus jeune qu'Estée les observait depuis une fenêtre de l'étage et leur adressa un signe de la main. Estée lui rendit son salut, mais la main de Hope la frôla comme pour l'arrêter dans sa tentative d'inspecter les autres fenêtres pour chercher du regard les pensionnaires.

— Comment vous sentez-vous ? demanda-t-elle.

— J'ai envie de rester, répondit Estée sans réfléchir.

Elle en était la première surprise.

— Eh bien, restez alors, répondit Hope. C'est aussi simple que ça.

— Puis-je revenir dans quelques jours ? C'est peut-être idiot, mais je voudrais être encore un peu seule, visiter Londres et réfléchir à ce que je veux faire une fois que le bébé sera né.

— Vous pouvez revenir dès que vous vous sentirez prête, dit Hope. Faites-moi confiance quand je vous assure que je ne vous abandonnerai pas et qu'il y aura toujours une place pour vous ici.

Estée sourit. Elle était déjà séduite par cette femme qui, à peine une heure plus tôt, n'était encore qu'une étrangère.

— Quand vous reviendrez, nous vous organiserons un rendez-vous avec le médecin et nous reparlerons de l'éventualité d'une adoption, dit Hope. Et il y a une chose à laquelle je voudrais que vous réfléchissiez. C'est une solution que je veux évoquer le plus tôt possible pour vous laisser le temps d'y penser.

— De quoi voulez-vous parler ? interrogea Estée en fronçant les sourcils.

— Si vous m'autorisez à trouver une famille d'adoption pour votre bébé, je pense que cela pourrait être une bonne chose de lui laisser un témoignage, un objet ou une lettre, quelque chose qui lui laisserait un lien avec sa mère.

— Je ne suis pas sûre de comprendre ce que vous voulez dire.

Hope entra dans une pièce où la suivit Estée, intriguée par ses paroles.

— J'ai fait faire ces coffrets, dit Hope en prenant l'une des boîtes en bois posées sur le manteau de la cheminée pour la tendre à Estée. Vous pourrez choisir un souvenir que nous mettrons à l'intérieur de cette boîte, peut-être un objet qui indiquera une piste à suivre, juste au cas où votre enfant chercherait à retrouver sa mère naturelle. Certaines familles préfèrent garder le secret sur l'adoption, mais d'autres décident d'en parler à leur fils ou à leur fille. C'est pourquoi je pense qu'il serait prudent que vous envisagiez de laisser un indice, une trace qui lui permettrait de remonter jusqu'à vous. On ne sait jamais, peut-être qu'un jour votre enfant aura envie de vous retrouver et, quand je ne serai plus là, il faudra qu'il dispose de quelque chose qui l'aidera à aller au bout de sa quête. J'ajouterai sur la boîte une étiquette avec son nom dès que l'acte de naissance et celui de l'adoption de l'enfant seront signés.

Estée lui rendit la boîte en se demandant déjà ce qu'elle pouvait bien laisser à son futur enfant.

Elle toucha la bague suspendue à son cou. Elle ne l'avait pas ôtée avant de partir d'Italie, davantage pour des raisons de sécurité que par sentimentalisme. Elle avait eu l'intention de la vendre une fois arrivée à Londres, mais, pour une raison qui lui échappait, elle n'avait pu s'y résoudre.

La bague n'était pas significative en soi ; elle ne constituait pas un indice. Estée s'interrogea sur ce qui pourrait aider son enfant à naître à retrouver ses origines, s'il en manifestait un jour l'envie. Elle pensa à la recette que Félix lui avait confiée : elle l'avait emportée à Londres par inadvertance, parce qu'elle se trouvait dans l'enveloppe qui contenait ses documents importants, mais elle n'était pas certaine de vouloir laisser un indice menant à Félix, pas après ce qu'il lui avait fait.

— Vous avez largement le temps de réfléchir avant de choisir vos objets, Estée, dit Hope. Allez profiter de ces quelques jours de repos et votre chambre vous attendra dès que vous serez prête.

— Merci, dit Estée en étreignant spontanément Hope.

Elle était si reconnaissante d'être tombée sur cette femme ! Des larmes brillèrent dans les yeux de Hope qui les effaça d'un clignement de paupières. Elles demeurèrent enlacées un moment. Estée mesurait sa chance d'avoir croisé le chemin d'une femme qui était prête à l'accueillir pour la naissance de son enfant, mais cela ne facilitait pas pour autant la décision qu'elle allait devoir prendre.

31

Six semaines plus tard

— Adieu, ma petite, murmura Estée.

Ses cheveux formaient des vrilles humides sur son front, sa peau encore trempée de sueur des efforts fournis pendant l'accouchement. Le visage du bébé était tout froissé et ses petits poings serrés repoussaient la douce couverture rose dans laquelle il venait d'être enveloppé. Estée se pencha sur lui pour embrasser ses doigts minuscules, s'imprégnant de son odeur et de son visage. Elle s'était juré quelques jours plus tôt qu'elle ne verserait pas une seule larme, pas avant d'être séparée de sa fille. Elle voulait profiter du temps précieux dont elle disposait avec elle pour lui donner un premier aperçu heureux de la vie, au lieu de lui offrir la vision d'une mère en larmes.

Lorsque le bébé ouvrit les yeux sous les caresses, Estée faillit revenir sur son choix. Elle ravala un sanglot sous le regard intrigué de l'enfant, mais elle était bien décidée à suivre la ligne de conduite qu'elle s'était fixée.

— Ma belle petite princesse, dit-elle doucement. Regarde-toi, tu es si forte.

Le bébé s'étira et émit une sorte de hoquet. Estée sut d'instinct ce qu'il fallait faire. Hope s'était éclipsée avec la promesse de revenir plus tard, lui laissant le temps de faire ses adieux. Elle lui avait expliqué que certaines mères ne voulaient même pas voir leur bébé ; d'autres souhaitaient les bercer un moment ; enfin, certaines ne supportaient pas l'idée d'être séparées de leur nouveau-né et, à la dernière minute, elles choisissaient de le garder. Estée savait ce qu'elle devait faire. Hope lui avait assuré que son bébé serait placé dans une famille aimante, et elle savait que c'était la meilleure solution – et la seule possible. Mais cela n'empêchait pas pour autant Estée d'agir comme une mère pendant quelques minutes encore. Et sa fille réclamait de l'aide. *Elle est encore dans mes bras*.

Estée fit glisser sa chemise de nuit de son épaule et rapprocha le bébé de son sein. Elle se débattit un peu, mais réagit instinctivement comme tous les nouveau-nés : elle tendit un peu le cou, posa naturellement la bouche sur le sein nourricier et, après quelques tentatives, elle se mit à téter avidement.

Un petit coup frappé à la porte annonça le retour de Hope. Estée leva les yeux sur le visage grave de son hôte, sans doute contrariée de la voir allaiter son bébé, mais un sourire remplaça très vite sa mine déconfite.

— Il semblerait que tu aies un instinct maternel très développé, dit Hope en s'approchant pour redresser un peu le bébé. Cela ne te fait pas trop mal ?

— Un peu, avoua Estée.

— Ce sera encore plus douloureux lorsque tu auras une véritable montée de lait. J'aurais dû te déconseiller de la nourrir, mais j'ai l'impression que tu n'en aurais fait qu'à ta tête.

Estée baissa les yeux vers sa petite fille.

— Elle est si belle ! Je pourrais passer des heures à la regarder.

Hope soupira et s'assit au bord du lit, croisant le regard d'Estée.

— Je sais que je t'ai posé la question à de nombreuses reprises, mais à te voir ainsi…

Hope ne put continuer.

— J'ai pris une décision et je m'y tiendrai, répondit fermement Estée avant que Hope puisse achever sa question. Je veux juste avoir un moment avec elle. Je veux que ma fille sache qu'elle a été aimée à la seconde où elle est venue au monde.

Hope hocha la tête.

— Veux-tu que je demande aux parents de revenir plus tard ?

— Ils sont déjà arrivés ?

— Oui, mais cela ne les dérangera pas de patienter quelques heures de plus, voire une journée, dit Hope en haussant les épaules. Laisse-moi m'en occuper.

— J'aurais besoin de quelques heures supplémentaires, dit Estée sans réfléchir. Je veux juste la tenir dans mes bras un moment et la nourrir encore une fois.

Hope se leva et caressa les cheveux d'Estée avant de sortir de la pièce sans ajouter un seul mot. Estée se mit à fredonner tout doucement. Elle chantait pour sa petite fille affamée qui luttait pour sa première tétée, sa petite fille qui était si parfaite que le cœur d'Estée semblait se briser. Elle chantait pour tout ce qui aurait pu être, et pour tout ce qu'elle avait perdu.

Les larmes commencèrent à couler, trempant la couverture du bébé et, cette fois, la jeune femme ne put les retenir. Mais elle n'arrêta pas de chanter, elle continua à sourire à travers ses larmes pour que son bébé se souvienne de sa joie. Et chaque seconde qui passait la faisait aimer davantage cette enfant.

Félix lui avait fait le don le plus précieux du monde, mais à cause de lui, elle devait maintenant y renoncer.

Elle chassa Félix de ses pensées. Elle était épuisée après avoir donné naissance à l'enfant qu'elle berçait dans ses bras, mais elle refusait de fermer les yeux. Elle ne disposait que de quelques heures pour mémoriser le moindre détail du visage de sa fille et elle n'avait pas l'intention d'en perdre un seul instant.

*

Quatre heures plus tard, Estée entendit la porte se rouvrir. Elle avait toujours les yeux rivés sur son bébé, mais elle comprit en entendant le pas discret de Hope que l'heure était venue.

Quand elle parvint à lever les yeux, elle vit que Hope était au bord des larmes, mais aucune d'elles ne prononça un seul mot. Estée posa un dernier baiser sur le crâne de sa fille et la tendit à Hope.

— Je t'aime, murmura Estée.

Hope s'interrompit et plongea ses yeux dans ceux d'Estée, jusqu'à ce que la jeune femme trouve le courage de hocher la tête pour lui faire comprendre qu'elle était prête.

Dès que la porte se fut refermée, elle enfonça son visage dans l'oreiller et se mit à sangloter. Tandis que les pas de Hope s'éloignaient dans le couloir, elle dut résister à une envie irrépressible de lui courir après et d'arracher sa fille de ses bras en criant qu'elle avait changé d'avis. Au lieu de cela, elle prit la bague accrochée à sa chaîne et la jeta d'un geste furieux à travers la pièce.

— *Bastardo !* hurla-t-elle dans sa langue natale en pleurant et en empoignant les draps humides. *Fottuto bastardo !*

Tout est ta faute, Félix. Je ne te le pardonnerai jamais.

Estée se recroquevilla en boule, le corps douloureux, et continua à sangloter dans son oreiller. Elle pleurait pour l'enfant qu'elle ne tiendrait plus jamais dans ses bras, pour l'homme qu'elle avait aimé de tout son cœur, pour ses rêves qui étaient brisés à jamais.

D'abord, elle avait perdu Sophia, son amie si chère à son cœur qui avait disparu pendant la guerre, puis Félix, et à présent sa fille. Elle avait cru que la disparition de Sophia la briserait, et quand elle avait perdu Félix, elle ne pensait pas un jour guérir de cette blessure. Mais c'était encore pire de perdre son enfant. C'était comme si on lui avait arraché une part de son âme, et qu'elle ne pourrait, cette fois, jamais récupérer. Elle serait incapable de pardonner à Félix.

Elle porterait le deuil de sa fille toute sa vie.

32

De nos jours

En l'absence d'Antonio, Lily fut envahie par une sensation de solitude qu'elle n'avait pas ressentie depuis longtemps. Encore quelques semaines plus tôt, elle aimait suffisamment être seule pour ne pas avoir besoin d'être entourée. Elle avait grandi en toute indépendance, heureuse d'être enfant unique. Mais tout ça, c'était avant qu'elle rencontre Antonio : il avait comblé une place qu'elle ne savait même pas être vide. Depuis son arrivée en Italie, les barrières qu'elle avait érigées autour d'elle s'étaient presque effondrées sans qu'elle y prenne garde.

Elle se trouvait dans un petit cottage sur la vaste propriété de Matthew, et prit brusquement conscience du calme qui y régnait. Elle se sentait seule, alors qu'elle était en réalité beaucoup plus entourée qu'elle ne l'avait jamais été depuis la mort de son père. Elle ne devait pas oublier qu'ici, elle avait des oncles et des tantes, des cousins germains et des cousins au deuxième degré, et toute une famille dont elle, qui était enfant unique avec un seul parent, n'aurait jamais soupçonné l'existence. C'était surréaliste, elle avait l'impression que c'était la vie de quelqu'un d'autre. Sauf que ce n'était pas le cas.

Elle s'approcha de la fenêtre pour admirer la vue. Elle avait l'habitude de voyager pour son travail, mais le plus souvent, ses fenêtres donnaient sur des vignes, alors qu'ici des champs de noisetiers s'étendaient jusqu'à l'horizon. Elle enfila ses chaussures et sortit se promener dans les vergers. Quand elle referma la porte, le chien de Matthew sortit de nulle part. Elle se pencha pour le caresser. C'était un épagneul mais elle ne savait pas bien de quelle race. Quoi qu'il en soit, elle était contente d'avoir de la compagnie. Cela faisait des années qu'elle n'avait plus de chien – leur fox-terrier avait rendu l'âme pendant qu'elle était à l'université – mais quand elle enfouit le visage dans le doux pelage de l'épagneul, elle s'aperçut combien la présence des animaux lui avait manqué.

— Salut, toi, murmura-t-elle au chien qui répondait à ses caresses et essayait de lui lécher le visage. Qu'est-ce que tu fais là, tout seul ? Tu as le droit de te balader comme ça ?

Le chien agita la queue et s'éloigna en trottinant, comme s'il partait en mission, et Lily le suivit, heureuse de ne pas être seule et de pouvoir se distraire de ses pensées moroses. Au bout de quelques minutes, elle entendit un sifflement et s'arrêta. Le chien ne réagit pas, même quand le sifflement fut remplacé par des appels au loin.

— Il est ici ! s'écria Lily.

Après avoir suivi sa voix, Matthew apparut entre les arbres.

— Je passe la moitié de ma vie à chercher ce satané chien, grommela-t-il comme s'il s'adressait à la fois au chien et à Lily.

Mais seule Lily lui accordait son attention. Le chien ne semblait pas du tout intéressé par son maître.

— Est-ce qu'il cherche des truffes ? demanda Lily, amusée par l'agacement de son grand-oncle.

— Non, pas aujourd'hui. Ce n'est pas la saison. Il a un excellent flair et il est capable de dénicher pratiquement toutes les truffes qui poussent sur le domaine, expliqua Matthew. C'est pour ça qu'on le gâte tellement, au point qu'il croit pouvoir tout se permettre.

Lily éclata de rire. Le chien trottina, inconscient que son maître le cherchait. Ou peut-être qu'il n'en avait cure.

— Chaque fois qu'il en trouve une, nous le récompensons avec un petit morceau de bœuf et, pendant la saison, tous les restaurateurs viennent examiner notre récolte, poursuivit-il. Ils sont si impressionnés par son intelligence que ça finit par lui donner la grosse tête !

Ils se mirent à rire ensemble et suivirent le chien d'un pas lent. Lily fut assaillie d'innombrables questions qu'elle n'avait pas osé poser devant tout le monde la veille.

— Antonio est parti hier ? demanda Matthew.

— Oui. En venant ici, je n'aurais jamais cru le laisser rentrer au domaine de son père sans moi.

Matthew semblait ruminer quelque chose et elle se tut un moment pour lui laisser le temps de réfléchir. Tout lui semblait naturel quand elle était en sa compagnie. Elle voulait croire que c'était parce qu'il lui rappelait son père, mais cette hypothèse était un peu farfelue ; en revanche, elle était persuadée qu'ils avaient un lien que seule une famille pouvait offrir. Ils ne se connaissaient pas depuis longtemps, mais ils partageaient le même sang et le même héritage, et cela signifiait beaucoup.

— Je suis heureux que tu sois restée, dit-il. Nous avons des années à rattraper, et je veux savoir tant de choses sur toi et sur ta famille.

Ils cheminèrent côte à côte, proches mais sans se toucher, et parlèrent des parents de Lily, des enfants de Matthew, et de son domaine auquel il était tant attaché. C'était cet amour pour sa terre, pour son travail, qui touchait le plus Lily.

— Vous parlez des truffes comme je parle du vin, dit-elle tandis qu'il souriait après lui avoir montré les noisetiers. J'ai toujours dit que mon véritable amour, c'était le vin. Pas seulement le produit terminé, mais tout ce qui va des ceps de vignes aux vendanges, sans oublier les personnes avec lesquelles je travaille.

— Tu as raison, dit-il alors que le chemin les ramenait vers la maison. Je suis pareil que toi. J'aime prendre soin de la terre tout le long de l'année, faire les récoltes, et tout ce qui concerne la culture des truffes. Cela fait des années que je pratique cette activité, mais ma passion est toujours aussi forte que la première fois que j'ai planté des noisetiers.

Il poussa un soupir et regarda en arrière, vers les étendues d'arbres qu'ils venaient de quitter pour émerger en plein soleil.

— À l'époque, ajouta-t-il, j'avais choisi ce travail par passion, mais aujourd'hui cela représente tellement plus.

— Depuis mon arrivée, je n'ai cessé de remettre en cause tout ce que je savais, admit Lily.

Elle se sentait capable de parler à Matthew à cœur ouvert, plus qu'elle ne l'avait fait avec sa mère ces dernières années.

— Il m'arrive de me demander pourquoi je m'obstine à suivre les pas de mon père, poursuivit-elle. Est-ce pour garder son souvenir vivant, ou pour respecter les promesses que je lui avais faites lorsque nous évoquions nos projets ensemble… ?

Elle secoua la tête comme si, contrairement à son habitude, elle avait du mal à formuler sa pensée.

— Quand j'ai quitté l'école, je savais exactement qui je voulais être et ce que je voulais faire. Comme si ma vie était programmée et que je n'avais plus qu'à cocher les cases d'une liste de projets.

— As-tu toujours autant de passion pour la fabrication du vin ? demanda Matthew. Sens-tu toujours dans ton cœur que tu aimes ce que tu fais ?

— Oui, répondit-elle du tac au tac. Oui, bien sûr.

— Tu peux réaliser tes rêves tout en rendant hommage à ton père, Lily, dit Matthew avec un regard attentionné. Mais si tes aspirations changent, si la vie te conduit dans une nouvelle direction, tu dois faire confiance à ton instinct. Pour autant que je sache, tu as fait d'excellents choix jusqu'à présent.

Lily se pencha pour caresser le chien qui était revenu vers eux en agitant la queue gaiement.

— Dis-moi à quoi tu penses. Qu'est-ce qui te préoccupe en ce moment et qui t'empêcherait de continuer, comme tu dis, à cocher les cases de ta liste ?

— Je veux rester en Italie.

Elle avait répondu si vite qu'elle eut du mal à croire qu'elle venait de le dire.

— Je me sens chez moi ici. C'est la première fois que je ressens un lien aussi puissant avec la terre, et cela me donne envie de rester.

Voilà, c'est fait. Tu l'as dit à voix haute. Tu l'as enfin admis.

— Alors, reste. Fie-toi à ton instinct. Tu es une jeune femme accomplie et intelligente, Lily. Si tu veux rester en Italie, c'est très simple : reste !

— Je n'étais censée venir que pour la saison des vendanges, pour apprendre autant de savoir-faire que possible avant de rentrer en Angleterre. Tous les voyages que j'ai faits, y compris en Nouvelle-Zélande, étaient dans le but de planter mes propres vignes, de fabriquer mon propre vin mousseux !

La main de Matthew se posa sur son bras, douce et rassurante.

— Ton père n'est plus là, Lily, dit-il à voix basse. C'était votre rêve à tous les deux, mais ton père ne voudrait pas que tu t'y accroches alors qu'il n'est plus là. Il voudrait que tu réalises tes propres rêves. C'est peut-être le moment de réfléchir à ce que *toi*, tu veux vraiment.

Elle fondit en larmes et il lui prit les mains, jusqu'à ce qu'elle accepte de lâcher prise sur ce à quoi elle tenait depuis bien trop longtemps.

Il n'est plus là. Peu importe que je me cramponne à ces rêves, rien ne le ramènera. Jamais.

— Lily, je sais que nous ne nous connaissons pas depuis longtemps. Nous ne sommes encore que deux étrangers réunis par le hasard, mais je sais ce qu'être père signifie. Je veux que mes enfants soient heureux, qu'ils vivent leur vie comme ils le souhaitent, et je serai fier de leurs accomplissements, dit-il d'une voix brisée par l'émotion.

Tu dois t'autoriser à faire des erreurs, à tomber amoureuse, à laisser ta vie changer de direction sans tout remettre en question. Et tu dois comprendre que, quoi que tu fasses, ton père en serait heureux s'il était encore de ce monde.

Elle hocha la tête et retira sa main pour s'essuyer les joues.

— Laisse-moi ajouter que mon amour pour les truffes n'aurait aucun sens sans ma Rafaella. On peut réussir beaucoup de choses, mais rien ne procure autant de bonheur que l'amour et la compagnie d'une autre personne. On peut rester seul pendant un moment, pendant des années, mais, en fin de compte, nous avons besoin d'avoir quelqu'un dans notre vie.

Surprise, elle le regarda dans les yeux et elle comprit qu'il avait deviné ce qu'elle éprouvait pour Antonio, avant même qu'elle ait admis ses sentiments pour lui.

— J'ai passé ma vie à vouloir rester fidèle à mon père et aux rêves que nous partagions. Je ne voulais pas laisser mon attachement pour un autre me distraire, reconnut-elle. Je refusais que quoi que ce soit – ou qui que ce soit – me détourne de mon but.

— Mon père a failli perdre l'amour de sa vie, Lily, mais il a trouvé le moyen de conjuguer ce qu'il aimait et *celle* qu'il aimait. Il n'y a pas de raison pour que tu n'y parviennes pas toi aussi.

Il lui tapota l'épaule avec une tendresse paternelle.

— Imagine un peu ce qu'aurait été sa vie s'il ne s'était pas battu pour la retrouver, s'il n'avait pas suivi le chemin que son cœur lui indiquait !

— Et si ce n'était pas de l'amour ? Si cela ne marchait pas entre nous ?

Elle ferma les yeux.

Et si Antonio ne me désire pas de la même manière que je le désire ?

Avec un sourire empreint de douceur, il répondit simplement :

— Parfois, il suffit de prendre des risques. Quelle est la pire chose qui peut arriver ?

Lily retint son souffle et ne répondit pas.

— Un cœur brisé. C'est tout. Tu ne perdras jamais ton don pour le vin, Lily. Personne ne peut te l'enlever. Mais quel intérêt y a-t-il à réussir dans la vie si on n'a personne à ses côtés pour en jouir pleinement ?

— Certains diraient que c'est un peu vieux jeu !

— Vieux jeu ? Oui, peut-être, répondit-il avec un haussement d'épaules, mais je ne crois pas que l'amour et l'amitié risquent de devenir vieux jeu.

Il la regarda longtemps avant qu'elle finisse par reconnaître d'un signe de tête qu'il avait raison.

Bien sûr qu'il a raison. Ses arrière-grands-parents s'étaient battus envers et contre tout, ils avaient tout donné pour être à nouveau ensemble. Et voilà qu'elle était trop effrayée pour prendre un risque qui n'existait peut-être que dans son esprit.

— Pensez-vous que vos parents ont regretté ce qu'ils ont fait ? Que votre père s'en est voulu de ne pas être resté auprès de sa famille ?

Elle ignorait encore comment Estée et Félix avaient réussi à se retrouver après tous ces obstacles.

— Je pense que ça ne lui a même pas traversé l'esprit, répondit Matthew sans hésiter. Il a bâti sa vie avec ma mère, fondé sa propre famille, et il disait toujours qu'il était prêt à tout quitter, y compris son entreprise, pour sa femme et ses enfants. Cela comptait plus que tout au monde pour lui.

Le chien revint en courant et se mit à sauter de joie, les pattes couvertes de boue. Lily n'eut pas le cœur de le repousser, cette marque d'affection lui faisait du bien.

— Reste quelque temps chez nous, Lily, dit Matthew. Détends-toi, prends le temps de réfléchir à ce que tu veux. Tu as peut-être besoin de passer quelques semaines loin du monde.

En Italie. Se gorger de soleil, prendre le temps de savourer les plats de Rafaella avec Matthew et sa famille, découvrir la culture de truffes… J'aurais pu trouver pire !

— Oui, c'est d'accord, dit-elle. Je vais me donner un mois. Si je n'ai pas changé d'avis d'ici-là, je prendrai mon courage à deux mains et je me tiendrai à ma décision.

— Viens, c'est l'heure du déjeuner et je sais que Rafaella t'attend avec impatience. Depuis que notre fille est partie, tu es la meilleure chose qui lui soit arrivée.

33

Venise, 1948

Estée exécutait les mouvements sur scène, sans conviction. Personne ne semblait le remarquer et elle terminait toujours son spectacle sous des acclamations triomphales, même si le public n'avait rien de commun avec celui de la Scala. Elle pouvait à peine se regarder dans le miroir, et sa loge lui servait davantage à s'habiller qu'à se faire une beauté. Son reflet lui renvoyait une expression triste, et ses yeux semblaient hantés.

Elle se fraya un chemin parmi les autres filles sans se soucier du fait qu'elles s'écartaient pour la laisser passer. Elles bavardaient en riant, encore pleines d'énergie après le spectacle, alors qu'elle-même se sentait vidée.

— Estée ! appela l'une des plus hardies.

Estée s'arrêta en tournant à peine la tête pour écouter ce que la jeune femme voulait lui dire.

— Nous allons toutes boire un verre ce soir. Tu veux te joindre à nous ?

— Pas ce soir, merci, dit-elle d'une voix éraillée. La prochaine fois peut-être.

Mais elle savait déjà qu'elle répondrait la même chose ; elle déclinait toutes les invitations. Elle se doutait de ce que les autres filles devaient penser, qu'elle refusait de les côtoyer car elle se croyait au-dessus d'elles. Mais rien n'aurait pu être aussi éloigné de la vérité.

Après avoir fait ses adieux à Hope, Estée était retournée dans son premier appartement londonien et avait repris les exercices de danse et les étirements pour retrouver son corps de ballerine. Elle avait d'ailleurs rapidement décroché une place au sein de la compagnie du Royal Ballet, mais, au bout d'une saison, elle avait pris la décision de rentrer en Italie et de s'établir à Venise. Ainsi, elle n'était pas trop loin de Milan et elle se sentait presque chez elle. Elle n'aurait jamais été capable de retourner à la Scala avec tous les souvenirs douloureux qui risquaient de remonter à la surface. Elle redoutait également de croiser la famille de Félix, venue assister à un spectacle.

Estée entra dans sa loge, referma la porte et s'y appuya un long moment, le temps de reprendre sa respiration. Il lui arrivait parfois de retenir son souffle sans s'en rendre compte, jusqu'à ce qu'elle soit enfin seule et se remette à respirer normalement.

Elle se déshabilla, suspendit soigneusement son costume et mit ses vêtements de ville. Elle n'osait pas regarder son corps, stupéfaite de la vitesse à laquelle elle avait repris des formes et des muscles après son accouchement. Elle avait travaillé dur pour retrouver sa silhouette fine de danseuse, mais elle regrettait la douceur des courbes qui racontaient l'histoire de son enfant et ce que son corps avait traversé.

Elle ne voulait pas s'attarder dans sa loge, mais elle patienta jusqu'à ce que les bruits s'estompent dans le couloir. Les autres filles avaient dû rejoindre la loge commune, et Estée put quitter son abri, tête baissée, son sac à l'épaule, pour se précipiter vers la sortie. Elle leva la tête et sourit aux deux ballerines qu'elle croisa tout en regrettant de ne pas avoir assez d'énergie ni même l'envie pour prendre le temps de bavarder, d'évoquer les détails anodins de la soirée ou d'accepter leur proposition d'aller boire un verre et de fumer jusque tard dans la nuit. Une part d'elle se demandait si cela l'aiderait de sortir boire tous les soirs, si elle oublierait le passé plus facilement, mais elle avait l'impression qu'un nuage noir la suivait en permanence au-dessus de sa tête sans qu'elle puisse y échapper.

— Estée ? lança la voix d'un homme qui sortit de l'ombre. Estée, c'est bien toi ?

Elle recula d'un pas, se recroquevilla sur elle-même et serra son sac tout contre elle. Ici aussi, elle s'était habituée à voir des hommes lui faire livrer des fleurs, des admirateurs qui réclamaient un rendez-vous, mais ils ne l'avaient jamais interpellée dans la rue.

— Estée !

Félix ?

Non, ce n'était pas possible !

Elle secoua la tête. Ça ne pouvait pas être Félix ! Voilà que son cerveau lui jouait encore des tours, comme quand elle croyait reconnaître sa fille lorsqu'elle croisait des bébés dans la rue, fouillant des yeux les landaus tandis que son cœur s'arrêtait de battre.

— Laissez-moi tranquille, dit-elle d'un ton ferme. Cette entrée est réservée aux artistes.

— Estée, répéta la voix, plus proche cette fois.

— Estée, dis-moi si quelqu'un t'ennuie.

Mario, le danseur étoile de la troupe, surgit de l'obscurité et elle le laissa lui prendre le bras avec soulagement. Elle n'accorda pas un regard à l'inconnu, refusant de laisser son esprit lui jouer des tours. C'était juste un homme qui s'était pris d'intérêt pour elle et qui avait vu son nom dans le programme, rien de plus.

— Je vais te raccompagner chez toi, dit Mario.

Elle se rapprocha de lui et se dépêcha de partir, toujours trop effrayée pour regarder l'intrus.

— Estée ! hurla l'homme en leur courant après.

En entendant le bruit de sa cavalcade, Estée serra les doigts sur le bras de Mario. Ils accélérèrent pour s'éloigner de lui le plus vite possible, mais l'homme cria :

— Estée, c'est moi ! Attends, c'est moi, Félix !

Son pied glissa sur les pavés, comme stoppé net dans son élan, mais il fallut à Mario un peu de temps pour ralentir et il continua à l'entraîner sur quelques mètres. Estée ferma les yeux et un rugissement envahit ses oreilles, comme si toutes les vagues de l'océan déferlaient en elle, alors que ce n'était que son pouls qui battait à ses tempes.

Elle tourna enfin le dos à Mario et fit face à l'homme, remarquant tout de suite les cernes sombres sous ses yeux, sa barbe mal taillée, et son expression torturée. C'était bien lui.

— Félix ? souffla-t-elle sans en croire ses yeux.

— Estée, murmura-t-il à son tour en tombant à genoux.

Ses yeux se gonflèrent de larmes mais il ajouta :

— Cela fait des mois que je te cherche... Toute cette année, j'ai...

— Tu connais ce type ? demanda Mario qui était resté à côté d'elle pour la protéger.

Estée hocha la tête en fermant les yeux et en laissant échapper un soupir tandis que son cerveau essayait d'emmagasiner le fait que l'homme qui lui avait brisé le cœur était à genoux devant elle.

— Je ne l'avais pas reconnu, mais oui, c'est quelqu'un que j'ai fréquenté il y a un certain temps. Tu peux me laisser maintenant. Merci, Mario.

C'est l'homme qui m'a donné une fille et qui a ruiné ma vie en même temps.

— Tu es sûre que je peux te laisser ? insista Mario.

Elle se tourna vers lui, enfin capable d'arracher son regard de Félix.

— Oui, je t'assure. Merci, mais tout ira bien. Je ne cours aucun danger.

Ce serait plutôt Félix qu'il faudrait protéger. Je pourrais le tuer de mes propres mains pour ce qu'il m'a fait.

Mario s'éloigna non sans un froncement de sourcils qui révélait qu'il n'était pas très sûr de devoir s'en aller. C'était le seul autre danseur qui ne se joignait pas aux soirées de la troupe car il préférait partir dès la fin du spectacle, ce qui expliquait sans doute qu'ils s'entendaient si bien.

— Lève-toi, dit Estée en se ruant vers Félix qui était resté à genoux.

Il se mit debout et s'approcha d'elle, mais elle recula.

— Estée, je...

— Je n'ai rien à te dire, s'écria-t-elle en croisant les bras sur sa poitrine comme pour effacer la douleur qui lui transperçait le corps à la simple vue de son visage. Qu'est-ce que tu fais là ? Il n'y a plus rien entre nous.

— Laisse-moi juste t'expliquer...

— Quoi que tu veuilles me dire, je ne veux pas l'entendre, insista-t-elle malgré le nœud qui se formait dans sa gorge et ses mains qui se mettaient à trembler violemment. Tu ferais mieux de partir, Félix, et de ne jamais revenir.

— Estée, je t'en prie...

— Ne t'approche plus de moi, tu m'entends, Félix ? Je ne veux plus jamais te revoir de ma vie !

Elle tourna les talons, les bras toujours croisés autour de son corps pour ne pas trembler. Elle devait s'éloigner de cet homme qui l'avait anéantie et qui avait occupé ses pensées pendant si longtemps qu'elle avait perdu le compte des années.

*

Toc, toc, toc.

Estée serra le coussin sur sa poitrine et se recroquevilla sur le sofa. Les larmes qui lui piquaient les yeux lui faisaient horreur. Elle refusait de verser une seule larme de plus sur Félix Barbieri, et elle n'allait certainement pas lui ouvrir la porte.

— Estée, je t'en supplie, répéta-t-il en toquant encore une fois.

Il y eut un long silence, et la jeune femme crut qu'il avait fini par s'en aller jusqu'à ce que les coups résonnent à nouveau. Cette fois, ils furent accueillis par un cri de protestation de l'un des voisins, qui n'appréciait guère ce vacarme à cette heure de la nuit. Ce fut la seule raison qui poussa Estée à se traîner jusqu'à la porte et à l'ouvrir à la volée.

— Ne t'ai-je pas dit, siffla-t-elle, que je ne veux pas entendre ce que tu as à dire ? Va-t'en.

Le visage de Félix se froissa, mais il glissa sa botte dans l'entrebâillement dès qu'elle fit mine de fermer la porte.

— Félix, laisse-moi tranquille ! supplia-t-elle.

— Non, je ne pars pas tant que tu n'as pas écouté ce que je suis venu te dire.

Elle le fusilla du regard.

— Où est donc ta femme ? Sait-elle seulement que tu es ici ?

Félix secoua la tête et retira son pied de la porte en plongeant ses yeux dans les siens.

— Estée, je n'ai épousé personne. Et avant que tu me claques encore la porte au nez, tu dois savoir que je ne t'ai jamais envoyé cette lettre, dit-il le plus rapidement possible. J'ai passé chaque jour, chaque semaine, chaque mois depuis notre séparation à te chercher, mais c'était comme si tu avais disparu de la surface de la terre.

Le cœur d'Estée se remit à battre normalement. *Il avait fait quoi ?*

— Mais tu as dit... *La lettre* disait...

— C'est ma mère qui t'a envoyé ce message, Estée, dit-il en passant les doigts dans ses cheveux sans la quitter des yeux. Quand je suis venu te chercher, tu étais déjà partie. C'est là que j'ai découvert qu'elle m'avait menti. Elle pensait que j'allais accepter mon sort et épouser Émilie, mais quand j'ai persisté, elle a fini par m'avouer la vérité.

Estée le fixa en faisant de son mieux pour comprendre ce qu'il disait. Les couleurs désertèrent son visage tandis que son sang se glaça. La rage montait en elle avec une force telle qu'elle pouvait à peine tenir debout.

Tous ces longs mois de souffrance, et la lettre ne venait même pas de Félix ? Quelle idiote avait-elle été alors pour ne pas avoir douté qu'il puisse être l'expéditeur ? Comment avait-elle pu accepter si aveuglément qu'il avait écrit cette lettre de sa propre main ?

— Tu es… tu es venu me chercher ? réussit-elle à dire d'une voix à peine audible.

— Bien sûr que je suis venu, Estée. Comment as-tu pu croire le contraire ? Je te l'avais promis.

Les yeux voilés de larmes, il ajouta :

— J'ai tout quitté pour toi, exactement comme je te l'avais dit, mais lorsque je suis arrivé, tu étais partie.

Elle se plia en deux sous la douleur. Elle ne pouvait en supporter davantage. Elle avait perdu une part d'elle-même qu'elle ne pourrait jamais remplacer ! Elle laissa échapper un sanglot qui ressemblait à un cri bestial, son corps ramené sur lui-même.

— Estée, je suis tellement désolé, je…

Les bras de Félix s'enroulèrent autour d'elle et elle le laissa la réconforter alors que son corps semblait se déchirer en deux.

— Je suis là maintenant, et je te promets de ne plus jamais te quitter. Je ne te laisserai plus jamais, répéta-t-il en chuchotant à travers ses cheveux avant de poser ses lèvres sur les siennes sans relâcher son étreinte.

— C'est trop tard, gémit-elle.

— Il n'est pas trop tard, dit-il d'un ton assuré en la berçant.

Elle se mit à trembler, secouée de frissons, avant de le repousser. Elle leva les yeux vers lui alors que tout en elle se brisait de nouveau.

— Tu n'es pas mariée, n'est-ce pas ? demanda-t-il en baissant les yeux sur sa main. S'il te plaît, dis-moi…

— J'attendais un enfant, Félix, notre enfant, sanglota-t-elle en braquant ses yeux sur les siens.

La douleur qui déferla dans son ventre lui donnait l'impression qu'elle allait vomir.

— J'attendais *notre* enfant, notre petite fille. J'étais seule et je n'avais pas le choix… J'ai…

— Nous avons une fille ? s'écria-t-il en écarquillant les yeux.

Le sourire qui s'étira sur le visage de Félix était si radieux qu'elle eut l'impression qu'une lame se retournait dans son cœur.

Pourquoi dois-je endurer cela ?

— Je suis désolée, Félix, tellement désolée. Si j'avais su. Si j'avais…

— Estée, murmura-t-il en prenant son visage entre ses mains. Tu n'as pas à t'excuser. Pourquoi pleures-tu ? C'est une merveilleuse nouvelle. Pourquoi…

— Parce qu'elle n'est plus là, chuchota Estée en s'appuyant sur les paumes de Félix. Je n'avais pas le choix. Je ne pouvais pas faire autrement.

Félix se figea, commençant à comprendre ce qu'elle essayait de lui dire. Elle voulut appuyer à nouveau sa joue contre sa paume, mais ses mains s'écartèrent et il la regarda d'un air sombre.

— Notre fille, dit-il lentement, où est-elle, Estée ?

— Tu dois comprendre que je n'avais pas le choix. Elle était magnifique, mais j'étais seule et...

Elle détourna le regard avant de se retourner vers lui. Pétrifié, il l'interrogeait des yeux.

— J'ai accouché dans un foyer pour mères célibataires, dit-elle en luttant pour articuler les mots. Ils ont fait tous les arrangements nécessaires pour l'adoption, même si cela m'a brisé le cœur.

Félix tomba à genoux comme si on venait de lui couper les jambes, et Estée resta debout, le regardant s'effondrer en sachant qu'elle lui brisait le cœur à son tour. La souffrance de Félix et la brûlure qui la rongeait lui devinrent bientôt intolérables. Elle se pencha vers lui. Elle l'avait rendu responsable de tant de ses malheurs, de *tout*, mais elle s'apercevait à présent qu'il était aussi affligé qu'elle.

— Félix, dit-elle en lui prenant les mains et en l'incitant à se lever. Viens, entre donc.

Il se redressa lentement et elle garda la main dans la sienne jusqu'à ce qu'ils soient à l'intérieur de l'appartement. Depuis combien de temps n'avait-elle pas touché quelqu'un ainsi ? Depuis quand avait-elle été aussi proche de quelqu'un d'autre ailleurs que sur scène ? *Depuis que Hope m'a tenue dans ses bras quand j'étais en larmes. Depuis qu'elle m'a réconfortée comme une mère le ferait avec son enfant dès qu'il vient au monde. Depuis que j'ai pleuré la perte de ma petite fille.*

— Estée, dit enfin Félix en se tournant vers elle au milieu de l'appartement. Si tu veux que je m'en aille, si tu ne veux plus jamais me revoir…

— Je ne veux pas que tu partes, chuchota-t-elle.

Elle se ressaisit, consciente que c'était maintenant à son tour de pleurer la fille qu'ils avaient perdue.

Elle le serra dans ses bras avant de l'entraîner vers le sofa. Elle pensa un moment à faire du café mais elle se ravisa et alla chercher la bouteille de vin qu'elle avait gardée pour une occasion spéciale. Elle remplit deux verres de pinot rouge.

Elle inspira profondément pour se calmer et en tendit un à Félix. Ils firent délicatement tinter les verres et s'assirent l'un en face de l'autre. Estée rabattit ses jambes sous elle et but son vin avec de petites gorgées nerveuses.

— Tu sais, j'ai si souvent pensé à ce que je te dirais si je te revoyais un jour, confia-t-elle, mais maintenant que tu es là, je n'ai plus les mots. Je t'en ai voulu pendant tout ce temps alors que j'ignorais la vérité.

— Seras-tu capable un jour de me pardonner ?

À présent qu'ils étaient proches, elle distingua dans la lumière de son appartement à quel point ses yeux étaient injectés de sang. Elle remarqua la longueur de ses cheveux et les rides qui s'étiraient au coin de ses yeux, autant de détails qu'elles n'avaient jamais remarqués quand ils étaient ensemble.

— On dirait que nous sommes tous deux des victimes du destin, dit-elle en prenant une nouvelle gorgée de vin. Tes parents ne m'accepteront jamais. Nous aurions dû le savoir dès cette terrible journée à Côme. Cela n'aurait pas pu marcher. Peu importe nos désirs, nous étions destinés à échouer. Nous aurions dû deviner que ta mère ferait tout pour nous séparer.

Félix plongea la main dans la poche de sa veste et en sortit un petit écrin en velours. Le cœur d'Estée s'arrêta une seconde et elle se souvint de la dernière fois qu'elle avait vu cet étui.

— Je le porte dans ma poche depuis le jour où je suis venu te chercher, dit-il en lui tendant la boîte fermée. Quand j'ai quitté le Piémont, j'avais tout organisé dans ma tête. J'allais te demander officiellement en mariage à Milan. J'allais te dire qu'être avec toi était la seule chose qui comptait pour moi.

Les yeux d'Estée brillaient de larmes quand elle ouvrit l'écrin et vit les deux anneaux d'or, l'un plus fin que l'autre. Elle comprit qu'il lui était destiné. Elle leva les yeux vers Félix.

— J'ai fouillé toute l'Italie à ta recherche, Estée. J'ai pris contact avec toutes les écoles de danse, toutes les compagnies et tous les opéras, mais c'était comme si tu t'étais évaporée. Pourtant, je n'ai jamais abandonné. Cela m'était impossible.

— Quand j'ai reçu la lettre que je pensais que tu avais écrite, Félix, j'ai compris que je devais partir. Je ne supportais pas l'idée de te croiser avec Émilie et vos enfants, de savoir ce que ta famille pensait de moi. Et je savais que si je voulais sauver ma carrière, je ne pouvais pas me permettre qu'on apprenne ma grossesse, expliqua-t-elle.

Ils se regardèrent un long moment. Estée avait gardé les anneaux dans la paume de sa main, son verre de vin dans l'autre.

— Me pardonneras-tu ? demanda à nouveau Félix. *Pourras*-tu un jour me pardonner après tout ce que je t'ai fait subir ? Après tout le chagrin que ma famille t'a causé ?

Estée ne savait que répondre, mais elle sentait que la souffrance de Félix était aussi profonde que la sienne. Elle posa son verre de vin et baissa les yeux vers lui. Elle se blottit dans ses bras, posant la joue contre sa poitrine. Les bras de Félix se refermèrent autour d'elle et elle demeura ainsi, à écouter le rythme régulier de son cœur, savourant la chaleur de son étreinte après cette longue séparation.

— Ma famille ne fait plus partie de ma vie, Estée, murmura-t-il. J'ai coupé les ponts et j'ai emporté ma recette avec moi, celle que je t'ai confiée ce jour-là. Maintenant, nous pouvons repartir de zéro et fonder…

Il hésita un instant, comme s'il ne savait pas s'il devait prononcer ces mots.

— Nous pouvons fonder une famille.

Elle s'étrangla, mais elle ne put se résoudre à croiser son regard. Elle savait qu'elle serait submergée par ses émotions. *Une famille à laquelle il manquerait toujours sa première-née.*

— Si tu acceptes ma demande, nous pouvons nous marier le plus tôt possible, ici à Venise. Si tu parviens un jour à trouver un moyen de me pardonner pour tout ce que tu as enduré…

Elle hocha spontanément la tête.

— Oui, souffla-t-elle.

— Veux-tu m'épouser ?

Elle se força à lever la tête.

— Félix, je suis une femme brisée. Quelque chose est mort en moi lorsque j'ai dû laisser notre fille, et tu dois accepter que je ne suis plus la femme que tu as quittée à Côme. Je ne serai jamais la même. Cet abandon me hantera pour le restant de mes jours.

— Nous la retrouverons, Estée. Je te le promets, dit Félix.

Ses yeux semblaient être comme les miroirs de son âme.

— Nous la retrouverons, je te le jure. Je ne me pardonnerai jamais ce qui est arrivé. J'en suis entièrement responsable. Tu n'as rien fait de mal, toute la faute est à rejeter sur ma famille. Je me battrai toujours pour toi, pour notre fille, jusqu'à mon dernier souffle. Je te le promets.

Les lèvres d'Estée se posèrent naturellement sur les siennes et ils s'embrassèrent.

— Je n'ai jamais cessé de t'aimer, même quand je te blâmais pour tout.

Ils se regardèrent pendant un long moment, puis les lèvres de Félix se posèrent sur son front et elle s'enfonça dans ses bras. Ce qu'elle avait dit était vrai : même dans les jours les plus sombres, en proie aux larmes et à la colère, quand elle rejetait tous les torts sur Félix, au plus profond d'elle quelque chose lui soufflait qu'elle l'aimait encore. Qu'elle voulait qu'il fasse à nouveau partie de sa vie.

— Parle-moi d'elle, dit-il en lui caressant le dos. Raconte-moi tout.

— Elle était parfaite, tu sais, dit Estée, surprise d'être capable de parler si facilement. Elle avait les cheveux noirs et des lèvres merveilleusement ourlées. Elle était si pure, si belle. Lorsque je l'ai tenue dans les bras, l'amour que j'ai ressenti... Je n'ai jamais éprouvé pareil sentiment de ma vie.

Ils demeurèrent ainsi pendant des heures. Enlacés, ils parlèrent à voix basse de leur fille et versèrent quelques larmes, jusqu'à ce que l'obscurité s'évanouisse et que le soleil matinal les accueille dans une lumière éclatante.

— Nous la retrouverons, Estée, je te le promets. Nous la retrouverons.

Ou peut-être que c'est elle qui nous retrouvera.

Les lèvres d'Estée continuèrent de murmurer ce message d'espoir tandis que ses yeux se fermaient. Son corps épuisé rendit les armes et le sommeil l'enveloppa. Elle avait parlé à Félix du coffret qu'elle avait laissé derrière elle au foyer. Parce qu'un jour, leur fille partirait à leur recherche et viendrait jusqu'en Italie, avec une recette et le programme de 1946 de la Scala serré dans les mains, et ils seraient enfin tous réunis.

34

De nos jours

— Tu es revenue !

Lily se leva et regarda Antonio, le souffle court. Ses yeux sombres étaient braqués sur elle et, pendant une minute, elle fut incapable de deviner ce qu'il pensait et ce qu'elle devait lui dire.

— Es-tu revenue pour le boulot ou…

Elle abandonna ses dernières hésitations en percevant l'espoir dans ses yeux et la manière dont sa voix s'était enrayée. Elle s'élança pour franchir les quelques pas qui les séparaient. Il ouvrit grand les bras et l'étreignit fermement.

— Je suis revenue pour tout, dit-elle en se serrant contre lui. J'ignore si cela fonctionnera entre nous, et s'il y aura même un « nous ». Je ne sais pas ce que tu veux, mais personne ne m'a jamais regardée comme tu le fais ! Si ce n'est qu'une parenthèse, ainsi soit-il. Et, ajouta-t-elle en riant, je ne sais même pas si tu t'intéresses encore à moi, si tu avais envie de me revoir…

Il rit à son tour en l'embrassant, les mains autour de sa taille.

— Je suis encore intéressé, murmura-t-il d'un ton taquin, et pas qu'un peu, si tu veux tout savoir.

— J'ai eu le temps de réfléchir pendant ces dernières semaines, dit-elle en reculant un peu pour croiser son regard. Je crois que je me suis trop concentrée sur l'avenir, et c'est fini maintenant. Je veux simplement me laisser porter par ce que la vie a prévu pour moi.

Il répondit d'une voix rauque en caressant ses joues du bout des doigts :

— Je suis si content de te revoir, Lily.

Elle lui adressa un sourire éclatant, ne cherchant plus à dissimuler à quel point elle était heureuse de le retrouver.

— Moi aussi, Antonio, je suis très contente de te revoir.

Ils demeurèrent ainsi un long moment, jusqu'à ce qu'Antonio pose la main sur sa joue et l'embrasse sur les lèvres. Avec ce baiser, Lily comprit qu'elle avait pris la bonne décision. Antonio la regardait comme s'il la voyait réellement, et la manière dont il la touchait lui donnait l'impression d'être plus vivante et plus belle que jamais.

— Je veux te dire que je n'attends rien de toi, Antonio, dit-elle en passant les doigts sur ses larges épaules et sur ses bras. Mais je pense que ce que nous vivons, peu importe ce que c'est, mérite qu'on lui laisse un peu de temps, pour voir si c'est quelque chose de spécial.

— Ah, mais Lily, c'est l'un de mes plus grands talents, rit-il. Es-tu au courant que je fais pousser du raisin ? Je suis très doué pour nourrir les variétés spéciales lentement et dans des conditions très difficiles jusqu'à ce qu'elles soient mûres et se transforment en quelque chose de spectaculaire, même si, au début, je ne suis pas très sûr que ça va marcher.

Ils éclatèrent d'un même rire et elle se nicha contre lui, le bras passé autour de sa taille, levant les yeux vers la maison. Elle était aussi belle que dans son souvenir, grande sans être austère, majestueuse mais discrète.

— Je dois des explications à ton père, dit-elle. Il est à la maison ?

— Oui, il est là. Et j'ai le sentiment qu'il sera ravi de te voir. Tu as manqué à tout le monde.

— Ta famille est si adorable que c'était impossible de ne pas revenir. J'ai travaillé partout dans le monde, mais la manière dont vous m'avez accueillie…

— Attends, dit-il en prenant un air faussement courroucé. Je croyais que c'était pour *moi* que tu revenais !

Elle le repoussa pour jouer le jeu, mais il la reprit aussitôt dans les bras.

— Ta famille et toi, je vous prends dans le même lot, dit-elle.

— Si j'avais été assez intelligent pour comprendre ça avant de me marier…, soupira Antonio avec une pointe d'ironie.

Lily passa la tête sous son bras mais elle n'eut pas le temps de le rassurer. Une seconde plus tard, Francesca apparut à la porte, les bras grands ouverts quand elle aperçut Lily. Son sourire et l'expression de joie pure qui se peignit sur son visage lui firent monter des larmes. Lily espérait que son expression trahissait à quel point elle était heureuse de retrouver les Martinelli.

— Lily ! s'écria Francesca. C'est si bon de t'avoir de retour à la maison.

La maison. Elle commença par rire mais les larmes jaillirent en même temps, et elle s'empressa de les essuyer. Francesca s'élança vers elle et l'étreignit avec chaleur et affection. Le cœur de Lily lui criait qu'elle était chez elle. C'était comme si un petit morceau d'Italie s'était glissé sous sa peau et ne la quitterait plus jamais. Ce sentiment lui avait manqué pendant tant d'années et elle se demanda si la pièce manquante n'était pas, d'une certaine manière, l'héritage de la famille de son père.

Tu as toujours su que c'était en Italie qu'était ma place, papa. Tu m'as toujours dit de m'y rendre et tout ça sans jamais savoir pourquoi.

— Je suis si contente d'être de retour, dit Lily à Francesca lorsque celle-ci la relâcha pour la regarder de plus près, essuyant délicatement les larmes qui avaient coulé sur les joues de la jeune femme.

— Tu es ici chez toi, ma belle. Je l'ai su quand je t'ai vue arpenter les vignes avec mon mari, et mon instinct s'est confirmé quand je t'ai vue dans les bras de mon fils.

— Merci, dit Lily à voix basse tant elle craignait que sa voix se brise.

Voilà qu'elle se retrouvait avec deux nouvelles familles au lieu d'une seule.

— Antonio, va annoncer le retour de Lily à ton père.

Francesca se retourna vers Lily en fronçant les sourcils.

— Tu as bien l'intention de rester, n'est-ce pas ?

— Oui, bien sûr que oui. Mais Roberto est déjà au courant. Dans ma lettre, je lui ai dit que j'acceptais son offre, j'ignorais simplement si ce serait…

Elle jeta un coup d'œil à Antonio et sentit le rouge lui monter aux joues.

— Tu ignorais si tu reviendrais aussi pour mon fils, c'est ça ? termina Francesca pour elle.

— Papa était au courant ? s'exclama Antonio en levant les bras au ciel. *Santa Maria*. Dire que j'ai attendu pendant toutes ces semaines et qu'il ne m'a rien dit. Je devenais fou à me demander si Lily allait revenir.

— En tout cas, merci de ne pas avoir ouvert ma lettre, dit Lily.

— Bon, ça suffit. Il est temps de fêter ça, intervint Francesca en passant un bras sous celui de Lily et attrapant son fils de l'autre.

— Je crois que c'est le moment ou jamais d'ouvrir un franciacorta millésimé. Notre nouvelle assistante de maître de chai est de retour !

*

— Tout ça m'avait tellement manqué, soupira Lily.

Le reste de la famille et les amis qui avaient été conviés au dîner étaient partis peu après. Roberto et Francesca s'étaient retirés pour la nuit, rapidement suivis par la sœur d'Antonio qui l'avait embrassée sur le haut du crâne avec un murmure d'encouragement qui lui avait fait monter une fois encore les larmes aux yeux. Il ne restait que quelques traces de la soirée : des chandelles encore allumées, des chaises vides poussées çà et là et des bouteilles de vin abandonnées sur la table. À présent, la nuit était calme et une petite brise rafraîchissait l'atmosphère alors que minuit approchait. Il ne restait plus que Lily et Antonio.

— Viens ici, dit-il en repoussant sa chaise et en lui faisant signe.

Elle se leva et alla se blottir sur ses genoux.

— Ça aussi, ça m'avait manqué.

— À qui le dis-tu !

Il lui caressa les cheveux et, la tête au creux de son menton, elle écouta le rythme de sa respiration.

— Tu vas adorer l'Italie, Lily, chuchota-t-il. Chaque saison, chaque année, cet endroit…

— Je le sais, soupira-t-elle. Je ne peux déjà pas imaginer en partir. Je ne vois nulle part ailleurs dans le monde où j'aimerais être.

Elle se pencha en arrière pour regarder le ciel noir constellé d'étoiles. Antonio lui embrassa la joue et elle se tourna vers lui en le fixant gravement du regard.

— J'ai oublié de te dire quelque chose.

— Dis-moi, grogna-t-il.

— Ma mère veut faire ta connaissance. En fait, elle arrive la semaine prochaine.

— Pas de problème. D'habitude, les mères m'adorent, dit-il en riant.

Elle lui tapa doucement le bras.

— *Les* mères ? Combien de *mères* y a-t-il eu ?

Il ouvrit la bouche pour lui répondre, mais elle l'arrêta sur-le-champ.

— Non ! Je ne veux rien savoir.

Ils continuèrent à rire et elle se recroquevilla encore plus près de lui.

— Que lui as-tu dit ? Je veux dire, à mon sujet ?

— Je n'ai pas eu à lui dire quoi que ce soit, dit Lily en souriant intérieurement. Dès que je lui ai dit que j'avais rencontré quelqu'un, elle a réservé son billet. Cela fait des années qu'elle attend que je l'appelle pour lui dire une chose pareille.

— Dodo ? demanda Antonio avec un sourire entendu.

Lily s'étira comme un chat et se leva.

— Dodo !

Antonio lui prit la main et l'entraîna vers la maison, leurs doigts entrelacés. Lorsqu'il se retourna vers elle, les fourmillements qui agitaient son ventre commencèrent enfin à se calmer.

Aucun homme ne m'a jamais regardée ainsi. C'est ce qu'elle s'était répété quand ils avaient été séparés, mais elle avait fini par se demander si ce regard intense et passionné qu'il lui lançait toujours n'était pas le fruit de son imagination.

L'Italie avait bouleversé sa vie. Elle lui avait donné une famille dont elle ne soupçonnait pas l'existence, et un homme qui avait totalement changé sa vision de l'amour. Seul son père manquait à l'appel, mais les Martinelli lui offraient une manière de rester proche de lui et elle leur en serait éternellement reconnaissante.

— Lily ? l'interpella Antonio en portant sa main à ses lèvres.

Lily chassa ses pensées de son esprit et sourit à Antonio. Elle le suivit en ajoutant d'un ton faussement autoritaire :

— Au lit !

Il ne fallut pas le lui dire deux fois. Antonio la souleva dans ses bras et se dirigea droit vers la chambre à coucher.

Épilogue

Londres, 1955

Estée flânait dans le zoo de Londres en tenant son fils d'une main et son mari de l'autre. Son cœur battait la chamade et elle soufflait bruyamment alors qu'ils se dirigeaient vers l'enclos des singes. Elle remarquait à peine les animaux sur son chemin. Cela n'avait rien à voir avec le zoo ; si elle n'avait pas été si préoccupée, elle aurait sans nul doute observé la scène avec joie. Félix lui jeta un regard rassurant et lui serra un peu plus fort la main tandis qu'elle poussait son fils en avant. Il était heureux de voir leur fille sautiller devant eux, enthousiaste à la perspective de voir les singes.

La voilà.

Le cœur d'Estée battit encore plus fort, au point qu'elle crut qu'elle allait défaillir.

Les souvenirs affluaient en vagues et se déchaînaient en elle. Ses jambes tremblaient si violemment qu'elle avait du mal à marcher. Elle se remémorait le moment où elle avait tenu son bébé dans ses bras, le baiser qu'elle avait posé sur le dessus de sa petite tête humide et sur ses lèvres entrouvertes, le contact de sa bouche sur son sein pour prendre sa première tétée.

Et ses adieux qu'elle avait murmurés tristement.

Sans Félix, elle n'y serait pas arrivée. Elle n'aurait jamais été assez courageuse pour croire qu'ils pourraient la retrouver après tout ce temps. Mais son mari n'avait jamais baissé les bras. Il avait poursuivi ses recherches avec acharnement et engagé un détective privé londonien qui avait réussi par miracle à accéder aux documents concernant l'adoption de leur enfant pour leur donner le renseignement dont ils avaient besoin.

Félix ne lâchait pas sa main et se tenait tout près d'elle, leurs enfants heureusement captivés par les petits singes qui jouaient à sauter d'une branche à l'autre. Estée, elle, était incapable de lire les panneaux indiquant leur espèce ; elle était hypnotisée par une petite fille assise sur les épaules de son père.

La femme – la *mère* – riait à gorge déployée. Ses cheveux étaient aussi blonds que ceux de la fillette étaient sombres. Depuis qu'Estée avait posé les yeux sur elle, elle avait été incapable de s'en détacher, et chaque détail s'était imprimé dans son esprit : les chaussures vernies, les adorables chaussettes roses, la robe brodée de minuscules fleurs qui avait dû exiger des heures de travail…

— Votre fille a l'air d'aimer cette partie du zoo autant que nos enfants, dit Félix en souriant au couple.

La voix d'Estée restait prisonnière de sa gorge et elle était stupéfaite de la facilité, du *calme* avec lequel son mari trouvait les mots justes.

L'homme se tourna vers eux, les mains posées sur les genoux de l'enfant pour la faire tenir en équilibre.

— Nous venons ici tous les mois, répondit-il. C'est l'endroit préféré de Patricia !

La femme adressa un sourire à Estée que celle-ci se força à lui rendre, rassemblant toutes ses forces pour adopter une attitude courtoise afin que le couple ne se doute de rien. Elle ne voulait surtout pas que son mutisme les fasse fuir, même si le nom de la fillette s'était logé dans sa gorge comme une pierre impossible à ravaler.

Patricia.

— Votre fille est très belle, réussit-elle cependant à dire.

Les larmes l'envahirent mais Félix resserra sa main sur la sienne pour lui donner la force de garder bonne figure. *Respire, continue à sourire et reste calme.*

La femme arbora un sourire rayonnant qui révélait toute sa fierté maternelle. Son prénom continuait à résonner dans la tête d'Estée, asphyxiée par un sentiment de trahison de voir sa fille appartenir à une autre femme, même si elle était consciente que son animosité était déplacée. Cette mère n'avait rien fait de mal, au contraire : elle respirait la bienveillance.

— Bon, nous ferions mieux de continuer, dit Félix en lâchant la main d'Estée pour rattraper leurs propres enfants. Il y a tant d'animaux à voir. Je vous souhaite une belle visite.

Le couple sourit. La petite fille baissa la tête vers Estée et, quand leurs yeux se croisèrent, elle regarda droit dans les siens. *Comme si elle avait senti qu'un lien les unissait.* Estée posa les doigts sur ses lèvres et lui souffla un baiser avant de se retourner. La fillette se pencha pour demander à son père qui ils étaient, d'une voix juste assez forte pour qu'Estée entende ce qu'elle disait.

— Ne t'arrête pas, murmura Félix en lui poussant légèrement le dos du plat de la main.

Chaque pas était un véritable supplice pour Estée qui s'efforçait d'avancer malgré son envie irrésistible de faire demi-tour. Lorsque le détective leur avait transmis le dossier, ils s'étaient pourtant promis, ils s'étaient *juré* que si leur fille était heureuse, ils n'interviendraient en aucune manière. Tout ce qu'ils avaient vu de sa vie semblait parfait, ce qui signifiait que malgré toute la peine que cela leur causait, Estée devait s'effacer. *Elle n'est plus ma fille maintenant, elle a sa propre famille qui l'aime et la chérit.*

Une fois qu'ils se furent suffisamment éloignés et que leurs enfants furent absorbés par d'autres animaux, Estée laissa échapper un hoquet. Félix l'enveloppa de ses bras protecteurs et la laissa s'épancher sur son épaule.

Ses lèvres étaient chaudes contre sa joue et, lorsqu'il posa son front contre le sien, elle sentit ses larmes se mêler aux siennes. Cela ne dura qu'un moment, mais ce fut comme s'ils étaient seuls au monde et non au milieu d'un zoo rempli de visiteurs.

— Elle est magnifique, chuchota-t-il. Notre petite fille est aussi belle que sa maman. Je suis presque surpris qu'ils n'aient pas remarqué la ressemblance.

Estée haleta plus fort puis pinça les lèvres, avant de relever la tête tout en refoulant une nouvelle vague de larmes.

— Nous ne devons plus la revoir, murmura-t-elle. C'est bien trop douloureux.

— Penses-tu pouvoir me pardonner ? demanda Félix. Après toutes ces années, maintenant que tu l'as enfin revue...

Estée se hissa sur la pointe des pieds et passa les bras autour du cou de son mari et murmura dans son oreille, joue contre joue :

— Je te pardonne, Félix. C'est à moi que je ne pardonnerai jamais.

Son baiser effleura ses lèvres et elle décela le chagrin dans ses yeux. Il recula et se tourna vers les enfants qui étaient revenus vers eux et réclamaient d'aller voir une autre attraction, sans remarquer le moins du monde l'émotion de leurs parents.

Estée savait ce que ressentait Félix, la culpabilité qui l'étreignait parce qu'elle avait dû abandonner leur bébé. Tout comme elle ressentirait toujours les séquelles qu'avait laissées sa décision, Félix ne se débarrasserait jamais du poids de la trahison de sa famille et de la perte qu'il avait subie sans même le savoir à l'époque.

— Nous ne l'oublierons jamais, Estée, murmura-t-il.

Ils continuèrent leur visite, et ils reprirent le sourire en entendant leurs enfants pousser des cris de joie.

— Jamais, répéta Félix.

— Je sais, dit Estée en s'appuyant sur lui, leurs doigts toujours entrelacés.

Adieu, ma fille. Je te souhaite une vie pleine de rires et de bonheur. Je t'aime.

Estée ne put s'empêcher de jeter un dernier regard en arrière, frissonnant de tout son corps.

La petite fille était toujours juchée sur les épaules de son père, mais son regard demeurait rivé sur Estée. Elle agita la main dans sa direction tandis qu'un courant d'air faisait voleter ses cheveux. Estée leva la main à son tour et sa fille lui envoya un baiser.

Elle sait.

C'était peut-être le fruit de son imagination, mais Estée se demanderait toujours si l'enfant avait senti l'énergie qui passait entre elles, si cela avait réveillé un souvenir en elle, même si cela paraissait improbable.

— Maman, on s'en va !

Sa fille tira sur sa jupe et la ramena vers sa famille. Son fils l'interrogea du regard, le visage un peu défait.

— Pourquoi tu pleures, maman ? demanda-t-il en s'apercevant que quelque chose n'allait pas.

— Ce sont des larmes de bonheur, souffla-t-elle en s'essuyant rapidement le visage pour sourire à son fils.

— Tu n'aimes pas le zoo ?

Il l'examina un moment, comme s'il hésitait à la croire, puis haussa les épaules et repartit en courant, ouvrant les bras pour imiter un aéroplane.

Lorsque Félix entoura sa taille de son bras, sa tristesse s'était envolée. Estée avait pris la décision la plus difficile de son existence en abandonnant sa petite fille, mais le fait de l'avoir vue lui donnait l'impression que la douleur qui ne l'avait pas lâchée ces huit dernières années, jetant son ombre même sur les journées les plus heureuses de sa vie, s'était enfin apaisée.

Félix avait raison. Ils ne l'oublieraient jamais, mais ils pouvaient continuer à vivre en sachant qu'elle était heureuse et tendrement aimée. Et ils ne confieraient jamais à personne qu'ils l'avaient vue.

Estée se retourna une dernière fois, même si elle savait que la petite fille était partie. Derrière elle, il n'y avait qu'un espace vide. Au loin, d'autres familles se promenaient avec leurs landaus et leurs bâtons de barbe à papa, mais il n'y avait plus aucun signe d'une petite fille perchée sur les épaules de son père.

Elle est partie pour de bon cette fois.

La main de Félix se posa sur son ventre, et Estée sourit pendant qu'il dessinait la courbe de son corps.

Elle ne remettrait plus jamais les pieds à Londres ; c'était trop douloureux pour elle d'arpenter cette ville dans laquelle elle avait enduré tant de souffrances.

Le temps était venu de retourner chez elle, en Italie, sans un seul regard en arrière. Mais à cette date, chaque année juste avant Noël, elle s'autoriserait à se souvenir de la petite fille aux cheveux noir corbeau.

Patricia.

La fille qu'elle porterait toujours dans son cœur.

Un petit mot de Soraya

Je vous remercie d'avoir choisi de lire *L'héritage d'Estée*. J'espère que vous avez aimé lire ce roman autant que j'ai pris de plaisir à l'écrire et, le cas échéant, je vous serais reconnaissante de bien vouloir me faire parvenir vos commentaires. Je suis impatiente d'avoir de vos nouvelles et de savoir ce que vous avez pensé de l'histoire, et cela aidera les nouveaux lecteurs qui auraient envie de se plonger pour la première fois dans l'un de mes romans.

Je suis impatiente de partager d'autres livres avec vous très bientôt.

Ce que je préfère, c'est découvrir la réaction de mes lecteurs. N'hésitez pas à me contacter sur ma page Facebook ou en rejoignant le groupe des Soraya Readers sur Facebook *via* Good Reads sur mon site.

Mille mercis à vous,

Soraya

Soraya sur Internet

www.sorayalane.com
www.facebook.com/groups/sorayalanereadergroup
www.facebook.com/sorayamlane/

Remerciements

Je tiens tout d'abord à adresser un énorme merci à mon éditrice de la série, Laura Deacon. C'est elle qui m'a donné l'idée de la série des *Héritages* lors d'un appel vidéo au beau milieu de la nuit, et j'ai su dès cet échange avec Laura que nous allions travailler ensemble. Laura, je te suis reconnaissante d'avoir cru en moi et partagé ma vision de la série, j'ai vraiment apprécié de travailler avec toi et j'adore ton enthousiasme inébranlable pour mon travail.

Cela fait tellement longtemps que je pense à cette série qu'il m'est encore plus merveilleux de voir ce roman faire ses débuts dans le monde. Je voulais écrire une série qui transporterait mes lecteurs dans des endroits incroyables à travers toute la planète, mais aussi dans le passé et le présent, et je peux vous promettre que si vous avez aimé l'histoire d'Estée, vous allez adorer les autres tomes de la série. Le volume suivant, *L'héritage d'Esméralda*, se passe entre Londres et Cuba, et les autres vous entraîneront en Grèce et en France !

Si vous avez déjà lu certains de mes romans, vous savez déjà que je remercie toujours un petit groupe de personnes extraordinaires. Mon agente, Laura Bradford, merci pour tout ce que tu fais ! Merci à mes géniales amies romancières, Yvonne Lindsay, Natalie Anderson et Nicola Marsh, qui me soutiennent et répondent toujours présentes au bout du fil ou des e-mails chaque fois que j'ai besoin d'elles. Je me sentirais bien seule dans mon voyage littéraire sans vous ! Merci aussi à mon groupe de lecture Blue Sky Book Chat, parce que vous m'avez accueillie et que vous me donnez de l'énergie à chaque fois. Je suis ravie que nous représentions les championnes de nos mondes respectifs ! Je tiens aussi à remercier mes merveilleux lecteurs du groupe des Soraya Readers sur Facebook, un groupe privé où tous mes lecteurs sont bienvenus. Rien ne me satisfait autant que de passer du temps à échanger avec vous à propos des livres et de l'art d'écrire, et j'apprécie à sa juste valeur le soutien que vous m'avez témoigné tout au long de cette année.

Enfin, ma famille. Merci à mon mari, Hamish, qui doit m'écouter parler non-stop de mes personnages, lui poser des questions mystérieuses (mais qui, apparemment, ne le surprennent jamais) et pour sa patience quand je grogne à propos de trucs comme le choix des couvertures, les chiffres des ventes ou la date de publication. Merci aussi à Mac et Hunter, mes super garçons qui se montrent toujours si compréhensifs quand je dois me réfugier dans mon bureau pour atteindre mon quota quotidien de nombre de mots. Enfin, j'ai gardé les meilleurs pour la fin et je remercie mes parents, Maureen et Craig, qui reçoivent toujours le tout premier exemplaire de chaque livre avant tout le monde ! Vous avez toute ma gratitude pour votre soutien indéfectible à mon choix de carrière.

Soraya x

13986

Composition
NORD COMPO

Achevé d'imprimer à Barcelone
par CPI Black Print
le 12 novembre 2024

Dépôt légal novembre 2023
EAN 9782290394069
OTP L21EPLN003566-653949-R3

ÉDITIONS J'AI LU
82, rue Saint-Lazare, 75009 Paris

Diffusion France et étranger : Flammarion